La isla del Tesoro

Índice

Parte cuarta: LA EMPALIZADA

Parte quinta: MI AVENTURA EN EL MAR

Parte sexta: EL CAPITÁN SILVER

Para S. L. O.*,
caballero norteamericano,
de acuerdo con cuyo gusto clásico
se ha concebido el siguiente relato;
ahora, en agradecimiento por las muchas horas
que disfrutamos juntos, se lo dedica
con los mejores deseos
su afecto amigo

EL AUTOR

---

* Samuel Lloyd Osbourne, hijo del primer matrimonio de Fanny Osbourne, con la que Stevenson se casó en 1880; Samuel tenía doce años de edad cuando Stevenson empezó a escribir esta obra, precisamente para entretenimiento del muchacho.

AL COMPRADOR INDECISO

Si de los marineros los cuentos y tonadas,
tormentas y aventuras, calmas y marejadas,
las islas, las goletas*, piratas abandonados
feroces bucaneros**, tesoros enterrados;
si los relatos de otrora
a la vieja usanza contados
deleitan como a mí antaño
a los chicos listos de ahora...

¡Que así sea y adelante! Mas, de lo contrario,
si el cuento ya no apasiona al joven sabio,
si sus viejas emociones en un baúl ha guardado
con Kingston, con Ballantyne el osado
o con Cooper,*** el del bosque y los lagos,
¡que así sea también! Y que a este autor
y a sus piratas entonces a la tumba bajen
en la que tantos escritores y sus creaciones yacen.

---

* Velero de dos o tres palos, ligero y de bordas poco elevadas.
** Nombre de los corsarios y filibusteros que en los siglos XVII y XVIII saquearon los dominios españoles de ultramar.
*** Se trata de tres escritores de lengua inglesa famosos por sus novelas de aventuras. William H. G. Kingston (1814-1880) es autor de *Peter the Wholer* y de *The Three Midshipmen* (1862). Al escocés Robert M. Ballantyne (1823-1894) se le conoce sobre todo por *La isla de coral*. En cuanto al norteamericano James Fenimore Cooper (1789-1863), autor de más de cincuenta novelas de aventuras, lo recordamos por *El último mohicano*.

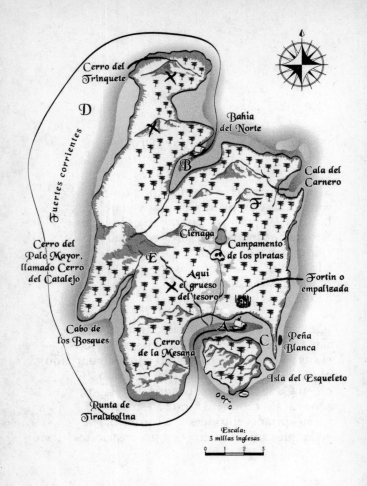

La Hispaniola *arribó a la isla del Tesoro por el Este, entrando desde el Sur por el estrecho hasta el fondeadero del Capitán Kidd (A), donde ancló. Más tarde zarpó hacia tierras de la América Española desde la bahía del Norte (B), costeando toda la parte oriental de la isla, y después con rumbo Oeste.*

Se señala en este mapa el rumbo de la Hispaniola *y del coraclo en la «aventura en el mar de Hawkins. El punto C señala la roca en el banco de arena, donde Hawkins se apoderó del coraclo. El punto D, el lugar donde abordó la goleta. El punto E indica el lugar donde los piratas encontraron el esqueleto. Finalmente, el punto E sitúa el cerro de los dos picos donde Jim encontró al abandonado Gunn.*

Parte primera

EL VIEJO BUCANERO

Capítulo 1

El viejo lobo de mar en la posada del Almirante Benbow*

El caballero** Trelawney, el doctor Livesey y los demás gentileshombres me han pedido que relate los pormenores de lo que aconteció en la isla del Tesoro, del principio al fin y sin omitir nada excepto la posición de la isla, y ello por la sencilla razón de que parte del tesoro sigue enterrado allí; cojo, pues, la pluma en el año de gracia de 17... y me remonto a la época en que mi padre regentaba la posada del Almirante Benbow, y el viejo lobo de mar con la cara tostada y marcada con un chirlo de sable vino a hospedarse bajo nuestro techo.

Lo recuerdo como si fuera ayer: llegó caminando pesadamente a la puerta de la posada, con el baúl detrás en una carretilla; era un hombre alto, fuerte, corpulento, de piel morena; una coleta negra embreada le caía sobre la espalda de su sucia casaca azul; tenía las manos encallecidas y agrietadas, y las uñas negras y rotas; y aquel chirlo de sable, de un blanco sucio y lívido, que le cruzaba la mejilla. Recuerdo que se volvió a contemplar la ensenada y se puso a silbar ensimismado; después

---

* John Benbow, famoso almirante de la marina inglesa (1653-1702). En 1702, cuando perseguía unas naves francesas en el Caribe, sus capitanes se amotinaron y perdió una pierna, muriendo a consecuencia de las heridas recibidas.
** Trelawney es un *squire* o *esquire,* título de nobleza británico de rango inferior. En la Edad Media el esquire era concretamente el escudero de un caballero; en el siglo XVIII ya es título nobiliario de bajo rango que llevaban por lo general dignatarios rurales y ricos terratenientes, que además ejercían funciones de magistrado, como es el caso de Trelawney.

rompió a cantar aquella vieja tonada marinera que tantas veces le oiríamos luego:

> Quince hombres sobre el baúl del muerto...
> ¡Yujujú, y una botella de ron!

con aquella aguda y cascada voz de viejo que parecía haberse modulado y quebrado al son de los espeques del cabrestante*. Luego llamó a la puerta con un palo parecido a un bichero que llevaba en la mano, y cuando mi padre apareció pidió a voces un vaso de ron. Se lo sirvieron; lo bebió lentamente, saboreándolo como buen catador, mientras se volvía a mirar ora el acantilado ora el letrero de nuestra posada. Al cabo dijo:

—Buena ensenada, ésta; y la taberna no está mal situada. ¿Muchos clientes, compadre?**

Mi padre le contestó que no, que muy pocos, y que era una lástima.

—Entonces, este camarote me conviene —repuso él. Y luego, dirigiéndose al hombre que empujaba la carretilla, le gritó—: ¡Eh, mozo! Acosta a este lado y descarga el baúl. Me quedaré aquí una temporada —después añadió—: Soy un hombre sencillo. No necesito más que ron y huevos con tocino, y el mirador de ahí arriba para ver pasar los barcos. ¿Que cómo me tenéis que llamar? Llamadme capitán. Ya veo lo que estáis pensando..., ahí va —y arrojó sobre el umbral de la puerta tres o cuatro monedas de oro y declaró, orgulloso como un comandante—: Ya me diréis cuando se haya acabado.

Y, de hecho, por muy mala que fuera su ropa, por muy vulgarmente que hablara, no tenía en absoluto

---

* El espeque es una palanca recta de madera. El cabrestante es un torno vertical que se emplea para soltar y recoger cables.
** En el original, Stevenson marca una clara diferencia entre el lenguaje de los marineros y piratas, incultos y de clase social muy baja, y el del resto de los personajes. Escribe deliberadamente algunas palabras tal y como aquéllos las pronuncian, y reproduce su jerga, en la que casi todo queda referido a términos marineros.

el aspecto de un simple marinero del castillo de proa*; parecía más bien un oficial o un capitán acostumbrado a dar órdenes o latigazos. El hombre que empujaba la carretilla nos dijo que se había bajado de la diligencia aquella misma mañana delante del Royal George, y había preguntado qué posadas había por la costa; supongo que cuando se enteró de que la nuestra era recomendable y, al decir de la gente, solitaria, la eligió entre las demás para hospedarse en ella. Eso es todo lo que conseguimos saber de nuestro huésped.

Era por lo general un hombre muy callado. Se pasaba el día merodeando por la ensenada o por el acantilado, con un catalejo de latón; al anochecer se sentaba en un rincón de la sala, junto a la chimenea, y bebía ponche muy cargado. La mayor parte de las veces no contestaba cuando se le dirigía la palabra; se limitaba a levantar la vista, lanzando una mirada hostil, y a resoplar por la nariz como una sirena de barco; mi familia y la gente que frecuentaba la posada no tardamos en darnos cuenta de que era mejor no meterse con él. Todos los días, cuando regresaba de su paseo, preguntaba si había pasado por el camino algún marinero. Al principio pensamos que su interés se debía a que echaba de menos la compañía de gentes de su oficio, pero al cabo comprendimos que lo que quería era precisamente evitarla. Cuando un marinero se hospedaba en el Almirante Benbow (como sucedía a veces cuando alguno bajaba de Bristol** por la carretera de la costa), lo observaba a través de la cortina de la puerta antes de entrar en la sala; y siempre estaba más callado que un muerto cuando había un marinero delante. Para mí, al menos, el asunto no encerraba ningún secreto pues, hasta cierto punto, compartía su preocupación. En cierta ocasión me había llamado aparte, prometiéndome una

---

* En el castillo de proa del barco iban los marineros rasos. La oficialía gobernaba el barco desde el alcázar de popa.
** Ciudad del oeste de Inglaterra, a orillas del Avon, con un activo puerto comercial.

moneda de plata de cuatro peniques el primer día de cada mes a cambio de «estar ojo avizor por si divisaba a un marinero con una sola pierna» y de avisarle en el mismísimo momento en que apareciera. Bastante a menudo, cuando a primeros de mes iba a verle y a pedirle mi paga, se limitaba a resoplar por la nariz mirándome con desprecio; pero antes de que acabara la semana se ve que se lo pensaba mejor y me daba la moneda, repitiéndome las instrucciones de que estuviera atento al «marinero con una sola pierna».

Excuso deciros que este personaje me obsesionaba en sueños. En las noches de tormenta, cuando el viento sacudía las cuatro esquinas de la casa y las olas azotaban la ensenada y el acantilado, lo veía bajo mil formas y con mil expresiones diabólicas. A veces tenía la pierna cortada a la altura de la rodilla, otras, a la de la cadera; en ocasiones era un ser monstruoso con una pierna que le salía del centro del cuerpo. La peor de las pesadillas era verlo saltar y correr y perseguirme por montes y barrancos. Con tan abominables fantasías, bien cara me salía la paga del mes.

Pero aunque la idea del marinero con una sola pierna me tenía aterrorizado, el capitán me daba mucho menos miedo a mí que a las demás personas que lo trataban. Había noches en las que bebía más ponche de la cuenta y se le subía a la cabeza; cuando esto sucedía, a veces se sentaba y se ponía a cantar viejas tonadas marineras, terribles y obscenas, sin respetar a nadie; pero otras veces invitaba a una ronda y obligaba a todos los presentes, que temblaban atemorizados, a escuchar sus relatos o a corearle las canciones. A menudo sentí que la casa se estremecía con aquel «¡Yujujú, y una botella de ron!»; y todos los presentes se unían fingiendo entusiasmo, pero más muertos de miedo que otra cosa, y cantando a cual más fuerte para no llamar la atención. Y es que, en aquellos arrebatos, era el compañero más tirano que jamás ha existido: golpeaba la mesa con la mano para imponer silencio, se enfurecía si alguien le hacía una pregunta o, a veces, si no le hacían ninguna, porque estimaba que los parroquianos no estaban atentos a su relato. Y tampoco dejaba que nadie se marchara de la posada hasta que, borracho como una cuba y muerto de sueño, se iba a la cama dando tumbos.

Pero lo que más miedo le daba a la gente eran las historias que contaba, horribles relatos de ahorcados y de condenados a la tabla*, de tempestades en alta mar, de la isla de la Tortuga**, de fieras hazañas y de salvajes lugares del Caribe. A juzgar por sus palabras, debió de pasarse la vida entre algunos de los hombres más malvados que Dios permitió que surcaran los mares. El lenguaje que utilizaba para contarnos estas cosas chocaba a la sencilla gente de nuestra tierra tanto como los horrores que describía. Mi padre decía continuamente que nos iba a arruinar el negocio, porque los clientes no tardarían en dejar de acudir a un sitio donde los tiranizaban y humillaban y del que luego se iban para meterse en la cama temblando. Pero a mí me parece que su presencia nos favoreció. De momento la gente se asustaba, pero luego, cuando pensaban en estas cosas, en el fondo les gustaban; ponían un grano de emoción en su monótona vida rural; y había incluso un grupo de jóvenes que decían que lo admiraban y lo llamaban «auténtico lobo de mar», «marinero de ley» y cosas por el estilo, y sostenían que eran tipos como él los que habían dado a Inglaterra su fama en la mar.

Es verdad que, hasta cierto punto, casi nos arruina; permaneció en la posada semana tras semana y mes tras mes, y del dinero inicial ya no quedaba nada, pero mi padre nunca tuvo el coraje de reclamarle más. Si alguna vez se lo mencionaba, el capitán resoplaba con tantas fuerzas que parecía que rugía, y clavaba la mirada

---

* Castigo que los piratas, principalmente los del Caribe en el siglo XVII, solían imponer a sus prisioneros, obligándolos a caminar con los ojos vendados por una tabla de madera atravesada sobre la borda de la nave hasta que caían al agua y eran pasto de los tiburones.
** Isla dependiente de la república de Haití, que en los siglos XVI y XVII fue la principal base de los bucaneros franceses en las Antillas.

en mi pobre padre con tal intensidad que éste se marchaba de la habitación. Lo he visto retorcerse las manos tras estos desaires y estoy seguro de que el disgusto y el terror en los que vivía aceleraron en gran medida su prematura y desgraciada muerte.

Durante todo el tiempo que vivió en casa, el capitán no se mudó de ropa; sólo le compró unas medias al buhonero. Se le soltó una parte del ala del sombrero y, a partir de ese día, la dejó colgando a pesar de lo incómodo que era cuando soplaba el viento. Recuerdo el aspecto de su casaca, que remendaba él mismo arriba en su habitación y que, al final, era toda ella un puro remiendo. Nunca escribió ni recibió cartas y nunca habló con nadie más que con los vecinos, y, con éstos, la mayoría de las veces sólo cuando estaba borracho de ron. En cuanto al baúl, ninguno de nosotros lo vimos jamás abierto.

Sólo se enfadó una vez, y fue casi al final, cuando la enfermedad que se llevó a mi pobre padre a la tumba ya estaba muy avanzada. El doctor Livesey vino una tarde a última hora a ver al enfermo, aceptó un refrigerio que mi madre le ofreció y luego pasó a la sala a fumarse una pipa mientras le traían el caballo de la aldea, ya que nosotros no teníamos cuadra en la vieja posada de «Benbow». Yo le seguí a la sala y recuerdo que me llamó la atención el contraste entre el aspecto del doctor, pulcro y aseado, con la peluca empolvada, blanca como la nieve, los ojos negros y brillantes y sus buenos modales, y el de los rústicos aldeanos y, sobre todo, el de aquel espantapájaros, sucio, burdo y acabado, que era nuestro pirata, sentado y harto de ron, con los brazos encima de la mesa. De repente, él (me refiero al capitán) comenzó a tararear su eterna cantinela:

> Quince hombres sobre el baúl del muerto...
> ¡Yujujú, y una botella de ron!
> Belcebú y la bebida acabaron con su vida...
> ¡Yujujú, y una botella de ron!

Al principio me imaginaba que el «baúl del muerto» sería idéntico al cofre que tenía arriba en la habitación, y esta idea se mezclaba en mis pesadillas con la del marinero cojo. Pero por aquel entonces ya no hacíamos demasiado caso de la canción; aquella noche no era nueva para nadie más que para el doctor Livesey, y observé que a él no le hacía ninguna gracia, pues levantó la vista un instante, muy irritado, antes de seguir conversando con el viejo Taylor, el jardinero, sobre un nuevo remedio para el reúma. Entre tanto, el capitán se fue animando al son de su propia música, y al cabo golpeó la mesa con la mano, de aquella manera que todos sabíamos que quería decir: silencio. Enseguida enmudecieron todas las voces, menos la del doctor Livesey, el cual prosiguió como si tal cosa, en tono claro y sosegado, dando fuertes caladas a su pipa entre frase y frase. El capitán se le quedó mirando un rato, volvió a golpear la mesa con la mano, le miró todavía más furioso y al fin soltó un estentóreo y grosero juramento y dijo:

—¡Silencio ahí en el entrepuente!

—¿Es a mí, caballero? —preguntó el médico.

Y cuando el rufián le contestó, con otra blasfemia, que así era, el doctor le replicó:

—Os voy a decir una cosa, caballero: si seguís bebiendo ron, el mundo se verá pronto libre de un indeseable bellaco.

El viejo se enfureció sobremanera. Se puso en pie de un brinco, sacó y abrió una de esas navajas de muelle que suelen llevar los marineros y, sopesándola en la palma de la mano, amenazó con dejar clavado en la pared al médico.

Éste ni pestañeó. Se dirigió de nuevo a él, como anteriormente, hablándole por encima del hombro y en el mismo tono de voz, bastante alto, para que todos los presentes pudieran oírle, pero sin alterarse lo más mínimo:

—Si no guardáis inmediatamente esa navaja en el bolsillo, os aseguro por mi honor que os ahorcarán en la próxima audiencia que se celebre.

Luego hubo un enfrentamiento de miradas entre ellos; pero el capitán acabó por claudicar, se guardó la navaja y volvió a sentarse, como perro apaleado.

—Y ahora, caballero, que ya sé que hay un pájaro como vos en mi jurisdicción —prosiguió el doctor—, tened por seguro que no os perderé de vista ni de día ni de noche. Además de médico, soy magistrado y, a la más mínima queja que tenga contra vos, aunque no sea más que por una grosería como la de esta noche, tomaré las medidas pertinentes para que os detengan y os expulsen de estas tierras. Y aquí paz y después gloria.

Al poco trajeron a la puerta de la posada el caballo del doctor Livesey y éste se marchó; y el capitán nos dio tregua aquella noche y muchas otras después.

Capítulo 2

Perro Negro aparece y desaparece

Poco después de esta escena se produjo el primero de los misteriosos acontecimientos que acabaron por librarnos del capitán, aunque no, como veréis, de sus asuntos. Aquel invierno fue muy crudo, con muchas heladas y vientos huracanados; enseguida nos dimos cuenta de que no era muy probable que mi pobre padre llegara a la primavera. Cada día estaba más desmejorado, y mi madre y yo tuvimos que hacernos cargo de la posada, cosa que nos daba tanto quehacer que poco tiempo nos quedaba para prestarle atención a nuestro desagradable huésped.

Fue una mañana de enero, muy temprano, una mañana de un frío helador; la ensenada estaba gris de escarcha, las olas lamían suavemente las rocas y el sol estaba todavía bajo y apenas acariciaba las cumbres y se reflejaba levemente sobre el mar. El capitán se había levantado más temprano que de costumbre y se había dirigido hacia la playa, con el machete balanceándose bajo los amplios faldones de su vieja casaca azul, el catalejo de latón bajo el brazo y el sombrero en el cogote. Recuerdo el vaho de su aliento suspendido tras él como si fuera una estela de humo mientras se alejaba, y lo último que le oí cuando giró tras la gran peña fue una especie de gruñido de indignación, como si todavía estuviera dándole vueltas en la cabeza al percance con el doctor Livesey.

El caso es que mi madre estaba arriba con mi padre y yo poniendo la mesa para que el capitán almorzara a su regreso, cuando se abrió la puerta de la sala y entró en ella un hombre al que no había visto jamás. Era un tipo pálido y seboso al que le faltaban dos dedos de la mano izquierda; aunque llevaba sable, no tenía aspecto de pendenciero. Yo seguía ojo avizor a cualquier marinero, cojo o no, y recuerdo que éste me intrigó. No parecía del gremio, aunque algo en él olía a mar.

Le pregunté en qué podía servirle y me contestó que se tomaría un vaso de ron; pero cuando me disponía a salir de la habitación para ir a buscárselo se sentó en la mesa y me hizo señas de que me acercara. Me quedé parado donde estaba, con la bayeta en la mano.

—Ven acá, hijo, acércate —me dijo.

Yo di un paso hacia él.

—¿Es ésta la mesa de mi compadre Bill? —preguntó mirando de soslayo.

Le contesté que no conocía a su compadre Bill, y que la mesa era la de un hombre que se hospedaba en nuestra casa al que llamábamos capitán.

—Bueno —replicó el otro—, seguro que a mi compadre Bill le gusta que le llamen capitán. Tiene un chirlo en la mejilla y es la mar de simpático, sobre todo cuando está borracho, el bueno de mi compadre. Supongamos, y sólo es un suponer, que tu capitán tiene un chirlo en la mejilla; y supongamos, si te parece, que es en la mejilla derecha. ¡Ajajá! Ya te lo decía yo. O sea que mi compadre Bill está en esta casa, ¿no?

Le dije que había salido a dar un paseo.

—¿Por dónde, hijo? ¿Hacia dónde se fue?

Cuando le indiqué la peña y le dije que el capitán seguramente regresaría, y sin mucha tardanza, y contesté a unas cuantas preguntas más, dijo:

—¡Cáspita! Esto le va a alegrar a mi compadre Bill como un vaso de ron.

La cara que puso mientras pronunciaba estas palabras no era ciertamente de alegría, y mis buenas razones tuve para pensar que, aun suponiendo que lo dijera en serio, el forastero se equivocaba. Pero no era asunto de mi incumbencia, me dije para mis adentros; y, además, ¿qué podía hacer yo? El forastero se quedó merodeando por la sala, cerca de la puerta, acechando desde un rincón como gato a la caza de un ratón. En un momento dado salí hasta la carretera; el otro, inmediatamente, me llamó y, como no le obedecí todo lo presto que le habría gustado, la expresión de su sebosa cara se transformó horriblemente; el forastero me ordenó que entrara con una blasfemia que me hizo estremecer. En cuanto estuve dentro volvió a su actitud anterior, entre aduladora y sarcástica, me dio unas palmaditas en el hombro y me dijo que era un buen chico y que le había caído muy bien.

—Yo también tengo un hijo; os parecéis como dos gotas de agua y estoy muy orgulloso de él —añadió—. Pero lo más importante para los muchachos es la disciplina, hijo, la disciplina. Si hubieras navegado con Bill, no habrías esperado a que te dijera las cosas dos veces, te lo aseguro. Así es como se las gastaba Bill, y todos los que navegaban con él. Pero mira, ahí viene mi compadre Bill con el catalejo bajo el brazo; qué chusco. Tú y yo vamos a volver a la sala, hijo, y nos pondremos detrás de la puerta, y le daremos una sorpresita a Bill; qué chusco es.

Y diciendo esto, el forastero volvió a entrar en la sala conmigo y me colocó detrás de él en el rincón, de tal manera que ambos quedábamos ocultos tras la puerta abierta. Yo estaba muy inquieto y asustado, como os podéis imaginar, y mi temor creció al ver que el forastero estaba igual de asustado. Desembarazó la empuñadura del machete y comprobó que la hoja corría dentro de la vaina; y mientras estuvimos aguardando no hacía más que tragar saliva, como si tuviera lo que se suele llamar un nudo en la garganta.

Al fin entró el capitán, cerró la puerta de golpe, sin mirar ni a un lado ni a otro, y cruzó la habitación dirigiéndose directamente a donde le aguardaba el almuerzo.

—Bill —dijo el forastero con una voz que me pareció que pretendía ser fuerte y segura.

El capitán giró sobre sus talones y nos miró de frente. Se le mudó el color y hasta la nariz se le puso lívida;

tenía el aspecto de un hombre que está viendo una aparición, o incluso el diablo o algo peor, si es que existe; y os juro que me dio pena verlo de repente tan envejecido y enfermo.

—Vamos, Bill, ya sabes quién soy, ¿o acaso te has olvidado de tu viejo camarada de tripulación? —dijo el forastero.

El capitán pegó un respingo y exclamó:

—¡Perro Negro!

—¿Y quién si no? —replicó el otro, un poco más tranquilo—. Perro Negro el de siempre, que ha venido a ver a su viejo compadre Bill a la posada del Almirante Benbow. ¡Ay, Bill, Bill! ¡Cuánto ha llovido para nosotros desde que perdí los dos garfios! —añadió alzando su mano mutilada.

—Está bien —dijo el capitán—, me has localizado. Aquí estoy. Ahora habla, ¿qué quieres?

—No has cambiado, Bill —replicó Perro Negro—. Siempre vas al grano, Billy. Que este buen muchacho me traiga un vaso de ron, al que tanto me aficioné; y, si te parece, nos sentamos y hablamos claro, como viejos camaradas.

Cuando volví con el ron ya se habían sentado, cada uno a un lado de la mesa del capitán. Perro Negro, más cerca de la puerta, sentado de lado, como para controlar al mismo tiempo a su viejo camarada y, al menos eso me pareció a mí, el camino de retirada.

Me indicó que me fuera y que dejase la puerta abierta de par en par.

—No me gustan las cerraduras, hijo —dijo.

Los dejé a solas y me retiré detrás de la barra.

Aunque desde luego hice todo lo que pude por escuchar, durante un largo rato no conseguí oír más que un farfulleo; pero al cabo las voces subieron de tono y pude captar una o dos palabras, principalmente juramentos proferidos por el capitán.

—No, no, no, no; ¡ya basta! —gritó una vez.

Y luego:

—¡Si hay que acabar en la horca, acabaremos todos!

De repente se oyó un tiberio de palabrotas y otros ruidos; la silla y la mesa volaron patas arriba y siguió un entrechocar de metales, luego un grito de dolor y, al momento, vi a Perro Negro en plena huida y al capitán en ardiente persecución, ambos blandiendo los machetes y el primero con el hombro izquierdo ensangrentado. En el umbral de la puerta, el capitán le dirigió al fugitivo un último y tremendo mandoble, que seguramente lo habría cortado en dos por el espinazo de no haber ido a dar primero con nuestro gran letrero del Almirante Benbow. Aún hoy se puede ver el tajo que hizo en la parte inferior del marco.

Aquella estocada fue la última del lance. Cuando llegó al camino, Perro Negro, a pesar de su herida, puso pies en polvorosa y desapareció por detrás del cerro en un santiamén. El capitán, por su parte, se quedó mirando fijamente el letrero como un poseso. Luego se pasó la mano por delante de los ojos varias veces y por fin volvió a entrar en la posada y dijo:

—¡Jim, ron!

Al hablar se tambaleó ligeramente y se tuvo que sostener apoyándose con una mano en la pared.

—¿Estáis herido? —le pregunté.

—¡Ron! —repitió—. He de marcharme de aquí. ¡Ron! ¡Ron!

Corrí a buscar la bebida, pero estaba muy nervioso por todo lo que había sucedido y rompí un vaso y se me atoró la espita de la barrica; cuando andaba enredado con todo esto, oí que algo muy pesado se caía en la sala y acudí corriendo: allí estaba el capitán, tendido cuan largo era en el suelo. En aquel mismísimo momento, mi madre, alarmada por los gritos y el ruido de la lucha, bajó a toda prisa las escaleras para acudir en mi ayuda. Entre ambos le levantamos la cabeza. Respiraba pesada y entrecortadamente, y tenía los ojos cerrados y el rostro de un color espantoso.

—¡Ay, Dios mío, qué desgracia nos ha caído encima! —exclamó mi madre—. ¡Y con lo enfermo que está tu pobre padre!

Entretanto no teníamos ni idea de qué hacer para socorrer al capitán, ni otro pensamiento que el de que había sido herido de muerte en la refriega. Traje el ron y traté de hacérselo tragar; pero tenía los dientes apretados y las mandíbulas como si fueran de hierro. Fue un alivio para nosotros que, en aquel momento, se abriera la puerta y entrara el doctor Livesey, que venía a visitar a mi padre.

—¡Ay, doctor, no sabemos qué hacer! —exclamamos—. ¿Dónde estará herido?

—¿Herido? ¡Paparruchas! —replicó el doctor—. Está tan herido como cualquiera de nosotros. Este hombre ha sufrido una apoplejía; ya se lo tenía advertido. Y ahora, señora Hawkins, id arriba junto a vuestro marido y, si es posible, que no se entere de nada de esto. Por lo que a mí respecta, he de poner todos los medios a mi alcance para salvar la vida triplemente inútil de este individuo; y tú, Jim, tráeme una jofaina.

Cuando volví con la jofaina, el doctor ya le había rasgado la manga al capitán, dejando al descubierto su gran brazo sarmentoso, que mostraba varios tatuajes. En el antebrazo podía leerse, escrito en letra muy clara: «La suerte me sonríe», «Viento de bonanza» y «El amor de Billy Bones». Cerca del hombro llevaba el dibujo de una horca con un ahorcado, representado, a mi entender, con mucho realismo.

—¡Profético! —dijo el doctor, pasando el dedo por encima del dibujo—. Y ahora, maese Billy Bones, si es que ése es vuestro nombre, vamos a ver de qué color tenéis la sangre. Jim, ¿te da miedo la sangre?

—No, señor —le contesté.

—Muy bien —dijo el doctor—; entonces sostén la jofaina.

Y diciendo estas palabras, cogió la lanceta y le abrió una vena.

Le sacamos mucha sangre al capitán antes de que éste abriera los ojos y lanzase una turbia mirada a su alrededor. Primero reconoció al doctor y frunció elocuentemente el entrecejo; luego, sus ojos se detuvieron en mí y pareció algo aliviado. Pero de repente se le mudó el color e intentó ponerse en pie al tiempo que gritaba:

—¿Dónde está Perro Negro?

—Aquí no hay más perro que vuestro perro genio —le contestó el médico—. Habéis estado bebiendo ron y habéis sufrido una apoplejía, exactamente como os vaticiné; por mi parte y muy en contra de mi voluntad, os he sacado por los pelos de la tumba. Y ahora, señor Bones...

—Ése no es mi nombre —lo interrumpió el otro.

—Me tiene sin cuidado —replicó el doctor—. Es el nombre de un bucanero que conozco, y os lo aplico para abreviar. Lo que tengo que deciros es lo siguiente: un vaso de ron no conseguirá mataros. Pero, si bebéis uno, se os antojará otro, y otro más. Y me apuesto la peluca a que, si continuáis por ese camino, no tardaréis en morir. ¿Me entendéis? En morir y en convertiros en polvo, como dice la Biblia. Ahora, haced un esfuerzo; por esta vez os ayudaré a subir a la cama.

Entre los dos y no sin grandes dificultades conseguimos subirlo por las escaleras y tumbarlo en la cama; dejó caer la cabeza en la almohada, como si se fuera a desmayar.

—Ahora, fijaos bien en lo que os digo, que quiero tener la conciencia tranquila —dijo el doctor—: Para vos la palabra ron significa muerte.

Y con éstas, me cogió del brazo y me llevó con él a ver a mi padre.

—No tiene nada —me dijo en cuanto cerró la puerta—. Le he sacado suficiente sangre como para apaciguarlo durante una temporada; seguramente no podrá levantarse hasta dentro de una semana, y eso es lo que os conviene tanto a él como a vosotros. Pero, si sufre otro ataque, no saldrá del paso.

Capítulo 3

La marca negra

A eso de mediodía me llegué a la puerta del capitán con unas bebidas frescas y su medicina. Estaba tumbado prácticamente como lo habíamos dejado, aunque un poco más incorporado, y parecía a la vez débil y excitado.

—Jim, eres la única persona que vale la pena aquí —me dijo—, y sabes que siempre me he portado bien contigo. Ni un solo mes he dejado de darte tu moneda de plata. Y ahora ya ves, compadre, aquí estoy, hecho una piltrafa y abandonado por todos; Jim, muchacho, ¿a que me vas a traer un vasito de ron?

—El doctor... —empecé a decir.

Pero me interrumpió maldiciendo al médico con voz débil, aunque con toda su alma, y dijo:

—Los médicos son todos unos papanatas; y éste de aquí, digo yo, ¿qué sabrá él de marineros? Yo he estado en lugares donde hacía tanto calor como en el infierno, y donde mis compañeros caían como chinches por culpa de la fiebre amarilla, y donde los terremotos sacudían la maldita tierra como si fuera el mar... ¿Qué sabrá el doctor ése de mundos como aquéllos? Yo me mantenía a base de ron, te lo aseguro; el ron y yo éramos como uña y carne, como marido y mujer; y si ahora no puedo tener mi racioncita de ron, soy como un viejo cascarón varado. Jim, mi sangre recaerá sobre ti, y sobre ese matasanos...

Siguió un buen rato blasfemando. Luego continuó en tono suplicante:

—Mira, Jim, cómo me tiembla la mano. No puedo tenerla quieta, no puedo. En todo el maldito día no he bebido ni una gota. Ese médico es un necio, te lo digo yo. Si no bebo un trago de ron, Jim, me pondré a delirar; acabo de tener alucinaciones: he visto al viejo Flint en ese rincón, detrás de ti. Tan claro como el agua que lo he visto. Y, ¡ay!, si me pongo a delirar, puedo ser más malo que Caín, que soy hombre que ha vivido muy malos tragos. Hasta el médico dijo que un vaso no me haría daño. Te daré una guinea de oro a cambio de un trago, Jim.

Se iba poniendo cada vez más alterado y me preocupaba que lo oyera mi padre, que aquel día estaba muy alicaído y necesitaba descansar; además, me tranquilizaban las palabras del médico, que el capitán me acababa de recordar, y me ofendió que quisiera sobornarme. Así que le dije:

—No quiero dinero alguno si no es el que le debéis a mi padre. Os traeré un vaso y nada más.

Cuando se lo llevé, lo agarró con ansia y se lo bebió de un trago.

—Bueno, bueno, esto ya está mejor, desde luego —murmuró el capitán—. Y ahora, muchacho, cuéntame: ¿dijo el doctor cuánto tiempo tendría que quedarme en este viejo camarote?

—Al menos una semana —le contesté.

—¡Rayos y truenos! —exclamó—. ¡Una semana! ¡Ni hablar! De aquí a entonces ya me habrían dado la marca negra. Esos canallas quieren descubrirme, maldita sea; esos canallas que no son capaces de conservar lo que tienen y quieren echarle el guante a lo de los demás. Y digo yo: ¿es así como se comporta un marinero decente? Yo siempre he sido ahorrador. Nunca malgasté mis perras ni las perdí; y volveré a darles esquinazo. No les tengo miedo, compadre; largaré las velas antes que ellos, y volveré a engañarlos.

Según decía todo aquello, se levantó de la cama con gran dificultad, agarrándose a mi hombro con tanta fuerza que apenas pude reprimir un grito, y moviendo las piernas como si fueran de plomo. Sus palabras, muy enérgicas en su contenido, contrastaban tristemente con la debilidad con que eran pronunciadas. Cuando consiguió sentarse al borde de la cama, hizo una pausa y luego murmuró:

—Ese médico me ha matado. Me zumban los oídos. Ayúdame a recostarme.

Antes de que pudiera echarle una mano, había vuelto a caer tumbado en la posición anterior y así se quedó durante un rato en silencio.

Al cabo, dijo:

—Jim, ¿te acuerdas de ese marinero que viste hoy?

—¿Perro Negro? —le pregunté.

—¡Ay, Perro Negro! —exclamó—. *Ése* sí que es un canalla. Pero aún los hay peores. Si no me las apaño para largarme como sea y me entregan la marca negra..., fíjate bien en lo que te digo, lo que andan buscando es mi viejo baúl; tú coge un caballo, podrás, ¿verdad? O sea, que coges un caballo y vas a..., sí, qué remedio..., a ese maldito matasanos y le dices que llame a cubierta a toda la marinería...,* a los magistrados y gente por el estilo que les echará el guante a bordo del Almirante Benbow..., a toda la vieja tripulación de Flint, chicos y grandes, todo lo que queda de ella. Yo era segundo de a bordo, era el segundo oficial del viejo Flint y soy el único que conoce el lugar. Me lo dio en Savannah** cuando yacía moribundo, talmente como yo ahora si me fuera a morir, ¿entiendes? Pero tú no píes a no ser que me entreguen la marca negra, o que vuelvas a ver a Perro Negro, o a un marinero con una sola pierna, Jim, sobre todo a éste.

—Pero ¿qué es la marca negra, capitán? —le pregunté.

—Es un aviso, muchacho. Ya te lo diré si me la entregan. Tú sigue ojo avizor, Jim, y a fe mía que iremos a medias, palabra de honor.

---

* Como ya se ha dicho en la nota 4 del capítulo 1, los marineros de Stevenson utilizan su jerga continuamente, aun fuera de contexto; así, Billy Bones se refiere a su cama o dormitorio llamándolo camarote; dice «largaré las velas» por «huiré» o «que llame a cubierta a toda la marinería» por «convoque o recluto al personal», etcétera.
** Ciudad y puerto del sudeste de los Estados Unidos (Georgia), junto al estuario del río homónimo.

Siguió delirando un rato más, con la voz cada vez más apagada. Poco después de que le diera la medicina, que se tomó como si fuera un niño, comentando: «Si hay un marinero que necesite medicinas, ése soy yo», cayó por fin en un pesado sueño, como si hubiera perdido el conocimiento, y así lo dejé. No sé lo que habría hecho si las cosas hubiesen salido bien. Lo más seguro es que le hubiera contado todo al doctor; pues tenía un miedo cerval a que el capitán se arrepintiera de sus confesiones y acabara conmigo. Pero el caso es que mi pobre padre murió bastante de repente aquella misma noche, y todo lo demás pasó a segundo plano. Nuestro comprensible dolor, las visitas de los vecinos, los preparativos del funeral y todo el trabajo de la posada que había que seguir haciendo entre una cosa y otra me tuvieron tan ocupado que apenas tuve tiempo de acordarme del capitán, y mucho menos del miedo que le tenía.

A la mañana siguiente recuerdo perfectamente que bajó a la sala como de costumbre, aunque comió poco; pero supongo que se pasaría con la ración de ron, pues se sirvió él mismo en el bar, frunciendo el entrecejo y resoplando por la nariz, y nadie se atrevió a cruzarse en su camino. La noche antes del funeral estaba más borracho que nunca y, en aquel hogar de luto, resultaba escandaloso oírle cantar a voz en cuello su espantosa balada marinera de siempre. Pero aunque estaba débil, todos le teníamos un miedo mortal; el doctor tuvo que ausentarse inesperadamente para atender a un paciente a muchas millas de distancia y no vino por casa después de la muerte de mi padre. Acabo de decir que el capitán estaba débil y la verdad es que parecía que, en vez de reponerse, cada vez lo estaba más. Subía y bajaba las escaleras con gran dificultad e iba de la sala al bar y vuelta a la sala, y a veces asomaba la nariz fuera de casa para oler el mar, apoyándose en las paredes para no caerse y respirando pesada y entrecortadamente, como cuando se sube una empinada cuesta. Nunca se dirigió a mí en particular, y estoy convencido de que se había olvidado de las confidencias que me había hecho. Pero estaba más susceptible y más violento que nunca, a pesar de su debilidad física. Cogió la peligrosa costumbre, cuando estaba borracho, de desenvainar el machete y dejarlo desnudo encima de la mesa. Pero a pesar de todo ello se preocupaba menos de la gente y daba la impresión de que estaba sumido en sus propias cavilaciones y bastante ido. Una vez, por ejemplo, nos quedamos pasmados al oír que entonaba una melodía diferente, una especie de canción de amor campesina, que debió de aprender en su juventud antes de hacerse a la mar.

Así fue transcurriendo el tiempo hasta que, al día siguiente del funeral, en una tarde de frío, niebla y escarcha, estaba yo a eso de las tres a la puerta de la casa recordando con tristeza a mi padre cuando vi que alguien se acercaba lentamente por el camino. Era obviamente un ciego, pues iba tanteando el terreno con un bastón, y llevaba una gran venda verde que le cubría los ojos y la nariz; caminaba encorvado, como por efecto de la edad o de la debilidad, y llevaba un enorme, viejo y andrajoso capote con capucha, que le hacía parecer totalmente deforme. En mi vida he visto una silueta de aspecto más terrible que aquélla. Se detuvo a escasa distancia de la posada y, alzando la voz, se dirigió al aire que tenía frente a él para decir con un extraño soniquete:

—¿No habrá por aquí un alma caritativa que quiera decirle a un pobre ciego, que ha perdido el valioso sentido de la vista en la noble defensa de su patria, Inglaterra, ¡y que Dios bendiga al rey Jorge!, dónde o en qué lugar de este país se encuentra?

—Estáis ante la posada del Almirante Benbow, en la ensenada del cerro Negro, buen hombre —le contesté.

—Oigo una voz —dijo el otro—, una voz joven. ¿Me darías la mano, mi amable y joven amigo, para llevarme adentro?

Le tendí la mano y aquel ser horrible, adulador y sin ojos me la agarró al instante como un torniquete. Me pilló tan de sorpresa que traté de desasirme, pero el ciego me atrajo hacia él con un simple movimiento del brazo y me ordenó:

—Vamos, chico, llévame hasta el capitán.

—Señor, os juro que no me atrevo —le contesté.

—Conque esas tenemos —rezongó—. ¡Llévame inmediatamente o te parto el brazo!

Y según decía estas palabras, me lo retorció con tal fuerza que se me saltaron las lágrimas.

—Señor, si es por vos —le dije—. El capitán ya no es lo que era. Está siempre sentado con el machete desenvainado. Otro caballero...

—Vamos, en marcha —me interrumpió el ciego.

Nunca había oído una voz tan cruel, fría y desagradable como la de aquel hombre. Le obedecí inmediatamente, más por miedo que por dolor; me encaminé directamente hacia la puerta y hacia la sala en la que estaba sentado nuestro viejo bucanero enfermo, adormilado por el ron. El ciego iba pegado a mí, agarrándome con su puño de hierro, y cargando sobre mí más peso del que yo era capaz de soportar.

—Llévame directamente hasta él, y cuando esté al alcance de su vista grítale: «Aquí está un amigo vuestro, Bill». Si no lo haces, te hago esto.

Y mientras decía estas palabras me retorció con tanta fuerza el brazo, que creí que me iba a desmayar. Entre una cosa y otra el ciego me tenía tan aterrorizado, que se me olvidó el temor que me producía el capitán y, cuando abrí la puerta de la sala, grité con temblorosa voz lo que aquél me había ordenado.

El pobre capitán alzó los ojos y, de una mirada, el ron se le bajó a los talones y se le pasó la borrachera. La expresión de su rostro no era tanto de pavor como de enfermedad mortal. Hizo un movimiento para levantarse, pero no creo que tuviera ya fuerzas suficientes.

—¡Quédate sentado donde estás, Bill! —dijo el mendigo—. Aunque no vea, soy capaz de oír el movimiento de un dedo. Los negocios son los negocios. Extiende la mano izquierda. Chico, agárrale por la muñeca y pon su mano izquierda en la mía derecha.

Ambos obedecimos al pie de la letra y vi que algo pasaba de la palma de la mano del ciego que sostenía el bastón a la palma de la mano del capitán, que cerró el puño al instante.

—Lo hecho hecho está —dijo el ciego.

Con las mismas, de repente me soltó y, con increíble agilidad y precisión, salió de la sala y echó a andar por el camino; yo seguía clavado en el sitio y oía los golpecitos del bastón en la distancia.

Tanto yo como el capitán tardamos un buen rato en recuperarnos; pero al cabo, yo le solté la mano, que todavía tenía agarrada, y él, casi al mismo tiempo, la retiró y clavó la mirada en lo que tenía en la palma.

—¡A las diez! —exclamó—. Seis horas. Todavía podemos librarnos de ellos.

Y se puso en pie de un salto. Pero al hacerlo, se tambaleó, se llevó la mano al cuello, perdió un momento el equilibrio y luego, con un extraño ruido, cayó de bruces sobre el suelo.

Corrí inmediatamente hacia él, llamando a mi madre a gritos. Pero las prisas fueron inútiles. El capitán había caído fulminado por un ataque de apoplejía. Resultará difícil de comprender, pues nunca me había gustado aquel hombre, aunque en los últimos tiempos me había empezado a dar pena, pero en cuanto me di cuenta de que se había muerto me eché a llorar. Era el segundo muerto que veía y la pena por el primero seguía viva en mi corazón.

Capítulo 4

El baúl

Como es de suponer, me apresuré a contarle a mi madre todo lo que sabía, cosa que tal vez debería haber hecho antes, y comprendimos que nos hallábamos en una situación difícil y peligrosa. Parte del dinero de aquel hombre —si es que tenía alguno— nos lo debía; pero no iba a ser fácil que los camaradas de nuestro capitán, y sobre todo los dos ejemplares que yo había conocido, Perro Negro y el mendigo ciego, estuvieran dispuestos a renunciar a su botín para saldar las deudas del muerto. La orden que me había dado el capitán de que fuera inmediatamente a caballo en busca del doctor Livesey suponía dejar a mi madre sola e indefensa, cosa que enseguida descarté. La verdad es que parecía imposible que ninguno de los dos pudiéramos seguir quedándonos en la casa: el crujir de un trozo de carbón en la parrilla de la cocina, el mismísimo tictac del reloj, nos aterrorizaban. A nuestros oídos, los alrededores parecían plagados de pasos que se acercaban; entre eso y el cadáver del capitán tendido en el suelo de la sala, y la idea de que el aborrecible mendigo ciego pudiera andar merodeando por los alrededores, dispuesto a regresar, había momentos en los que, como se suele decir, no me llegaba la camisa al cuerpo. Había que tomar una decisión, y cuanto antes mejor; al fin se nos ocurrió ir juntos a pedir ayuda a la aldea cercana. Dicho y hecho. Y así como estábamos, sin echarnos nada por encima aunque empezaba a anochecer, salimos a todo correr, en medio de la heladora niebla.

La aldea estaba a pocos cientos de yardas* de distancia, aunque no se veía porque quedaba del otro lado de la ensenada; y lo que más ánimos me dio es que estaba en dirección opuesta al lugar por el que había aparecido el mendigo ciego y por el que era de suponer que se hubiera marchado. El trayecto no duró demasiado, a pesar de que, de trecho en trecho, nos deteníamos y nos quedábamos escuchando, agarrados el uno al otro. Pero no se oía nada extraño; sólo el lejano chapoteo de las olas y los graznidos de los cuervos en el bosque.

Ya se habían prendido las luces cuando llegamos a la aldea, y nunca olvidaré cuánto me reconfortó ver su amarillo resplandor en puertas y ventanas; pero eso fue toda la ayuda que íbamos a sacar por aquel lado. Porque, aunque os parezca que a los hombres se les debería haber caído la cara de vergüenza, ni un alma accedió a regresar con nosotros al Almirante Benbow. Cuanto más les contábamos nuestros problemas, más se aferraban todos ellos, hombres, mujeres y niños, a la seguridad de sus hogares. El nombre del capitán Flint, aunque desconocido para mí, era bastante famoso para gran parte de ellos, que temblaban con sólo oírlo pronunciar. Algunos, que trabajaban en los campos al otro lado del Almirante Benbow, recordaban además haber visto a varios forasteros en el camino y, pensando que serían contrabandistas, habían salido huyendo. Y uno de ellos había visto un pequeño lugre** en el lugar que llamamos el agujero del Gato. De hecho, sólo toparse con algún camarada del dichoso capitán ya les provocaba un miedo cerval. Resumiendo: que aunque conseguimos que varios de ellos se ofrecieran a salir a caballo en busca del doctor Livesey, que se hallaba en dirección contraria, nadie quiso ofrecerse a defender la posada.

Dicen que la cobardía es contagiosa, pero por otra parte las discusiones hacen que la gente se envalento-

---

* Medida inglesa de longitud equivalente a 91,44 centímetros.
** Barco pequeño de cabotaje, con tres palos, velas al tercio y gavias volantes. Fue muy usado en el litoral atlántico.

ne; y cuando cada cual hubo dicho lo que tenía que decir, mi madre tomó la palabra. Declaró que no estaba dispuesta a perder un dinero que pertenecía a su hijo, que acababa de quedarse huérfano de padre.

—Si ninguno de vosotros se atreve —les dijo—, Jim y yo sí que nos atrevemos. Volveremos por donde hemos venido, y muchas gracias a todos, que, con todo lo grandullones que sois, no sois más que unos gallinas. Abriremos el baúl, aunque tengamos que morir en el empeño. Y gracias por la bolsa, señora Crossley, en la que podremos guardar el dinero que nos pertenece legalmente.

Por supuesto, yo añadí que iría con mi madre; y, por supuesto, todos nos reprocharon a voces nuestra insensatez; pero ni un solo hombre se ofreció a acompañarnos. Todo lo que hicieron fue darme una pistola cargada, por si nos atacaban; y prometernos que tendrían caballos ensillados por si nos perseguían a la vuelta; mientras tanto, un muchacho iría a caballo en busca del doctor para que reclutase a gente armada.

El corazón se me salía del pecho cuando mi madre y yo emprendimos camino en medio de la fría noche para acometer tan peligrosa empresa. La luna llena empezaba a despuntar y su rojizo resplandor asomaba por los flecos superiores de la niebla, lo que hizo que nos apresuráramos aún más, porque era evidente que, antes de que estuviéramos de vuelta, habría tanta luz como si fuera de día y nuestra escapada quedaría a la vista de cualquiera que nos estuviera espiando. Nos deslizamos pegados a los setos, con rapidez y sin hacer ruido, y tampoco vimos ni oímos nada que aumentase nuestro terror, hasta que por fin llegamos al Almirante Benbow y cerramos la puerta tras de nosotros muy aliviados.

Inmediatamente corrí el cerrojo; nos quedamos en pie y jadeando un momento en plena oscuridad, solos en la casa con el cadáver del capitán. Luego, mi madre fue a buscar una vela al bar y, cogidos de la mano, atravesamos la sala. Allí estaba tendido de espaldas, como lo habíamos dejado, con los ojos abiertos y un brazo extendido.

—Baja la persiana, Jim —susurró mi madre—, no sea que vengan y nos vean desde fuera —y cuando la hube bajado añadió—: Ahora hemos de sacarle la llave, y a ver quién se atreve a tocarlo —dijo, acompañando sus palabras con una especie de sollozo.

Me arrodillé inmediatamente. En el suelo, cerca de su mano, había un papelito redondo pintado de negro por una cara. Me di cuenta de que aquello era la *marca negra*; la recogí y vi que del otro lado estaba escrito con letra buena y clara el siguiente y breve mensaje: «Tienes hasta las diez de esta noche».

—Madre, tenía hasta las diez —dije.

Y en el instante en que estaba pronunciando aquellas palabras, nuestro viejo reloj se puso a dar la hora. Aquel repentino sonido nos sobresaltó terriblemente, pero nos trajo buenas nuevas, pues sólo eran las seis.

—Vamos, Jim, la llave —apremió mi madre.

Le palpé los bolsillos, uno tras otro. Todo lo que éstos contenían era unas cuantas moneditas, un dedal, un poco de hilo y unas agujas grandes, un cachito de tabaco mordisqueado, su navaja de mango curvo, una brújula de bolsillo y una caja de hojalata, y empecé a desesperarme.

—Tal vez la lleve colgada del cuello —sugirió mi madre.

Venciendo una enorme repugnancia, le desabroché el cuello de la camisa y allí, efectivamente, encontramos la llave, colgada de un trozo de cordel embreado. Aquel hallazgo nos infundió esperanza, y corrimos escaleras arriba sin más tardanza a la pequeña habitación en la que había dormido durante tanto tiempo, y donde tuvo guardado el baúl desde el día en que llegó.

Por fuera era igual que cualquier otro baúl de marinero; llevaba la inicial «B.» grabada a fuego en la parte de arriba, y tenía las esquinas algo abolladas y rotas de tanto y tan duro uso.

—Dame la llave —ordenó mi madre.

Aunque la cerradura estaba muy dura, consiguió abrirla y levantó la tapa en un santiamén.

Del interior salió un recio olor a tabaco y alquitrán, pero en lo alto no se veía más que un excelente traje, cuidadosamente cepillado y doblado. Estaba sin estrenar, según dijo mi madre. Por debajo apareció un revoltillo de objetos: un cuadrante*, un cubilete de hojalata, varios trozos de tabaco, un par de magníficas pistolas, un lingote de plata, un viejo reloj español y unas cuantas cosillas más de escaso valor, en su mayoría de fabricación extranjera, un par de brújulas montadas sobre latón y cinco o seis curiosas conchas de las Antillas. Me he preguntado muchas veces desde entonces por qué habría llevado consigo aquellas conchas en su azarosa y culpable vida fugitiva.

Entretanto, no habíamos hallado nada de valor excepto la plata y las baratijas, que no nos eran de ninguna utilidad. Al fondo había un viejo capote marinero, que se había ido blanqueando de sal por las tabernas de muchos puertos. Mi madre lo sacó con impaciencia y ante nosotros apareció, entre los últimos objetos que contenía el baúl, un paquete envuelto en hule con aspecto de contener papeles, y una bolsa de lona de la que, al tocarla, escapó el tintineo del oro.

—Voy a demostrar a esos granujas que soy una mujer honrada —dijo mi madre—. Cogeré lo que se me debe y ni una perra más. Sujeta la bolsa de la señora Crossley.

Y empezó a contar los dineros que le debía el capitán, sacándolos de la bolsa del marinero y echándolos en la que yo sostenía.

Fue una tarea larga y difícil, pues había monedas de todos los países y tamaños: doblones, y luises de oro, y guineas, y doblones de a ocho, y qué sé yo qué más, todo ello junto y revuelto. Además, las guineas eran las más escasas, y era sólo con éstas con las que mi madre sabía echar las cuentas.

---

* Instrumento compuesto de un cuarto de círculo graduado, con anteojos, para medir ángulos.

Cuando llevábamos más o menos la mitad contada, de repente puse la mano sobre su brazo, pues había oído en el sordo aire gélido un sonido que me acongojó: el golpeteo del bastón del ciego sobre el camino helado. Cada vez se oía más cerca, pero nosotros nos quedamos allí sentados, conteniendo la respiración. Luego golpeó con fuerza contra la puerta de la posada, y a continuación pudimos oír el giro del pomo y el chirrido del pestillo cuando aquel ser malvado intentó entrar; después hubo un rato largo de silencio tanto dentro como fuera. Al cabo volvió a resonar el golpeteo, que, para nuestra indescriptible alegría y gratitud, se fue desvaneciendo lentamente hasta que dejó de oírse.

—Madre, cógelo todo y vámonos —le dije, convencido de que la puerta cerrada habría levantado la liebre y de que la jauría se nos echaría encima. Sin embargo, quien no haya visto nunca a aquel terrible ciego no puede comprender cuánto me aliviaba el haber echado el cerrojo.

Pero mi madre, a pesar de lo asustada que estaba, no estaba dispuesta a coger ni una perra más de lo que se le debía, ni tampoco a quedarse con menos. Faltaba todavía un buen rato para las siete, me dijo; sabía cuáles eran sus derechos y no pensaba renunciar a ellos. Y estaba todavía discutiendo conmigo cuando se oyó un sofocado silbido a lo lejos, en el cerro. Aquello fue más que suficiente para ambos.

—Me llevo lo que ya he contado —dijo, poniéndose en pie de un salto.

—Y yo me llevo esto para cuadrar las cuentas —repliqué yo, cogiendo el envoltorio de hule.

En un santiamén bajamos los dos atropelladamente las escaleras, dejando la vela junto al baúl vacío; y en otro abrimos la puerta y salimos huyendo. Menos mal que no perdimos ni un momento. La niebla se estaba disipando y la luna ya brillaba sobre el camino a ambos lados de la posada; y sólo al fondo de la cañada y alrededor de la posada seguía suspendido un fino velo, que encubrió los primeros pasos de nuestra fuga. A menos de mitad de camino de la aldea, muy poco más allá del pie del cerro, tuvimos que andar bajo la luz de la luna. Y eso no fue todo, pues empezamos a oír el sonido de varias pisadas que se acercaban corriendo, y cuando volvimos la vista en su dirección, una luz que se balanceaba pero avanzaba con rapidez nos indicó que uno de los recién llegados llevaba una linterna.

—¡Dios mío! —exclamó mi madre de repente—. Coge el dinero y echa a correr. Yo me voy a desmayar.

Estaba seguro de que había llegado nuestra última hora. ¡Cuánto maldije la cobardía de los vecinos! ¡Cuánto le reproché a mi pobre madre su honradez y su avaricia, su necia valentía pasada y su debilidad presente! Afortunadamente, habíamos llegado al puentecillo y, aunque ella iba dando tumbos, la ayudé a alcanzar la orilla del río, donde me acuerdo perfectamente que suspiró y se cayó sobre mi hombro. No sé de dónde saqué fuerzas para hacer todo aquello, y me temo que fui un poco brusco. Pero conseguí arrastrarla por la ribera hasta debajo del arco del puente. No podía moverla más, pues el puente era demasiado bajo y la única opción era arrastrarme por debajo; así que allí nos quedamos, mi madre casi enteramente al descubierto y ambos a tiro de piedra de la posada.

Capítulo 5

La muerte del ciego

En cierto modo mi curiosidad era mayor que mi temor, pues no pude quedarme donde estaba y volví hacia atrás arrastrándome por la ribera hasta un punto en el que, escondido detrás de unas matas de retama, conseguía dominar el camino que llevaba hasta nuestra puerta. Apenas me había apostado en aquel lugar cuando mis enemigos comenzaron a llegar, unos siete u ocho, corriendo a todo correr, con los pies golpeando el camino desacompasadamente, y el hombre de la linterna unos cuantos pasos por delante. Tres hombres corrían juntos, cogidos de la mano; y adiviné, a pesar de la niebla, que el del medio debía de ser el mendigo ciego. Al instante, su voz me demostró que no me había equivocado.

—¡Echad la puerta abajo! —gritó.

—A la orden, señor —respondieron dos o tres.

Todos se abalanzaron sobre el Almirante Benbow, quedándose el de la linterna en retaguardia. Luego vi que se detenían y los oí hablar en voz baja, como si les sorprendiera encontrar la puerta abierta. Pero su pausa fue breve, porque el ciego volvió a darles órdenes enseguida. Su voz sonaba más fuerte y más aguda, como si estuviera enloquecido de ansiedad y de rabia.

—¡Adentro! ¡Adentro! ¡Adentro! —gritaba, maldiciéndolos por su tardanza.

Cuatro o cinco de ellos le obedecieron inmediatamente y dos se quedaron en el camino con el terrible mendigo. Luego hubo un silencio, después, una exclamación de sorpresa, y por último, una voz que gritó desde el interior de la casa:

—¡Bill está muerto!

Pero el ciego volvió a maldecirlos por su tardanza y gritó:

—¡Que algunos de vosotros, so pasmados, lo registren! ¡Y los demás subid a por el baúl!

Podía oír el ruido de sus pisadas machacando nuestra vieja escalera, y pensé que la pobre casa estaría temblando. Al poco tiempo se volvieron a oír voces de sorpresa; la ventana del cuarto del capitán se abrió de golpe de par en par y se oyó un tintineo de cristales rotos. Luego, un hombre se asomó a ella y su cabeza y sus hombros quedaron bañados por la luz de la luna; dirigiéndose al mendigo ciego, que estaba abajo en el camino, le gritó:

—Pew, nos han tomado la delantera. Alguien ha desvalijado el baúl.

—¿Está ahí? —rugió Pew.

—El dinero está ahí.

El ciego maldijo el dinero y gritó.

—Me refiero al escrito de Flint.

—No lo vemos por ninguna parte —replicó el otro.

—Vosotros, los de abajo, mirad a ver si Bill lo lleva encima —gritó de nuevo el ciego.

Al oír esas palabras, otro de ellos, probablemente uno que se había quedado abajo para registrar el cadáver del capitán, salió a la puerta de la posada y dijo:

—A Bill ya lo han desplumado; no le han dejado nada encima.

—Habrá sido esta gente de la posada, ese muchacho. ¡Así le hubiera arrancado los ojos! —gritó el ciego Pew—. Estaban aquí hace un rato, tenían la puerta cerrada por dentro cuando intenté abrirla. ¡Salid cada uno por un lado, muchachos, y encontradlos!

—Han sido ellos. Se han dejado aquí la vela —dijo el tipo de la ventana.

—¡Cada uno por un lado, hasta que deis con ellos! ¡Registrad la casa de arriba abajo! —repitió Pew golpeando el camino con el bastón.

Luego se oyó un gran tiberio por toda nuestra vieja posada, fuertes pisadas de acá para allá, los muebles patas arriba, patadas en las puertas, hasta que las mismísimas peñas devolvieron el eco y los hombres salieron nuevamente al camino y declararon que no nos encontraban por ninguna parte. Justo en aquel momento, el mismo silbido que nos había asustado a mi madre y a mí cuando estábamos contando el dinero del capitán se volvió a oír más claramente en la noche, pero esta vez repetido. Yo había creído que era la corneta del ciego que, como si dijéramos, daba la señal de abordaje a su tropa, pero entonces me di cuenta de que era una señal que bajaba desde el cerro hacia la aldea y, por el efecto que tuvo sobre los bucaneros, era una señal que los advertía de la inminencia de un peligro.

—¡Ése es Dirk de nuevo! —dijo uno—. ¡Y ha sonado dos veces! ¡Tenemos que largarnos, compañeros!

—¡Qué nos vamos a largar, so berzotas! —gritó Pew—. Dirk ha sido siempre un necio y un cobarde. No le hagáis ni caso. Tienen que estar por aquí cerca, no pueden haber ido muy lejos. Hay que echarles el guante. ¡Cada uno por un lado a buscarlos, perros! ¡Maldita sea mi alma! ¡Si yo tuviera ojos!

Esta orden produjo al parecer algún efecto, pues dos de los individuos empezaron a buscar por la leñera, aunque con desgana, me pareció, y asustados por el peligro que los acechaba, mientras que los demás se quedaron sin saber qué hacer, en medio del camino.

—¡Tenéis millones al alcance de la mano, estúpidos, y andáis remoloneando! ¡Seríais más ricos que el rey si dierais con ello; sabéis que está aquí y no os movéis. Ni uno de vosotros se atrevió a plantarle cara a Bill, fui yo el que lo hizo..., ¡un ciego! ¡Y ahora voy a perder mi oportunidad por vuestra culpa! ¡Una perra vida, arrastrada, mendigando un vaso de ron, cuando podría ir en carroza! ¡Con que tuvierais las agallas de un mosquito, seríais capaces de atraparlos!

—¡Déjalo ya, Pew; tenemos los doblones! —gruñó uno de ellos.

—Puede que hayan escondido la maldita cosa esa —dijo otro.

—Pew, coge el dinero y no te quedes ahí berreando —añadió otro.

Berrear fue justamente lo que hizo Pew cuando, enfurecido, replicó a todas esas objeciones; y al final perdió completamente el juicio y se puso a dar literalmente palos de ciego a diestro y siniestro, alcanzando a más de uno con el bastón.

Los otros, a su vez, insultaron al sinvergüenza del ciego, lo amenazaron con palabras horribles y trataron en vano de agarrar el bastón y arrebatárselo.

Aquella pelea fue nuestra salvación porque, mientras todavía arreciaban los golpes, se oyó otro ruido procedente de lo alto del cerro, por el lado de la aldea: el galopar de unos caballos. Casi al mismo tiempo sonó un pistoletazo, con fogonazo y detonación, procedente del seto. Y aquélla fue simplemente la señal definitiva de peligro, pues los bucaneros echaron a correr, dispersándose en todas las direcciones, uno hacia el mar a lo largo de la ensenada, el otro monte arriba, y así sucesivamente, de tal manera que en medio minuto no quedó ni rastro de ninguno de ellos, excepto de Pew. A éste lo habían abandonado, no sé si de puro pánico o por vengarse de sus insultos y golpes. Pero el caso es que allí se quedó, golpeando frenéticamente el camino, moviéndose a tientas y llamando a sus camaradas. Finalmente se lanzó en dirección equivocada y pasó corriendo por delante de mí hacia la aldea, gritando:

—¡Johnny, Perro Negro, Dirk —y otros nombres—, no iréis a abandonar al pobre Pew, compadres, al viejo Pew!

En aquel preciso instante se oyó el ruido de los caballos en lo alto del cerro, y cuatro o cinco jinetes aparecieron bajo la luz de la luna, lanzándose a todo galope cuesta abajo.

Entonces Pew se percató de su error, dio media vuelta gritando y corrió derecho hacia la acequia, en la que cayó rodando. Pero al cabo de un segundo ya estaba otra vez en pie y, completamente enloquecido, intentó otra escapada, metiéndose esta vez bajo las patas del primero de los caballos.

El jinete trató de esquivarlo, mas en vano. Pew cayó al suelo con un grito que resonó en la noche, y las cuatro pezuñas lo pisotearon y lo revolcaron y le pasaron por encima. Rodó de lado, luego fue girando lentamente hasta quedar boca abajo y ya no se movió más.

Me puse en pie y llamé a los jinetes que, en cualquier caso, ya se disponían a detenerse, horrorizados por el accidente; enseguida vi quiénes eran. Uno de ellos, el que venía a la cola, era el muchacho de la aldea que había ido en busca del doctor Livesey. Los demás eran agentes de aduana con los que se había encontrado de camino y con los que había tenido la feliz idea de regresar inmediatamente. A oídos del superintendente Dance había llegado alguna noticia del lugre que se encontraba en el agujero del Gato, y por ello se había puesto de camino hacia nuestra aldea aquella noche; a esa circunstancia le debíamos mi madre y yo el habernos librado de la muerte.

Pew estaba muerto y bien muerto. En cuanto a mi madre, la subimos a la aldea y se recuperó con la ayuda de un poco de agua fría y sales; parecía que el miedo no le había afectado demasiado, pero seguía lamentándose de las cuentas pendientes. Entretanto el superintendente siguió cabalgando lo más aprisa que pudo hasta el agujero del Gato, pero sus hombres tuvieron que desmontar y bajar a tientas por el barranco, llevando sus caballos por las riendas y a veces sujetándolos; además temían continuamente una emboscada. Por lo cual no resultó nada sorprendente que, cuando llegaron al agujero del Gato, el lugre ya se hubiera hecho a la mar, aunque todavía estaba cerca. Dance les gritó que se detuvieran. Le replicó una voz que le dijo que se apartara del resplandor de la luna o le meterían un poco de plomo en el cuerpo y, al mismo tiempo, una bala pasó silbando al lado de su brazo. Al poco tiempo el lugre dobló el cabo y desapareció. El señor Dance se quedó allí clavado, «como pez fuera del agua» según sus propias palabras, y todo lo que pudo hacer fue despachar a un hombre a B... para avisar al guardacostas.

—Esto es lo mismo que no hacer nada —añadió—. Se han largado con viento fresco. Me alegro de haber pateado a maese Pew —porque para entonces ya había oído mi relato.

Regresé con él al Almirante Benbow y no podéis imaginaros el estado en que se encontraba la casa; aquellos granujas habían tirado hasta el reloj cuando nos buscaban enfurecidos a mi madre y a mí. Y aunque realmente no se habían llevado nada más que la bolsa del dinero del capitán y unas monedas del bar, me di cuenta inmediatamente de que estábamos en la ruina. El señor Dance lo contemplaba todo sin comprender lo que había sucedido.

—¿Dices que se llevaron el dinero? Entonces, ¿qué diablos andaban buscando, Hawkins? ¿Más dinero acaso?

—No, señor, me parece que no era dinero —le contesté—. De hecho, señor, creo que tengo lo que buscaban en el bolsillo de la pechera. Y a decir verdad, me gustaría ponerlo a buen recaudo.

—Faltaría más, muchacho, tienes razón —me dijo él—. Si quieres me hago cargo.

—Había pensado que tal vez el doctor Livesey... —comencé a decir.

—Perfectamente —me interrumpió él en tono cariñoso—, perfectamente, es un caballero y un magistrado. Y ahora que lo pienso, tal vez me acerque hasta allí a caballo y le cuente lo sucedido a él o al caballero Trelawney. A fin de cuentas, maese Pew está muerto; no es que lo lamente, pero está muerto, comprendes, y ya sabes que a la gente le gusta meterse con los recaudadores de Su Majestad siempre que puede. Así que tú verás, Hawkins; si quieres, te llevo hasta allá.

Le agradecí de corazón su ofrecimiento y regresamos hasta la aldea, donde estaban los caballos. Para cuando le había contado a mi madre lo que pensaba hacer, ya estaban todos ensillados.

—Dogger —dijo el señor Dance—, tienes un buen caballo. Pon a este muchacho a la grupa contigo.

En cuanto monté y me agarré al cinto de Dogger, el superintendente dio la orden y el grupo salió a trote ligero en dirección a la casa del doctor Livesey.

Capítulo 6

Los papeles del capitán

Cabalgamos a uña de caballo todo el camino hasta que nos detuvimos ante la puerta del doctor Livesey. La fachada de la casa estaba toda a oscuras.

El señor Dance me dijo que saltase del caballo y llamara a la puerta y Dogger me alcanzó el estribo para que me apoyara. Casi inmediatamente una criada abrió la puerta.

—¿Está en casa el doctor Livesey? —le pregunté.

—No —respondió ella—. Vino por la tarde, pero volvió a salir. Ha ido de visita a la mansión y a cenar con el caballero.

—Pues allá vamos, muchachos —dijo el señor Dance.

Esta vez, como la distancia era corta, no monté a caballo, sino que corrí agarrado de la ación* de Dogger hasta la casa del guarda y luego por la larga avenida bordeada de árboles desnudos e iluminada por la luz de la luna; así llegamos a la línea blanca de los edificios de la mansión, rodeada de grandes y antiguos jardines. El señor Dance desmontó, e inmediatamente fue invitado a entrar en la casa y me hizo pasar con él.

El criado nos condujo por un pasillo alfombrado, al final del cual nos introdujo en una gran biblioteca, con las paredes cubiertas de librerías y de bustos en lo alto de las mismas; allí estaban el caballero y el doctor Livesey, con la pipa en la mano, sentados junto al fuego de una chimenea. Nunca había visto al caballero

---

* Correa de la que pende el estribo en la silla de montar.

tan de cerca. Era un hombre alto, de más seis pies* de estatura, y corpulento; su cara era de rasgos angulosos y toscos, de piel áspera, enrojecida y curtida por sus largos viajes; sus cejas eran muy negras, y las movía constantemente, lo que hacía pensar que su carácter era no exactamente desagradable, sino vivo y excitable.

—Entrad, señor Dance —dijo, en tono digno y condescendiente.

—Buenas noches, señor Dance —dijo el médico con una inclinación de la cabeza—. Y buenas noches a ti también, amigo Jim. ¿Qué viento favorable os trae por aquí?

El superintendente se quedó en pie muy tieso y contó su historia como quien recita una lección, y teníais que haber visto cómo los dos caballeros se inclinaban hacia delante y las miradas que intercambiaban; hasta se olvidaron de fumar con la sorpresa y el interés. Cuando oyeron cómo mi madre había regresado a la posada, el doctor Livesey se dio unas palmadas en los muslos, muy contento, y el caballero gritó «¡Bravo!» y rompió su larga pipa en la rejilla de la chimenea. Mucho antes de que terminara el relato, el señor Trelawney (recordaréis que éste era el nombre del caballero) se levantó de su butaca y se puso a recorrer la sala a grandes zancadas, mientras que el doctor se quitó la peluca empolvada, como si con ello oyera mejor, y se quedó sentado; y la verdad es que resultaba muy raro ver desnuda aquella cabeza de pelo negro afeitado.

Por fin el superintendente acabó su narración.

—Señor Dance —le dijo el caballero—, sois un alma noble. En cuanto a lo de atropellar a aquel siniestro e infame granuja, lo considero un acto loable, señor mío, como el de aplastar una cucaracha. Por lo que respecta a este muchacho, Hawkins, ya veo que es un buen chi-

---

* Mide más de un metro ochenta centímetros, ya que el pie, en Inglaterra, equivale a 30,5 centímetros.

co. Hawkins, ¿te importaría tocar la campanilla? El señor Dance necesita una cerveza.

—O sea, Jim, que tienes eso que andaban buscando, ¿verdad? —dijo el doctor.

—Aquí está, señor —le respondí, al tiempo que le entregaba el paquete envuelto en hule.

El doctor lo miró y lo remiró como si los dedos le rebulleran de ganas de abrirlo; pero en lugar de hacerlo, lo guardó tranquilamente en el bolsillo de su casaca y dijo:

—Caballero, cuando Dance se haya bebido la cerveza, tendrá que reincorporarse al servicio de Su Majestad; pero querría que Jim Hawkins se quedara a dormir en mi casa y, con vuestro permiso, os propongo que le sirvan la empanada fría para que cene algo.

—Como digáis, Livesey —repuso el caballero—. Hawkins se merece algo más que una empanada fría.

Así que trajeron una gran empanada de palomo y la pusieron en una mesita auxiliar, y cené de muy buena gana, porque tenía un hambre de lobo, mientras ellos siguieron alabando al señor Dance y luego se despidieron de él.

—Y ahora, caballero... —dijo el doctor.

—Y ahora, Livesey... —dijo el caballero casi en el mismo instante.

—Cada cosa a su tiempo. Cada cosa a su tiempo —dijo el doctor Livesey echándose a reír—. Ya habréis oído hablar del tal Flint, supongo yo.

—¡Que si he oído hablar de él! —exclamó el caballero—. ¡Que si he oído hablar de él, decís! Era el bucanero más sanguinario que surcaba los mares. Barbanegra * era un angelito al lado de Flint. Los españoles le tenían tantísimo miedo que he de reconocer, señor mío, que a veces me sentía orgulloso de que fuera inglés. He visto con estos mismísimos ojos su gavia zarpando de

---

* Edward Teach, apodado Barbanegra, pirata inglés muerto en 1718, famoso por las numerosas atrocidades que cometió en el Caribe y en las costas de Carolina y Virginia.

Trinidad, y el cobarde borrachín con el que yo navegaba regresar a Puerto España,* sí señor.

—Sí, yo también he oído hablar de él en Inglaterra —dijo el doctor—. Pero la cuestión es si tenía dinero.

—¡Dinero! —gritó el caballero—. ¿Es que no habéis oído el relato? ¿Qué otra cosa buscaban esos granujas más que dinero? ¿Qué otra cosa les importa si no es el dinero? ¿Por qué arriesgarían su maldito pellejo si no fuera por dinero?

—Pronto lo sabremos —replicó el doctor—. Pero estáis tan terriblemente excitado y tanto tenéis que decir que no me dejáis meter baza. Lo que quiero saber es que, suponiendo que tenga aquí en el bolsillo alguna pista del lugar en el que Flint enterró su tesoro, ¿será realmente ese tesoro tan valioso?

—¿Valioso? —gritó el caballero—. Fijaos si será valioso que, si tenemos la pista de la que habláis, soy capaz de fletar un barco en el puerto de Bristol y llevaros a vos y a Hawkins conmigo, y daré con el tesoro aunque me pase un año buscándolo.

—Muy bien —replicó el doctor—. Ahora pues, si a Jim le parece bien, abriremos el paquete —concluyó, al tiempo que lo depositaba sobre la mesa.

El envoltorio estaba cosido y el médico tuvo que sacar su maletín de instrumental y cortar el hilo con sus tijeras de cirujano. Dentro había dos cosas: una libreta y un papel lacrado.

—Primero veremos lo que dice la libreta —propuso el doctor.

El caballero y yo nos asomamos por encima de su hombro mientras la abría, pues el doctor Livesey tuvo la deferencia de indicarme que me acercara desde la mesita auxiliar donde había estado cenando, para parti-

---

* Trinidad es una isla situada frente a la desembocadura del Orinoco que constituye el estado de Trinidad y Tobago y cuya capital es Port of Spain, llamada antiguamente Puerto España. Durante el siglo XVII se convirtió en centro de expediciones y pillaje de piratas alemanes, ingleses y franceses.

cipar en la aventura de la investigación. En la primera página no había más que unas líneas garabateadas, como las que hace uno con una pluma en la mano cuando está aburrido o practicando caligrafía. Una de ellas decía lo mismo que el tatuaje: «El amor de Billy Bones»; luego ponía «El señor W. Bones, marinero», «No más ron», «En Cayo Palma se lo ganó» y algunos borrones más, en su mayoría palabras aisladas e incomprensibles. No pude evitar preguntarme quién sería el que «se lo ganó» y a qué se referiría el «lo» que se ganó. Lo más probable es que fuera un navajazo en la espalda.

—No hay muchas instrucciones aquí —dijo el doctor Livesey pasando la hoja.

Las diez o doce páginas siguientes estaban llenas de una curiosa serie de anotaciones. Había una fecha al principio de una línea y al final una suma de dinero, como se suele hacer en los libros de cuentas; pero en lugar de una frase explicatoria entre ambos conceptos, sólo figuraba un número variable de cruces. Así por ejemplo, el 12 de junio de 1745, resultaba evidente que se adeudaba a alguien una suma de setenta libras, pero no había más que seis cruces para explicar el concepto. Recuerdo perfectamente que, en algunos casos, se había añadido el nombre de un lugar, como «costa de Caracas», o una indicación de latitud y longitud como «62° 17' 20", 19° 2' 40"».

Las cuentas abarcaban casi veinte años, y los importes de las anotaciones iban creciendo con el tiempo; al final se había obtenido el total definitivo después de cinco o seis sumas equivocadas, y figuraban las palabras: «Bones, su lote».

—Para mí esto no tiene ni pies ni cabeza —dijo el doctor Livesey.

—Pues está todo más claro que el agua —exclamó el caballero—. Éste es el libro de cuentas de ese perro canalla. Las cruces corresponden a los nombres de los barcos o ciudades que hundieron o saquearon. Las sumas son la parte que le tocaba a ese granuja; y en aquellos conceptos en los que temía que hubiera ambigüedad, ya veis que añadió una nota aclaratoria. Así, «costa de Caracas» quiere decir que algún desafortunado navío fue abordado en aquella costa... Dios tenga en su gloria las almas de sus pobres tripulantes..., que ya llevarán tiempo criando corales.

—¡Claro! —dijo el doctor—. Hay que ver lo que se aprende viajando. ¡Claro! Y, como veis, las cantidades aumentan a medida que Bones asciende de categoría.

Poco más había en aquella libreta, salvo algunas posiciones geográficas anotadas en las páginas en blanco hacia el final de la misma, y una tabla para convertir moneda francesa, inglesa y española a un valor común.

—¡Menudo lince! —exclamó el doctor—. A éste no se le engañaba fácilmente.

—Y ahora, veamos lo otro —dijo el caballero.

El papel había sido lacrado en varios lugares con un dedal a modo de sello; el mismo dedal, seguramente, que encontré en el bolsillo del capitán. El doctor rompió los sellos con sumo cuidado: dentro había el mapa de una isla con indicaciones de latitud y longitud, sondeos, nombres de cerros, bahías y ensenadas, y todos los detalles necesarios para conducir un barco a un fondeadero seguro de sus costas. La isla tenía aproximadamente nueve millas de largo y cinco de ancho, y una forma que se podría describir como un gran dragón rampante, con dos buenos puertos naturales y un monte en el centro denominado cerro del Catalejo. Se veían también unas cuantas anotaciones de fecha posterior y, lo más importante de todo, tres cruces en tinta roja, dos en la parte norte de la isla y una en el sudoeste y, junto a esta última, también en tinta roja y en letra clara y pequeña, muy distinta de los toscos caracteres del capitán, estas palabras: «Aquí el grueso del tesoro».

En el anverso, y del mismo puño y letra, se leía la siguiente información:

Árbol grande, estribaciones del Catalejo, en demora una cuarta[*] al N del NNE.

Isla del Esqueleto, ESE y una cuarta al E.

Diez pies.

El lingote de plata está en el escondite norte; se puede encontrar siguiendo la dirección del montículo oriental, a diez brazas[**] al sur del risco negro en forma de cara.

Las armas se pueden encontrar sin dificultad en el montículo de arena, una cuarta al N del cabo de la bahía del Norte, en demora al E y una cuarta al N.

J. F.

Eso era todo; pero aunque era muy sucinto y me resultaba incomprensible, el caballero y el doctor Livesey estaban entusiasmados.

—Livesey —dijo el caballero—, dejaréis inmediatamente esa miserable consulta vuestra. Mañana salgo para Bristol. De aquí a tres semanas, ¡tres semanas!, dos semanas, diez días, tendremos el mejor navío, sí señor, y la más selecta tripulación de toda Inglaterra. Hawkins vendrá de grumete. Hawkins, serás un magnífico grumete. Vos, Livesey, seréis el médico de a bordo, y yo, el almirante. Enrolaremos a Redruth, a Joyce y a Hunter. Tendremos vientos favorables, haremos una rápida travesía y no nos costará nada encontrar el lugar... y tendremos dinero a punta de pala para nadar en él, para gastar y derrochar hasta el día del Juicio.

—Trelawney —dijo el médico—, le acompañaré, y seré una garantía, al igual que Jim, y un valor seguro para esta empresa. Sólo hay un hombre que me preocupa.

—¿Y quién es ese hombre? —preguntó el caballero—. ¡Decid el nombre de semejante perro!

—Vos, señor, pues no sois capaz de mantener la boca cerrada. No somos los únicos que sabemos de la exis-

---

* La demora es la dirección o rumbo de un objeto con relación a la de otro. La cuarta es cada una de las 32 partes en que se divide la rosa náutica.
* Medida de longitud equivalente a 1,6718 metros.

tencia de este documento. Los individuos que asaltaron la posada esta noche, unos tipos temerarios y desesperados, sin lugar a dudas, y los demás que se quedaron a bordo del lugre, y otros cuantos que, me atrevo a suponer, no estarían muy lejos, están todos ellos convencidos contra viento y marea de que darán con ese dinero. Ninguno de nosotros debe quedarse a solas hasta que nos hagamos a la mar. Jim y yo permaneceremos juntos entre tanto, y vos llevaos a Joyce y a Hunter cuando vayáis a Bristol. Y, del primero al último, ninguno de nosotros debe soltar prenda de lo que hemos encontrado.

—Livesey —replicó el caballero—, siempre dais en el clavo. Estaré más callado que un muerto.

Parte segunda

EL COCINERO DEL BARCO

Capítulo 7

Mi viaje a Bristol

Tardamos mucho más de lo que el caballero había supuesto en estar listos para hacernos a la mar, y ninguno de nuestros planes iniciales, ni siquiera el del doctor Livesey de que me quedara junto a él, salió según lo previsto. El médico tuvo que ir a Londres en busca de un sustituto para su consulta, el caballero tuvo mucho que hacer en Bristol y yo seguí viviendo en la mansión al cuidado del viejo Redruth, el guardabosque, casi como un prisionero, pero soñando continuamente con la mar y viviendo en mi imaginación maravillosas aventuras en exóticas islas. Me pasaba las horas pensando en el mapa, cuyos detalles recordaba con toda exactitud. Sentado junto a la chimenea en la habitación del ama de llaves, me aproximaba a la isla a mi antojo desde cualquier dirección posible, exploraba cada acre* de su superficie; trepaba mil veces hasta aquel alto cerro llamado del Catalejo y, desde su cumbre, gozaba de las más maravillosas y mudables perspectivas. A veces, la isla estaba poblada de salvajes contra los cuales luchaba; a veces, llena de peligrosas alimañas que nos perseguían; pero, en todos mis sueños, no me sucedía nada tan extraño y trágico como las aventuras que llegamos a vivir.

Así fueron pasando las semanas, hasta que un buen día llegó una carta dirigida al doctor Livesey con esta coletilla: «Para que, en caso de ausencia, la abran Tom

---

* Medida agraria inglesa equivalente a 4,046 metros cuadrados.

Redruth o el joven Hawkins». Obedeciendo estas instrucciones, encontramos, o mejor dicho, encontré, pues el guarda apenas era capaz de leer nada que no estuviera escrito en mayúsculas, las siguientes noticias importantes:

Posada de la Vieja Ancla, Bristol, 1 de marzo de 17...

Querido Livesey:
Como no sé si os encontráis en la mansión o todavía en Londres, envío ésta por duplicado a ambas direcciones.
Ya he comprado el barco y está pertrechado. Se encuentra anclado, dispuesto para zarpar. Imposible imaginarse una goleta más manejable: hasta un niño podría pilotarla; es de doscientas toneladas y se llama *Hispaniola*.
La conseguí por mediación de mi viejo amigo Blandly, que ha demostrado ser un tipo la mar de sorprendente. Este buen hombre ha trabajado literalmente como un negro para mí, como lo ha hecho, he de reconocer, todo el mundo en Bristol, en cuanto en el puerto corrió la voz de que zarpábamos en busca de... me refiero al tesoro.

—Redruth —le comenté a éste interrumpiendo la lectura de la carta—, esto no le va a gustar al doctor Livesey. El caballero ha acabado por irse de la lengua.
—Bueno, ¿y quién es nadie para callarle la boca? —gruñó el guardabosque—. Lo raro sería que el caballero no hablase lo que calla el doctor Livesey, a buen seguro.
En vista de aquellas palabras, renuncié a cualquier intento de comentario y seguí leyendo:

El propio Blandly encontró la *Hispaniola* y, tras admirable negociación, la consiguió por tres perras gordas. Hay una clase de gente en Bristol que le tiene una tremenda inquina a Blandly. Llegan hasta el punto de afirmar que este honrado individuo es capaz de cualquier cosa por dinero, que la *Hispaniola* era suya y que me la vendió a un precio elevadísimo; evidentemente, calumnias. Sin embargo, ninguno de ellos se atreve a negar las virtudes del barco.

Hasta aquí, ningún obstáculo. A decir verdad, los trabajadores —aparejadores y demás— han sido tremendamente lentos; pero con el tiempo se ha remediado. Lo que me preocupaba era la tripulación.

Quería una buena veintena de hombres, por si acaso nos topábamos con indígenas, bucaneros u odiosos franceses, y me las vi y me las deseé para reclutar a media docena de ellos, hasta que el más admirable golpe de fortuna puso en mi camino al hombre que necesitaba.

Me hallaba en el muelle cuando, de pura casualidad, entablé conversación con él. Así me enteré de que había sido marinero, que tenía una taberna y que conocía a toda la marinería de Bristol; que estar en tierra no le sentaba nada bien y que le gustaría colocarse de cocinero en algún barco para hacerse de nuevo a la mar. Había bajado renqueando hasta allí aquella mañana, según me contó, para llenarse los pulmones de olor a salitre.

Me sentí profundamente conmovido (a vos os habría pasado lo mismo) y, por pura caridad, lo enrolé inmediatamente como cocinero de a bordo. Lo llaman John Silver el Largo y le falta una pierna; pero este detalle me pareció un tanto a su favor, puesto que la perdió al servicio de su patria, a las órdenes del inmortal Hawke *. No percibe pensión, Livesey. ¡Así son los terribles tiempos que nos ha tocado vivir!

Pues bien, señor mío, pensé que había encontrado un cocinero y resulta que había descubierto toda una tripulación. Entre Silver y yo juntamos en unos días la cuadrilla más firme de avezados mareantes que se pueda imaginar; no son precisamente de lo más atractivo, pero por sus rostros se puede deducir que tienen un carácter indomable. Os aseguro que podríamos enfrentarnos a una fragata. **

John el Largo llegó incluso a despedir a dos de los seis o siete que yo ya tenía contratados. Me demostró en un san-

---

* El barón Edward Hawke (1705-1781) fue un almirante inglés que alcanzó la fama por haber destruido en 1759 la escuadra francesa en la bahía de Quiberon, situada en la costa meridional de la Bretaña francesa.
** Buque de tres palos, con cofas y vergas en todos ellos.

tiamén que eran el tipo de marinero de agua dulce que hay que temer en cualquier empresa de importancia. Me encuentro estupendamente de salud y de ánimo, tengo un apetito excelente, duermo como un tronco, pero no disfrutaré de un momento de alegría hasta que no oiga a mis viejos marineros afanándose junto al cabrestante. ¡A la mar! ¡Al diablo el tesoro! Es la gloria del mar lo que me tiene hechizado. Pues bien, Livesey, acudid presto; no perdáis ni una hora si en algo me apreciáis.

Que el joven Hawkins vaya inmediatamente a ver a su madre, y que Redruth lo acompañe; y luego que ambos vengan sin demora a Bristol.

JOHN TRELAWNEY

Post scriptum: No os he dicho que Blandly (que, por cierto, queda encargado de enviar un barco de rescate si no hemos regresado a finales de agosto) ha encontrado a un gran tipo que será el capitán, un hombre estirado, cosa que lamento, pero que en otros aspectos es una mina. John Silver el Largo pescó a un hombre muy competente, llamado Arrow, que irá de segundo oficial. Livesey, tengo un contramaestre* que pita de miedo; conque, a bordo de la *Hispaniola,* las cosas funcionarán como en la armada.

Se me olvidaba deciros que Silver es hombre de recursos; sé de propia fuente que tiene una cuenta bancaria que nunca ha estado al descubierto. Deja a su mujer al cuidado de la taberna. Ella es una mujer de color y no es de sorprender que un par de solterones como vos y yo pensemos que el motivo de que Silver vuelva a la mar estriba tanto en su salud como en su mujer.

J. T.

P. P. S.: Hawkins se puede quedar una noche con su madre.

J. T.

---

* Suboficial jefe de marinería que dirige las tareas de a bordo.

Os podéis imaginar la excitación que me produjo la lectura de la carta. No cabía en mí de alegría y, si alguna vez he despreciado a un hombre, ése fue el viejo Tom Redruth, que no hacía más que gruñir y lamentarse. Cualquiera de sus subordinados se habría cambiado gustosamente por él, pero no era ésa la voluntad del caballero, y sus deseos eran órdenes para todos ellos. Ninguno, salvo el viejo Redruth, se habría atrevido siquiera a rechistar.

A la mañana siguiente, él y yo emprendimos camino a pie hacia el Almirante Benbow, donde encontré a mi madre con buena salud y muy animosa. El capitán, que durante tanto tiempo había sido la causa de muchas inquietudes, estaba ya donde los malvados dejan de incordiar. El caballero había reparado a su costa todos los desperfectos, había dispuesto que pintaran el comedor y el bar, así como el letrero, y que se añadieran algunos muebles, sobre todo un hermoso sillón para mi madre en el bar. Además, le había buscado un aprendiz, de modo que podía prescindir de mi ayuda mientras durase mi ausencia.

Fue al ver a aquel muchacho cuando comprendí por primera vez mi situación. Hasta entonces sólo había pensado en las aventuras que me aguardaban, y no en el hogar que dejaba atrás; y ahora, al ver a aquel torpe forastero que iba a ocupar mi lugar junto a mi madre, me eché a llorar por primera vez. He de reconocer que le hice pasar un día perro, porque, como él era novato en el empleo, tuve un ciento de ocasiones de corregirle y humillarle, y no desaproveché ni una.

Pasó la noche y, al día siguiente, después de cenar, Redruth y yo reemprendimos camino a pie. Dije adiós a mi madre y a la ensenada en donde había vivido desde que naciera, y a mi querida posada del Almirante Benbow que, como estaba recién pintada, ya no me parecía tan querida. Uno de mis últimos pensamientos fue para el capitán, que tan a menudo había paseado por la playa con su sombrero de tres picos, su chirlo de sable en la mejilla y su viejo catalejo de latón. Al poco, dimos la vuelta a un recodo y mi hogar se perdió de vista.

La diligencia nos recogió al anochecer junto al Royal George en el brezal. Yo iba embutido entre Redruth y un anciano y robusto caballero, y, a pesar del traqueteo y del fresco aire de la noche, seguramente empecé a pegar cabezadas desde el primer momento, y luego fui dormido como un tronco cuesta arriba y cuesta abajo, etapa tras etapa; por fin me desperté porque alguien me dio un golpe en las costillas; abrí los ojos y vi que estábamos detenidos ante un gran edificio en una calle de una ciudad, y que hacía un buen rato que había amanecido.

—¿Dónde estamos? —pregunté.

—En Bristol —dijo Tom—. Hay que apearse.

El señor Trelawney estaba hospedado en una posada algo alejada, abajo en el puerto, para poder supervisar las obras en la goleta. Allá teníamos que ir andando y, de camino, para mi gran deleite, recorrimos los muelles y pasamos junto a una gran multitud de naves de todos los tamaños, aparejos y nacionalidades. En una de ellas, unos marineros cantaban mientras se afanaban en sus tareas; en otra había hombres en la arboladura muy por encima de nuestras cabezas, colgados de cabos que parecían tan finos como el hilo de una telaraña. Aunque había vivido toda mi vida en la costa, me pareció que nunca había estado tan cerca del mar como entonces. El olor de la brea y de la sal era algo nuevo. Vi algunos de los más maravillosos mascarones de proa que jamás han surcado los océanos. También vi muchos curtidos mareantes con pendientes en las orejas y patillas de tirabuzones, coletas embreadas y sus torpes andares bamboleantes; si hubiera visto a otros tantos reyes o arzobispos no me habría puesto más contento.

Yo también iba a hacerme a la mar, a la mar en una goleta, con un contramaestre que tocaba el pito y marineros con coleta que también cantaban; a la mar, rumbo a una isla desconocida y en busca de tesoros escondidos.

Todavía iba sumido en tan deliciosas ensoñaciones cuando de repente llegamos ante una gran posada y nos encontramos con el caballero Trelawney, vestido de arriba abajo de grueso paño azul, como un oficial de la marina, que salía por la puerta con una sonrisa en los labios e imitando de maravilla los andares de los marineros.

—¡Conque aquí estáis! —exclamó—. El doctor llegó anoche de Londres. ¡Bravo! Tenemos la tripulación al completo.

—¿Cuándo zarpamos, señor? —grité yo.

—¿Cuándo? —replicó él—. ¡Zarpamos mañana!

Capítulo 8

En la taberna El Catalejo

Cuando acabé de desayunar el caballero me dio una nota dirigida a John Silver, en la taberna El Catalejo, y me dijo que no tendría dificultad en encontrar el lugar: tenía que seguir por el muelle hasta llegar a una pequeña taberna con un gran catalejo de latón a modo de cartel. Eché a andar, emocionado ante la perspectiva de poder ver más barcos y marineros, y me fui abriendo camino entre una gran muchedumbre de gente y carretillas y fardos, pues el puerto estaba en su momento de máxima actividad, hasta que encontré la taberna en cuestión.

Era un lugar bastante agradable. El cartel estaba recién pintado, las ventanas tenían unas bonitas cortinas rojas y el suelo estaba barrido y cubierto de arena limpia. Se encontraba entre dos calles y tenía sendas puertas que daban a ellas, por lo que la espaciosa sala de la planta baja resultaba muy luminosa a pesar de las nubes de humo de tabaco.

Los clientes eran en su mayoría marineros y hablaban tan alto que me quedé clavado en la puerta y casi me dio miedo entrar.

Mientras me encontraba allí indeciso, salió un hombre de un cuarto lateral y, en cuanto lo vi, comprendí que aquél era John el Largo. Tenía la pierna izquierda amputada casi a la altura de la cadera y bajo el brazo izquierdo llevaba una muleta que manejaba con asombrosa destreza, saltando de un lado para otro como un pájaro. Era muy alto y fuerte y tenía la cara tan grande como un jamón, aplastada y pálida, pero de expresión inteligente y risueña. La verdad es que parecía que estaba de excelente humor y silbaba mientras iba de un lado para otro entre las mesas, dirigiendo a sus parroquianos predilectos una palabra amable o dándoles una palmadita en el hombro.

Para seros sincero he de decir que, desde que el caballero Trelawney mencionara por primera vez en su carta a John el Largo, se me había metido en la cabeza la idea de que pudiera ser el dichoso marinero cojo del que estuve tan pendiente en mi querida posada de Benbow. Pero me bastó echarle un vistazo al hombre que tenía delante. Yo había visto al capitán y a Perro Negro y al ciego Pew, y creía que era capaz de reconocer a un bucanero: alguien muy distinto, en mi opinión, de aquel tabernero aseado y cordial.

Al momento saqué fuerzas de flaqueza, crucé el umbral de la puerta y me dirigí al lugar donde estaba el hombre, apoyado en la muleta, conversando con un parroquiano.

—¿El señor Silver, señor? —pregunté enseñando la nota.

—Soy yo, muchacho —me contestó—. A fe mía que ése es mi nombre. ¿Y tú quién eres?

Y cuando vio la carta del caballero, me dio la impresión de que casi se sobresaltó.

—¡Ah! —exclamó tendiéndome la mano—. Ya veo, tú eres el nuevo grumete; encantado de saludarte.

Y estrechó mi mano entre la suya, grande y fuerte.

En aquel preciso momento, uno de los parroquianos que estaba sentado en el extremo opuesto se levantó de repente y se dirigió a la puerta, que le quedaba cerca, por lo que en un santiamén se encontró en la calle. Pero su precipitación me llamó la atención y lo reconocí al instante. Era el hombre de cara sebosa al que le faltaban dos dedos y que había sido el primero en presentarse en el Almirante Benbow.

—¡Ay! —grité—. ¡Detened a ese hombre! ¡Es Perro Negro!

—Me importa un bledo quién es —exclamó Silver—, pero no ha pagado la consumición. Harry, ve tras él y échale el guante.

Uno de los hombres que estaba más cerca de la puerta se puso en pie de un brinco y salió corriendo en su busca.

—Aunque fuera el almirante Hawke, le haría pagar su consumición —gritó Silver. Y luego, soltándome la mano, añadió—: ¿Quién dijiste que era? ¿Perro qué?

—Perro Negro, señor —le respondí—. ¿No os ha contado el señor Trelawney lo de los bucaneros? Era uno de ellos.

—¡No me digas! —repuso Silver—. ¡Y en mi propia casa! Ben, aprisa, ve y échale una mano a Harry. Conque era uno de esos truhanes. ¿Estabas bebiendo con él, Morgan? Acércate y cuéntanos.

El hombre al que había llamado Morgan, un marinero viejo de pelo cano y rostro color caoba, se acercó tímidamente, mascando tabaco.

—Vamos a ver, Morgan —le dijo John el Largo, muy serio—. ¿A que nunca hasta la fecha habías visto al tal Perro... Perro Negro?

—No, señor —contestó Morgan con un ademán de la cabeza.

—Y tampoco sabías cómo se llamaba, ¿verdad?

—No, señor.

—¡Por todos los diablos, Tom Morgan, más te vale que así sea! Si me entero de que has tenido algo que ver con ese tipo, no vuelves a poner un pie en mi casa, tenlo por seguro. ¿Y qué es lo que te estaba contando?

—No me acuerdo muy bien, señor —respondió Morgan.

—Pero ¿qué es lo que tienes encima de los hombros, la cabeza o una maldita vigota*? —exclamó John el Largo—. «No me acuerdo muy bien.» ¡Conque no, eh! ¿Tal vez tampoco te acuerdes muy bien de con quién estabas hablando, no? Vamos, cuenta, ¿de qué estabais cascando? ¿De viajes? ¿De capitanes? ¿De barcos? ¡Desembucha! ¿De qué era?

---

* Motón, polea cuya caja cubre enteramente la rueda.

—Estaba hablando de pasar por debajo de la quilla*—contestó Morgan.

—Conque de pasar por debajo de la quilla, ¿eh? Un castigo muy adecuado, puedes estar bien seguro. Vuelve a tu sitio Tom, so patán.

Entonces, mientras Morgan se arrastraba hasta su sitio, Silver me susurró en tono confidencial, lo cual me hizo sentirme muy importante:

—Es un tipo honrado, el bueno de Tom Morgan, sólo que un poco bobo. Y ahora —prosiguió en voz más alta—, vamos a ver... ¿Perro Negro? No he oído nunca ese nombre. Y el caso es que me parece que... he visto antes a ese truhán. Solía venir por aquí con un mendigo ciego, me parece a mí.

—Tenedlo por seguro que así era —repuse—. También conozco al ciego. Se llamaba Pew.

—¡Eso es! —exclamó Silver, muy acalorado—. ¡Pew! ¡Seguro que se llamaba así! ¡Y era igualito que un tiburón! Si le echamos el guante al tal Perro Negro, tendremos cosas que contarle al capitán Trelawney. Ben es un buen corredor, pocos marineros le sacan la delantera al bueno de Ben. Seguro que lo alcanza en un santiamén, ¡qué demonios! Conque hablaba de pasar por debajo de la quilla, ¿eh? ¡A él lo voy a pasar yo por debajo de la quilla!

Mientras iba soltando toda esta retahíla recorría la taberna de un lado para otro golpeando el suelo con la muleta, dando manotazos sobre las mesas y haciendo gala de tanta excitación, que habría convencido a cualquier juez de Old Bailey** o a cualquier detective de Bow Street***. Mis sospechas se habían vuelto a despertar al encontrar a Perro Negro en El Catalejo y observé detenidamente al cocinero. Pero era demasiado astuto y demasiado vivo y demasiado listo para mí, y cuando los dos hombres vol-

---

* Castigo que, para corregir delitos graves, consistía en hacer pasar a un hombre atado por debajo de la embarcación.
** Antigua sede de la Audiencia central en Londres.
*** Antigua sede del Tribunal metropolitano de Londres.

vieron sin aliento y confesaron que le habían perdido la pista entre la muchedumbre, y que los habían amonestado como si fueran ladrones, estaba dispuesto a salir fiador de la inocencia de John Silver el Largo.

—Te das cuenta, Hawkins —me dijo—; esto es un mal trago para un hombre como yo, ¿no te parece? Ahí está el capitán Trelawney... ¿Y qué va a pensar de mí? Tengo aquí a ese maldito hijo de holandés* sentado en mi propia casa, bebiéndose mi ron. Entonces llegas tú y me dices sin dudarlo quién es, y yo dejo que se nos esfume delante de mis propias narices. Vamos, Hawkins, échame una mano ante el capitán. Ya sé que no eres más que un muchacho, pero más listo que el hambre. Me di cuenta en cuanto entraste por esa puerta. Ahora, fíjate bien. ¿Qué podría haber hecho yo con esta pata de palo? Si esto pasa cuando yo era marinero apto para el servicio, voy y le cierro el paso de costado en un santiamén y tras un rápido abordaje lo obligo a detenerse. Te lo aseguro, pero ahora...

Y de repente se interrumpió, se quedó boquiabierto como si se acordase de algo y exclamó:

—¡La cuenta! Tres rondas de ron. ¡Mal rayo me parta! Se me había olvidado la cuenta.

Entonces se dejó caer en un banco y se empezó a reír hasta que las lágrimas le corrieron por las mejillas. Yo no pude evitar contagiarme y reímos los dos a carcajadas hasta que toda la taberna se unió en coro.

—Menudo becerro marino estoy hecho —dijo al fin, enjugándose las mejillas—. Tú y yo vamos a llevarnos muy bien, Hawkins, porque te juro que no me importaría ser grumete. Ahora levántate y disponte a marchar. No podemos seguir así; el deber es el deber, camaradas. Me pongo el tricornio y te acompaño a ver al capitán Trelawney, para contarle lo sucedido. Porque date cuenta de que la cosa es seria, mi pequeño Haw-

---

* Insulto que hace referencia a la antigua hostilidad de los ingleses contra los holandeses, que tal vez se remonte a las guerras entre ambos países en el siglo XVII.

kins. Y ni tú ni yo vamos a salir del asunto lo que se dice muy bien parados. Tú tampoco, no te creas, por muy listo que seas, por muy listos que seamos los dos. Pero ¡cáspita!, tuvo gracia lo de la cuenta.

Y volvió a soltar la carcajada de tan buena gana que, aunque a mí el asunto no me hacía tanta gracia como a él, no tuve más remedio que volver a reír con él.

Durante el paseo que dimos por los muelles, resultó ser un compañero de lo más interesante: me señaló las diferencias existentes entre las distintas naves que veíamos, su aparejo, su tonelaje, su bandera; me explicó las maniobras que se llevaban a cabo y cómo una la descargaban, otra la cargaban y la tercera estaba a punto de zarpar; y, de vez en cuando, me contaba alguna anécdota sobre barcos o marineros, o repetía una expresión náutica hasta que me la aprendía de memoria. Empecé a darme cuenta de que era uno de los mejores mareantes que se podían encontrar.

Cuando llegamos a la posada, el caballero y el doctor Livesey estaban sentados a una mesa, terminando de mojar sopas * en una jarra de cerveza antes de disponerse a subir a la goleta para una visita de inspección.

John el Largo les contó la historia de cabo a rabo, con mucha gracia y la mayor fidelidad a la verdad.

—Eso es lo que pasó, ¿verdad, Hawkins? —decía de vez en cuando, y yo confirmaba plenamente sus palabras.

Los dos caballeros sintieron mucho que Perro Negro se hubiera escapado, pero dijeron que qué se le iba a hacer y, después de que lo felicitaran, John el Largo cogió la muleta y se marchó.

—Todo el mundo a bordo esta tarde a las cuatro —le gritó el caballero según se alejaba.

—A la orden, señor —respondió el cocinero desde el pasillo.

---

* Existía en Inglaterra en los siglos XVIII y XIX la costumbre de mojar pan tostado en cualquier bebida alcohólica, como recoge el famoso *Diccionario de la lengua inglesa* (1755) del doctor Samuel Johnson.

—Bueno, caballero —dijo el doctor Livesey—, por lo general no me fío mucho de vuestros descubrimientos, pero he de reconocer que el bueno de John Silver me ha caído bien.

—Ese hombre es una mina —declaró el caballero.

—Y ahora —añadió el doctor—, Jim puede subir con nosotros a bordo, ¿verdad?

—Faltaría más —respondió el caballero—. Coge el sombrero, Hawkins, que vamos a ver el barco.

Capítulo 9

Pólvora y armas

La *Hispaniola* fondeaba a cierta distancia del muelle y tuvimos que pasar por debajo de los mascarones de proa y rodear la popa de más de una nave, cuyas amarras rozaban el casco de nuestro bote o se balanceaban por encima de nuestras cabezas. Por fin acostamos la goleta, y el segundo oficial, el señor Arrow, un viejo marinero de tez morena con pendientes en las orejas y algo bizco, nos recibió y nos saludó según subíamos a bordo. Él y el caballero parecían llevarse muy bien, pero no tardé en darme cuenta de que no se podía decir lo mismo de las relaciones entre el señor Trelawney y el capitán.

Este último era un hombre de aspecto arisco, al que al parecer le irritaba todo lo que sucedía a bordo, y pronto nos contaría el motivo, pues no habíamos hecho más que bajar a la cámara de oficiales cuando se presentó un marinero, que entró y dijo:

—Señor, el capitán Smollett desea hablar con vos.

—Siempre estoy a las órdenes del capitán. Dile que pase —respondió el caballero.

El capitán, que estaba cerca, a pocos pasos del mensajero, entró al instante, cerrando la puerta tras de sí.

—¿Y bien, capitán Smollett, qué tenéis que decirme? Todo estará bien, supongo. Todo en orden y dispuesto para navegar, ¿verdad?

—Pues veréis, señor —dijo el capitán—; me parece a mí que es mejor que hable sin rodeos, aun a riesgo de ofenderos. No me gusta esta travesía; no me gusta la tripulación y no me gusta mi segundo. Hablando en plata.

—A lo mejor tampoco os gusta el barco, señor mío —intervino el caballero, muy irritado según pude observar.

—Eso aún no os lo puedo decir, señor, pues todavía no lo hemos puesto a prueba —replicó el capitán—. Parece un buen barco, pero más no puedo decir.

—Tal vez tampoco os guste vuestro patrón, señor mío —inquirió el caballero.

En este punto el doctor Livesey intervino para decir:

—Calma, tengamos la fiesta en paz. ¿De qué sirve seguir haciendo preguntas capciosas? El capitán ha dicho demasiado o quizá demasiado poco, y me veo obligado a exigir que explique sus palabras. Decís que no os gusta esta travesía. Pues bien, ¿por qué?

—Señor, me contrataron bajo lo que llamamos órdenes selladas para que pilotara la nave de este caballero hasta donde él me ordenara —dijo el capitán—. Hasta aquí muy bien. Pero ahora resulta que cualquier miembro de la marinería sabe más que yo. Me parece a mí que eso no está bien, ¿no?

—No —contestó el doctor Livesey—, no está bien.

—Luego —prosiguió el capitán—, me entero de que partimos en busca de un tesoro..., y me entero por la tripulación, imaginaos. Buscar un tesoro es un trabajo muy delicado; a mí no me gustan nada los viajes en busca de tesoros, y mucho menos cuando son secretos y cuando, con vuestro permiso, señor Trelawney, el secreto lo cuenta hasta el loro.

—¿El loro de Silver? —preguntó el caballero.

—Es una forma de hablar —repuso el capitán—. Quiero decir que todo el mundo está enterado. Estoy convencido de que ninguno de vosotros, caballeros, sabéis en qué os habéis metido. Pero os diré lo que yo pienso de ello: os la jugáis a vida o muerte, y es una partida muy arriesgada.

—Eso está claro e incluso diría que es muy cierto —replicó el doctor Livesey—. Asumimos el riesgo, pero no somos tan ignorantes como vos creéis. Pasemos a lo siguiente. Decís que no os gusta la tripulación. ¿Acaso no son buenos mareantes?

—No me gustan, señor —repuso el capitán Smollett—, y ya que hablamos del tema, creo que tendría que haber sido yo el que eligiera a mi propia tripulación.

—Puede que tengáis razón —replicó el doctor—. Tal vez mi amigo tendría que haberos llevado con él a la hora de contratar; pero la ofensa, si es que la hubo, no fue intencionada. ¿Y tampoco os gusta el señor Arrow?

—No, señor. Creo que es un marinero competente. Pero le da demasiadas confianzas a la tripulación para ser un buen oficial. La oficialía debe saber hacerse respetar y no ha de beber con la marinería.

—¿Estáis insinuando que bebe? —exclamó el caballero.

—No señor —replicó el capitán—; sólo que da demasiadas confianzas.

—Está bien; abreviando, capitán, ¿qué es lo que queréis decirnos?

—Señores, ¿estáis decididos a emprender esta travesía?

—Totalmente —respondió el caballero.

—Muy bien —dijo el capitán—. Entonces, puesto que me habéis oído con suma paciencia decir cosas que no podía demostrar, escuchad unas palabras más. Están guardando la pólvora y las armas en el pañol* de proa. Pues bien, tenéis un sitio idóneo debajo de la cámara de oficiales; ¿por qué no almacenarlas allí? Eso lo primero. Y lo segundo: traéis a cuatro personas de vuestra confianza con vos, y me dicen que a algunas se les van a asignar catres a proa. ¿Por qué no acomodarlas aquí, junto a esta cámara?

—¿Alguna cosa más? —preguntó Trelawney.

—Sí, una —dijo el capitán—. Ya se han hecho demasiados comentarios.

—Y tanto —repuso el doctor.

---

* Compartimento del buque para guardar víveres, municiones, etcétera.

—Os diré lo que ha llegado a mis oídos —prosiguió el capitán Smollett—: Dicen que tenéis el mapa de una isla; que en el mapa aparecen unas cruces que indican el emplazamiento del tesoro; y que la isla se encuentra a...

Y entonces citó exactamente la latitud y la longitud.

—¡Nunca le he dicho eso a nadie! —gritó el caballero.

—Pues la tripulación lo sabe —replicó el capitán.

—Livesey, habréis sido vos, o Hawkins —exclamó el caballero.

—¡Qué más da quién haya sido! —intervino el doctor.

Y comprendí que ni él ni el capitán se tomaban muy en serio las protestas del señor Trelawney. Ni yo tampoco, a decir verdad, porque solía hablar más de la cuenta; aunque en este caso creo que tenía razón y que ninguno habíamos revelado la situación de la isla.

—Muy bien, caballeros —continuó el capitán—. No sé quién tiene ese mapa. Pero insisto: ni yo mismo ni el señor Arrow debemos verlo. De lo contrario, os pediría que aceptarais mi dimisión.

—Ya veo —dijo el doctor—, deseáis llevar el asunto con la máxima discreción, convertir la popa del barco en un fortín defendido por la gente de confianza de mi amigo y provisto con todas las armas y la pólvora que haya a bordo. En otras palabras, teméis un motín.

—Señor —dijo el capitán Smollett—, no quiero ofenderos, pero no tenéis derecho a poner en mi boca palabras que no he pronunciado. Ningún capitán que se precie de serlo se haría a la mar si tuviera motivos fundados para decir algo así. En cuanto al señor Arrow, estoy convencido de que es un hombre honrado; también lo son algunos de los marineros, quizás incluso todos; pero soy responsable de la seguridad de la nave y de la vida de todo aquel que vaya a bordo. Y me parece a mí que las cosas no van por buen camino. Sólo os pido que toméis ciertas precauciones o que aceptéis mi dimisión; eso es todo.

—Capitán Smollett —empezó a decir el doctor con una sonrisa—, habéis oído alguna vez la fábula del ratón y la montaña*. Me perdonaréis si os digo que me recordáis dicha fábula. Me apuesto la peluca a que, cuando os presentasteis aquí, era por algo más que esto.

—Doctor —repuso el capitán—, sois muy sagaz. Cuando entré aquí tenía el propósito de presentar mi dimisión. Nunca pensé que el señor Trelawney estuviera dispuesto a escuchar una sola palabra.

—Y no lo estaba —exclamó el caballero—. De no haber estado aquí el doctor Livesey os habría enviado al diablo. El caso es que os he escuchado. Haré lo que deseáis, pero no puedo decir que os tenga simpatía.

—Qué se le va a hacer, señor —dijo el capitán—. Pero podréis comprobar que cumplo con mi deber.

Y, diciendo estas palabras, salió del camarote.

—Trelawney —dijo el doctor—, contrariamente a lo que había supuesto, creo que habéis conseguido traer a bordo a dos hombres honrados: éste y John Silver.

—Silver, puede que sí —exclamó el caballero—, pero, en cuanto a este intolerable farsante, os aseguro que su conducta me parece impropia de un hombre, de un marinero y, ni que decir tiene, de un inglés.

—Bueno, ya veremos —concluyó el doctor.

Cuando salimos a cubierta, los hombres habían empezado ya a sacar las armas y la pólvora, jaleándose al tiempo que trabajaban, bajo la mirada vigilante del capitán y del señor Arrow.

La nueva disposición me gustó mucho. La goleta había sido reparada de arriba abajo; habían organizado seis camarotes en la popa de la nave, que ocupaban la parte posterior de la bodega principal, y esta fila de camarotes sólo se comunicaba con la cocina y el casti-

---

* Se refiere a la fábula *El Monte, de parto* en las *Fábulas* de Fedro, IV, 24 y *La Montaña, de parto* en las *Fábulas* de La Fontaine, V, 10, que Samaniego recoge con el título *El parto de los montes,* II, 15. El significado de la fábula queda patente en su moraleja: *Hay autores que en voces misteriosas, / estilo fanfarrón y campanudo / nos anuncian ideas portentosas; / pero suele a menudo / ser el gran parto de su pensamiento, / después de tanto ruido, sólo viento.*

llo de proa a través de un estrecho corredor a babor[*]. Inicialmente se había previsto que el capitán, el señor Arrow, Hunter, Joyce, el doctor y el caballero ocuparan estos seis camarotes. Ahora, a Redruth y a mí nos correspondían dos de ellos, mientras que el señor Arrow y el capitán dormirían en una parte de la cubierta que se había ampliado a ambos lados de tal manera que casi se podría haber denominado chupeta[**]. Era muy baja, por supuesto, pero tenía espacio suficiente para colgar de ella dos coyes[***], e incluso el segundo oficial parecía satisfecho con este nuevo arreglo. Tal vez él también tuviera sus dudas respecto de la tripulación, pero es sólo una suposición; pues, como pronto habréis de saber, no tuvimos mucha ocasión de beneficiarnos de sus comentarios.

Estábamos todos en plena faena, trasladando la pólvora y los catres, cuando los dos últimos miembros de la tripulación, acompañados por John el Largo, llegaron a bordo en un bote.

El cocinero trepó a bordo con la agilidad de un mono y, en cuanto vio lo que sucedía a bordo, gritó:

—Alto, camaradas, ¿qué estáis haciendo?

—Estamos trasladando la pólvora, Jack —le contestó uno.

—Pero ¡por todos los diablos!, si lo hacemos, perderemos la marea de la mañana —exclamó John el Largo.

—Son órdenes mías —dijo escuetamente el capitán—. Tú vete para abajo, que la tripulación tiene que cenar.

—A sus órdenes, señor —contestó el cocinero.

Y, saludando, desapareció inmediatamente en dirección a la cocina.

—Es un buen hombre, capitán —dijo el doctor.

—Puede —replicó el capitán Smollett—. Ojo con eso, muchachos, mucho ojo —continuó, dirigiéndose a los marineros que trasladaban la pólvora.

---

* Lado izquierdo de la embarcación, mirando de popa a proa.
** Cámara situada en popa en la cubierta principal de algunos buques.
*** El coy es un trozo de tela que, colgado de sus puntas, sirve de cama a bordo.

Y luego, de repente, se fijó en mí, que estaba observando el cañón giratorio que llevábamos en medio del barco, una larga pieza de bronce del nueve, y me gritó:

—Tú, grumete, fuera de ahí. ¡Ve a decirle al cocinero que te dé tarea!

Me esfumé, pero aún le oí que le decía en voz muy alta al doctor:

—No quiero favoritismos en mi barco.

Puedo aseguraros que compartí plenamente la opinión del caballero y aborrecí al capitán.

Capítulo 10

El viaje

Toda aquella noche la pasamos con mucho ajetreo, pues había que estibar* la carga; además llegaron varios botes con amigos del caballero, como el señor Blandly y otros, que acudían a desearle que hiciera un feliz viaje y regresara sano y salvo. Ni una sola noche en el Almirante Benbow había trabajado siquiera la mitad que aquélla; y estaba cansado como un perro cuando, poco antes del amanecer, el contramaestre tocó el silbato y la tripulación se apostó ante los espeques del cabrestante. Pero aunque hubiese estado el doble de cansado, no me habría ido de cubierta por nada del mundo; todo me resultaba muy nuevo e interesante: las escuetas órdenes, el agudo pitido del silbato, los hombres corriendo a sus puestos a la vacilante luz de las linternas del barco.

—Vamos, Barbacoa, cántanos algo —gritó una voz.

—Lo de siempre —gritó otra.

—Está bien, camaradas —dijo John el Largo, que se encontraba por allí de pie con la muleta bajo el brazo.

Inmediatamente se puso a entonar aquella melodía con la letra que yo conocía tan bien:

Quince hombres sobre el baúl del muerto...

Y toda la tripulación le hizo coro:

---

* Distribuir convenientemente la carga de un buque.

Y al tercer «ju», accionaron todos a una los espeques ante los que estaban apostados. A pesar de la emoción del momento, no pude evitar verme de nuevo en mi Almirante Benbow y me pareció oír la voz del capitán, que se unía a las de aquellos hombres. Pero enseguida levaron el ancla y ésta quedó colgada en la proa chorreando agua; al momento las velas comenzaron a hincharse y la tierra y las naves a desfilar a ambos lados; y antes de que me pudiera echar a dormir una horita, la *Hispaniola* ya había comenzado su travesía rumbo a la isla del Tesoro.

No voy a relatar los pormenores del viaje, que fue bastante agradable. El barco resultó ser un buen barco, los componentes de la tripulación expertos marineros y el capitán buen conocedor de su oficio. Pero antes de que llegáramos a aguas de la isla del Tesoro, sucedieron un par de cosas que es preciso mencionar.

En primer lugar, el señor Arrow resultó ser peor de lo que el capitán se había temido. No tenía autoridad con la marinería y ésta hacía con él lo que se le antojaba. Pero eso no era ni mucho menos lo peor del caso: al cabo de un par de días en alta mar, empezó a aparecer sobre cubierta con los ojos turbios, las mejillas enrojecidas, la lengua pastosa, y otros síntomas de embriaguez. Una y otra vez lo arrestaban. A veces se caía y se hería, otras se pasaba todo el día tumbado en su coy, a un lado de la escotilla; en ocasiones conseguía estar casi sobrio durante un par de días y cumplía más o menos con sus obligaciones.

Sin embargo, nunca pudimos descubrir de dónde sacaba la bebida. Era un enigma a bordo. Por mucho que vigiláramos a Arrow, nunca conseguimos resolverlo; y cuando se lo preguntábamos directamente, se limitaba a reír si estaba bebido, y, si estaba sobrio, negaba solemnemente que jamás hubiera probado otra cosa que no fuera agua.

No sólo era un desastre como oficial y una mala influencia para los hombres, sino que estaba claro que a ese paso no tardaría en acabar con su vida; por ello, a nadie le sorprendió ni le afligió demasiado cuando, una oscura noche de fuerte marejada, desapareció sin dejar rastro.

—¡Hombre al agua! —dijo el capitán—. Bien, caballeros, eso nos evita el problema de ponerle los grilletes.

Esto hizo que nos quedáramos sin segundo oficial; y, como es natural, era necesario ascender a alguno de los marineros. El contramaestre, Job Anderson, era el candidato más indicado a bordo, pues, aunque conservaba su puesto original, en cierto modo hacía las veces de segundo. El señor Trelawney había navegado y sus conocimientos le resultaron muy útiles ya que, a menudo, cuando el tiempo era bonancible, él mismo hacía guardias. En cuanto al timonel, Israel Hands*, era un viejo y avezado marinero, prudente y listo, en el que se podía confiar para casi todo.

Era el gran confidente de John Silver el Largo y ya que sale a colación su nombre, he de hablar del cocinero del barco, Barbacoa, como lo apodaban los marineros.

A bordo siempre llevaba la muleta colgada al cuello de un acollador** para tener ambas manos libres en la medida de lo posible. Era un espectáculo ver cómo apoyaba la punta de la muleta en un mamparo*** y, apoyado en ella, compensando así los movimientos del barco, seguía cocinando como si estuviera en tierra firme. Aún era más sorprendente verle cruzar la cubierta en medio de una tempestad. Tenía un par de sogas tendidas, con las que se ayudaba a cruzar los tramos más anchos, y que llamábamos los rizos**** de John el Largo;

---

* El personaje de Hands se inspira probablemente en el auténtico lugarteniente del pirata Barbanegra, del mismo nombre.
** Cabo para tensar las jarcias.
*** Tabique con que se divide en compartimentos el interior de un buque.
**** Cabos delgados que, pasados por los ollados de las velas, sirven para disminuir la superficie de éstas y así resistir la fuerza del viento cuando éste arrecia.

y así se manejaba de acá para allá, ora apoyándose en la muleta, ora llevándola colgada del acollador, y caminaba tan ligero como cualquier otro hombre. Aunque algunos de los marineros que habían navegado con él anteriormente se compadecían al verlo tan disminuido.

—No es un hombre cualquiera, el bueno de Barbacoa —me dijo el timonel—. De niño fue a la escuela y cuando quiere habla como un libro abierto. Además, es valiente, más valiente que un león. Lo he visto agarrar a cuatro a la vez y cascarles la cabeza una contra otra... ¡y eso que él estaba desarmado!

Toda la tripulación lo respetaba y hasta le obedecía. Tenía una forma especial de hablar a cada uno y de hacer pequeños favores a cada cual. Conmigo era invariablemente amable y siempre se alegraba de verme por la cocina, que tenía limpia como los chorros del oro, con los platos colgados bien relucientes y la jaula del loro en un rincón.

—Ven acá, Hawkins —solía decirme—; ven a charlar un rato con John. Nadie mejor recibido que tú, hijo mío. Siéntate y escucha las novedades. Éste es el Capitán Flint. Le puse ese nombre al loro por el famoso bucanero, y el Capitán Flint predice que nuestro viaje será todo un éxito. ¿No es verdad, Capitán?

Entonces, el loro soltaba a todo trapo:

—¡Doblones de a ocho!* ¡Doblones de a ocho! ¡Doblones de a ocho! —y uno empezaba a pensar que se iba a quedar sin fuelle, hasta que John le cubría la jaula con un paño.

—Fíjate bien, Hawkins —me decía—. Ese pájaro lo mismo tiene doscientos años; no se mueren nunca. Y nadie, como no sea el mismísimo demonio, habrá visto más pecados que él. Navegó con England, el gran capitán England**, el pirata. Estuvo en Madagascar, en

---

* Antigua moneda de oro.
** Edward England, pirata inglés particularmente activo en las costas de África, Madagascar y Malabar. Junto con dos compañeros,

Malabar, en Surinam, en Providencia, en Portobelo.*
Vio cómo sacaron del fondo del mar los galeones hundidos. Allí aprendió lo de «doblones de a ocho»; y no es de extrañar: ¡había trescientos cincuenta mil, Hawkins! Estuvo en el abordaje del virrey de las Indias en aguas de Goa**, ya lo creo que estuvo allí; y a simple vista parece joven. Pero oliste la pólvora, ¿verdad, Capitán?

—¡Listos para virar! —chillaba el loro.

—Es un lorito muy listo, ya lo creo que sí —decía el cocinero, sacándose un terrón de azúcar del bolsillo.

Entonces el pájaro se ponía a picotear los barrotes y a lanzar una retahíla de blasfemias tan infames que uno no podía dar crédito a sus oídos.

—Ya ves, muchacho —añadía John—, no se puede andar con brea sin pringarse. Aquí tienes este inocente pajarillo mío jurando como un carretero y sin saber lo que dice, te lo aseguro. Sería capaz de soltar las mismas palabrotas delante de un cura, me explico.

Y John se llevaba la mano al gorro con aquel ademán tan solemne que le era propio y que me inducía a creer que era una bellísima persona.

Entretanto, el caballero y el capitán Smollett seguían bastante distanciados. El caballero no se anda-

---

fue abandonado en la isla Mauricio y, aunque lograron construir un bote y llegar navegando hasta Madagascar, murió poco después, en 1720.

* Madagascar es un estado insular del océano Índico, frente a las costas de Mozambique. La costa de Malabar es una región litoral de la India, situada en la parte occidental de la península de Decán. Surinam es un estado de América del Sur situado entre la Guayana francesa, al Este, Guyana, al Oeste, y Brasil, al Sur. Providencia es una isla de Colombia, en el Caribe, frente a las costas de Nicaragua. Portobelo es una ciudad de Panamá, situada en la orilla atlántica del istmo de Panamá.

** Antigua ciudad de la costa occidental de la India, actualmente integrada en la ciudad de Panaji. La ciudad fue ocupada y refundada por el portugués Alfonso de Albuquerque en 1550. Actualmente es una ciudad en ruinas, a excepción de la zona suburbana de Nova Goa (Panaji), residencia del virrey en el siglo XVIII y capital de las Indias portuguesas en 1843.

ba con rodeos: despreciaba al capitán. Por su parte, el capitán nunca hablaba a menos que le dirigieran la palabra, y entonces contestaba lo más escuetamente posible, sin decir una sílaba de más. Cuando se veía entre la espada y la pared, reconocía haberse equivocado con respecto a la tripulación, que algunos de los marineros eran tan trabajadores como a él le gustaba y que, por lo general, todos se portaban bastante bien. Respecto al barco, se había enamorado de él:

—Señor, ciñe el viento mejor de lo que un marido esperaría que lo hiciera su esposa. Pero lo único que puedo decir —añadía— es que todavía no hemos regresado a puerto y que no me gusta esta expedición.

Al oír esas palabras, el caballero se daba media vuelta, se ponía a recorrer a grandes zancadas la cubierta, con la nariz bien levantada, y gruñía:

—Una tontería más de ese hombre y reviento.

Tuvimos algunos temporales que no hicieron más que poner de manifiesto las cualidades de la *Hispaniola*. Todos los hombres a bordo parecían muy contentos; y para chasco que no lo hubiesen estado, pues estoy seguro de que nunca hubo una tripulación más mimada que aquella desde que Noé se hizo a la mar. A la más mínima, les daban doble ración de grog*, y había gachas cada dos por tres, por ejemplo cuando el caballero se enteraba de que era el cumpleaños de algún marinero; y en el puente siempre había un tonel lleno de manzanas para que quien quisiera las comiera cuando le apeteciera.

—Nunca he visto que de algo así saliera nada bueno —le dijo el capitán al doctor Livesey—. Con los marineros vale lo de «cría cuervos y te sacarán los ojos»; estoy convencido de ello.

Pero buen servicio nos hizo el tonel de manzanas, como pronto habréis de saber; pues de no haber sido por él, no nos habríamos puesto en guardia y tal vez habríamos muerto a manos traidoras.

---

* Bebida compuesta de agua caliente azucarada mezclada con ron, kirsch, coñac u otro licor, a la que se añade una rodaja de limón.

Esto fue lo que sucedió.

Habíamos remontado los alisios para ganar los vientos que nos llevaran a la isla que buscábamos (no puedo dar más detalles) y singlábamos hacia ella con tiempo bonancible de día y de noche. Aun con los cálculos más desfavorables, aquél sería seguramente el último día de nuestro viaje de ida; en algún momento de la noche o, a lo más tardar, antes de mediodía del día siguiente, debíamos avistar la isla del Tesoro. Nuestro rumbo era SSO, soplaba una brisa constante de costado y el mar estaba en calma. La *Hispaniola* navegaba suavemente y el bauprés se hundía al cabecear la nave, levantando espuma. Todo iba viento en popa y la tripulación estaba de muy buen humor, pues estaba a punto de concluir la primera parte de nuestra aventura.

Resulta que, al anochecer, después de haber terminado mis obligaciones, cuando me dirigía a mi catre, se me antojó una manzana. Subí a cubierta; el vigía estaba en la proa, oteando el horizonte en busca de la isla. El timonel estaba atento a las velas y silbaba tranquilamente por lo bajo. Aquello era lo único que se oía, excepto el romper de las olas contra la proa y los costados de la nave.

Me metí de un salto en el tonel y descubrí que apenas quedaban manzanas. Pero, sentado en el fondo, entre la oscuridad, el rumor del agua y el movimiento del barco, debí de quedarme dormido o estaba a punto de hacerlo cuando un hombre corpulento se sentó de golpe junto al tonel. Éste se tambaleó como si se hubiese recostado en él y yo me disponía a salir de un brinco, cuando el hombre empezó a hablar. Era la voz de Silver, y fue oírle una docena de palabras y no atreverme a salir ni por todo el oro del mundo; así que allí me quedé, temblando y escuchando, muerto de miedo y de curiosidad; pues por aquella docena de palabras comprendí que las vidas de todos los hombres decentes que había a bordo estaban en mis manos.

Capítulo 11

Lo que oí desde el tonel de manzanas

—No, no era yo —dijo Silver—. El capitán era Flint; yo era cabo, por lo de mi pata de palo. En la misma andanada en la que perdí la pierna se quedó el bueno de Pew ciego. Menudo cirujano el que me la amputó, con estudios y todo; sabía latín para dar y tomar. Pero lo ahorcaron como a un perro y dejaron sus restos a secar, como hicieron con los demás en cabo Corso. Fueron los hombres de Roberts, fueron ellos, y todo por cambiarle los nombres a sus barcos: el *Royal Fortune** y los otros. Es lo que yo digo, que cuando a un barco se le bautiza, mejor no cambiarle el nombre. No hay más que ver al *Cassandra***, que nos trajo a todos sanos y salvos a puerto desde Malabar, después de que England apresara al virrey de las Indias. Y lo mismo sucedió con el *Walrus,* el viejo barco de Flint, que yo lo he visto teñido de sangre y a punto de hundirse con la carga del oro.

—¡Oh! —exclamó otra voz, la del marinero más joven que había a bordo, evidentemente lleno de admiración—. Era la perla de los mares, el bueno de Flint.

—También Davis era de lo mejor en todos los sentidos —dijo Silver—. Yo nunca navegué con él. Primero fui con England y luego con Flint, y ahí se acaba la his-

---

* Se refiere al capitán Bartholomew Roberts (1682-1722), apodado Bart el Negro, pirata galés que comandó varios barcos, como el *Fortune,* el *Royal Fortune* y el *Good Fortune.* Comenzó su carrera cargando esclavos africanos y llegó a capturar 400 barcos. En su bandera aparecía brindando con un esqueleto, aunque se cuenta que no era amigo del ron y que prefería beber té.
** El barco de Edward England.

toria. Y ahora aquí estoy, por mi cuenta, como si dijéramos. Pude ahorrar novecientos de lo que saqué con England, y doscientos de lo de Flint. No está mal para un marinero raso, y a buen recaudo lo tengo en el banco. Que lo importante, entérate bien, no es ganarlo, sino ahorrarlo. ¿Dónde está toda la gente de England ahora? Quién sabe. ¿Dónde están los de Flint? Bueno, la mayoría, aquí, a bordo, y encantados de que les den gachas después de que algunos de ellos han estado viviendo de limosna. Como el viejo Pew, que porque había perdido la vista y porque le daría vergüenza pedir, se gastó mil doscientas libras en un año, como si fuera un lord del Parlamento. Y ¿dónde está ahora? Pues con la pata estirada y criando malvas. Pero los dos años anteriores, mal rayo me parta, se los pasó muerto de hambre. Se dedicó a pedir, a robar y a cortarle el gaznate a algunos, y a pesar de ello buenas hambres pasó, por todos los demonios.

—Pues entonces, a fin de cuentas, no vale tanto la pena —intervino el marinero joven.

—No la valdrá para los tontos, tenlo por seguro, ni eso ni nada —exclamó Silver—. Pero escucha lo que te digo: no eres más que un jovenzuelo, pero más listo que el hambre. Me di cuenta en cuanto te eché el ojo encima, y te hablaré como si fueras un hombre.

Podéis imaginaros lo que sentí cuando oí a aquel abominable granuja dirigirse a otra persona exactamente en los mismos términos de adulación que había empleado conmigo. Creo que, si hubiera podido, le habría matado con tonel por medio y todo. Pero el otro siguió hablando, sin darse cuenta ni por lo más remoto de que le estaba oyendo.

—Te voy a hablar de los caballeros de fortuna. Viven jugándose el pellejo y se exponen a que los ahorquen, pero comen y beben como gallos de pelea, y cuando se acaba la expedición, se encuentran con cientos de libras en el bolsillo en lugar de cientos de peniques. Pero la mayor parte se les va en ron y en mujeres, y vuelta otra vez al mar con lo puesto. Pero ése no es mi plan.

Yo guardo un poquito por aquí, otro poquito por allá, y no demasiado en ninguna parte, por si las moscas. Tengo ya cincuenta años, no te creas. En cuanto vuelva de esta expedición me convierto en un respetable caballero. Y tú pensarás que ya es hora. Sí, pero entre tanto no he vivido mal; nunca me he privado de un capricho, he dormido bajo techo y comido a mi antojo todos los días de mi vida, menos cuando estaba en la mar. Y ¿cómo empecé? De marinero raso, igual que tú.

—Bueno —contestó el otro—, pero el resto del dinero como si no existiera ya, ¿no? ¡No te atreverás a asomar la nariz en Bristol después de esto!

—¿Y dónde te crees que lo tengo? —le preguntó Silver en tono burlón.

—En Bristol, en bancos, y sitios por el estilo —respondió su compañero.

—Lo tenía —dijo el cocinero—, lo tenía cuando levamos anclas. Pero mi parienta ya lo lleva en el bolsillo. Hemos vendido El Catalejo, y liquidado renta, clientela y enseres, y mi parienta me espera en un lugar que sólo yo me sé. Te diría dónde, porque me fío de ti, pero los compañeros se pondrían celosos.

—¿Y puedes fiarte de tu parienta? —preguntó el otro.

—Los caballeros de fortuna —contestó el cocinero— suelen fiarse poco los unos de los otros, y razón no les falta, tenlo por seguro. Pero yo hago las cosas a mi manera, sí señor. Si un camarada, o sea, uno que sabe cómo me las gasto, pone la zancadilla al viejo John, tiene los días contados en este mundo. Algunos tenían miedo de Pew y otros tenían miedo de Flint; pero Flint me tenía miedo a mí. Me tenía miedo, a pesar de su arrogancia. Los hombres de Flint eran los marineros más fieros que surcaban los mares; ni el mismísimo diablo se habría atrevido a embarcarse con ellos. Y mira lo que te digo: no soy ningún fanfarrón, y tú mismo has visto que me llevo bien con la gente; pero cuando yo era cabo, los bucaneros de Flint no eran precisamente corderitos. Conque puedes ir bien tranquilo en el barco del viejo John.

—Te voy a confesar una cosa —replicó el muchacho—: no me gustaba ni pizca este trabajo hasta esta conversación contigo, John. Pero, ahora…, choca esos cinco.

—Eres un buen chico y, además, listo —replicó Silver, estrechándole la mano con tanta fuerza que el tonel se estremeció—. Y con un tipo que ni pintado para caballero de fortuna; nunca he visto otro mejor.

En aquel momento empecé a comprender el sentido de aquella conversación. Lo de «caballero de fortuna» designaba nada más y nada menos que a un vulgar pirata. Y la escenita que acababa de oír era el último acto de corrupción de uno de los marineros decentes…, tal vez el único que quedase a bordo. Sobre este particular, enseguida salí de dudas, pues, tras un silbido de Silver, apareció un tercer hombre, que se sentó junto a los otros dos.

—Dick es de fiar —dijo Silver.

—Ya sabía yo que era de fiar —respondió la voz del timonel Israel Hands—. No tiene un pelo de tonto —masticó la bola de tabaco, escupió y luego prosiguió—: Mira, Barbacoa, lo que quiero saber es esto: ¿cuánto tiempo vamos a seguir de acá para allá como un maldito bote de vivandero*? Estoy hasta la coronilla del capitán Smollett. Ya me ha fastidiado bastante, ¡qué rayos! Quiero entrar en la cámara de oficiales, eso es. Y quiero sus encurtidos y sus vinos, y todo lo demás.

—Israel —dijo Silver—, no tienes mucho seso, nunca lo has tenido. Pero supongo que tendrás oídos; al menos las orejas las tienes bien grandes. Escucha lo que te voy a decir: vas a seguir en el catre a proa, trabajando como un condenado y sin piar ni emborracharte hasta que yo lo diga, ¿comprendido, compadre?

—Nadie ha dicho lo contrario —gruñó el timonel—. Lo único que digo es: ¿cuándo? Eso es lo que digo.

—¿Cuándo? ¡Por todos los demonios! —exclamó Silver—. Pues, si quieres saberlo, te voy a decir cuándo. Tan

---

* Persona que vende víveres a los militares en marcha o en campaña.

tarde como me sea posible, así que ya sabes cuándo. Tenemos un marinero de primera clase, el capitán Smollett, que pilota este bendito barco por nosotros. Tenemos al caballero y al doctor con el mapa y todo lo demás... porque yo no sé dónde está. Ni tú tampoco, me figuro. Lo que quiero decir es que el caballero y el doctor localizarán el material y nos ayudarán a subirlo a bordo, ¡qué diablos! Luego ya veremos. Si no me falláis ninguno de vosotros, hijos de holandeses mal nacidos, conseguiré que el capitán Smollett nos lleve hasta mitad de camino de regreso antes de dar el golpe.

—¡Pero todos somos marineros aquí a bordo, digo yo! —intervino Dick.

—Todos marineros de agua dulce, querrás decir —replicó Silver—. Sabemos mantener el timón, pero ¿quién es capaz de fijar el rumbo? Ahí es donde os estrelláis todos, del primero al último. Si de mí dependiese, dejaría que el capitán Smollett nos llevase de regreso por lo menos hasta los alisios; con eso, evitaríamos malditos errores de cálculo y tener que racionar el agua a cucharada por día. Pero sé cómo os las gastáis. Me obligaréis a que acabe con ellos en la isla, en cuanto la mercancía esté a bordo, y será una lástima. Y es que nunca estáis contentos hasta que no estáis borrachos. ¡Que me parta un rayo! Estoy harto de navegar con tipos como vosotros.

—No te pongas así, John el Largo—exclamó Israel—. Nadie te va a llevar la contraria.

—¿Cuántos buenos barcos te crees que he visto ir a la deriva? ¿Y cuántos valientes muchachos secarse al sol en el muelle de las Ejecuciones*? —gritó Silver—, y todo por esa maldita prisa de siempre, la prisa, la prisa, me oyes. Yo ya he visto más de un par de cosas en la mar. Tan sólo con que fuerais capaces de mantener el

---

* Muelle del Támesis, al oeste de Londres, en donde se ahorcaba a los piratas y amotinados cuando la marea estaba baja, dejándolos colgados hasta que la marea los cubría tres veces, según le ley del Almirantazgo.

rumbo y una cuarta a barlovento* iríais como en carroza, sí señor. ¡Pero no; ya os conozco! Mañana os hartáis de ron y que os cuelguen.

—Todo el mundo sabe que hablas mejor que un cura, John, pero ha habido otros capaces de gobernar un barco tan bien como tú —dijo Israel—; y también les gustaba divertirse, como a cualquiera. No eran tan estirados como tú y se unían a la fiesta como uno más.

—¿Y qué? —replicó Silver—. ¿Dónde están ahora? Pew era un tipo de ésos y murió como un mendigo. Flint también lo era, y el ron acabó con él en Savannah. ¡Ay, menuda tripulación aquélla! Pero ¿dónde están ahora?

—Y cuando los tengamos en nuestro poder, ¿qué piensas hacer con ellos? —preguntó Dick.

—Así me gusta —exclamó el cocinero en tono admirativo—. Directamente al grano. ¿A ti qué te parece que voy a hacer? ¿Dejarlos abandonados en una isla? Eso es lo que habría hecho England. ¿O hacerlos picadillo como si fueran cerdos? Eso es lo que habrían hecho Flint o Billy Bones.

—Billy era muy capaz de ello —dijo Israel—. Como decía siempre: «Los muertos no muerden». La cosa es que ahora él está muerto y lo habrá podido comprobar. Y para matones capaces de llegar a puerto, no ha habido otro como Billy.

—Ahí está el detalle —dijo Silver—. Matón y listo. Pero fíjate bien: yo soy una buena persona, como quien dice, un caballero, según tú; pero esta vez va en serio. Lo primero es la obligación, compadre. Mi voto es éste: muerte. Cuando esté en el Parlamento y vaya en carroza, no quiero ver a ninguno de esos leguleyos de mar aparecer por mi puerta sin avisar, como el demonio en la iglesia. Lo que digo es que hay que dar tiempo al tiempo; pero, cuando llegue el momento, les cortaremos el pescuezo.

---

* Parte de donde viene el viento.

—¡John —exclamó el timonel—, eres todo un hombre!

—Israel, ya me lo dirás cuando llegue el momento —dijo Silver—. Sólo pido una cosa: Trelawney es para mí. Con estas manos pienso arrancarle esa cabezota de borrego que tiene. ¡Dick! —añadió cambiando de tono—. Sé bueno y levántate a buscarme una manzana para que me refresque el gaznate.

¡Podéis imaginaros el terror que me asaltó! De haber tenido fuerzas para ello, habría salido de un brinco y echado a correr; pero me fallaron las piernas y los brazos, y me faltó valor. Me di cuenta de que Dick se había puesto en pie, pero se ve que alguien lo detuvo, y luego oí la voz de Hands que decía:

—¡Bah, déjalo! No te pongas a chupar esa porquería, John. Mejor echamos un trago.

—Dick —dijo Silver—, confío en ti. Tengo hecha una marca en el barril. Aquí está la llave; llena un pichel* y súbelo.

A pesar de mi terror, no pude evitar pensar para mis adentros que así fue como Arrow debió de cogerse la melopea que acabó con su vida.

Dick tardó poco en volver, pero durante su ausencia Israel le habló al oído al cocinero. Apenas pude pescar un par de palabras, pero me enteré de algunas cosas importantes; porque, además de otros detalles sobre el mismo asunto, alcancé a oír esta frase entera: «Ninguno más se unirá a nosotros». Aquello quería decir que todavía había algunos hombres leales a bordo.

Cuando Dick regresó, se pasaron el pichel uno a otro y fueron bebiendo, brindando primero «por la buena suerte», luego «por el viejo Flint» y finalmente el propio Silver dijo como canturreando: «Éste por nosotros, y viento en popa; gran botín y mucho alimento».

En aquel mismísimo momento, un rayo de luz cayó sobre el fondo del tonel donde yo me encontraba, y vi

---

* Vaso alto y redondo, ordinariamente de estaño, y con tapa engoznada en el remate del asa.

que había salido la luna, que bañaba de plata la escandalosa de mesana y relucía blanca sobre el trinquete; y casi al mismo tiempo la voz del vigía gritó: «¡Tierra a la vista!».

Capítulo 12

Consejo de guerra

Se produjo una avalancha de pasos sobre la cubierta. Pude oír a los hombres que acudían a toda prisa de la cámara de oficiales y del castillo de proa; al instante salí del tonel y, colándome por debajo del trinquete en dirección a popa, hice un quiebro y corrí a la cubierta superior llegando al mismo tiempo que Hunter y el doctor Livesey, que corrían hacia la proa por la banda de barlovento.

Allí se encontraba ya toda la marinería. Se había levantado una franja de niebla casi al mismo tiempo que había salido la luna. A lo lejos, al Sudoeste, vimos dos cerros, distantes uno de otro un par de millas y, por detrás de ellos, se elevaba un tercero más alto, cuya cumbre estaba todavía cubierta por la niebla. Los tres tenían una silueta picuda y cónica.

Eso fue lo que vi, casi como en un sueño, pues todavía no me había recuperado del espantoso miedo que había sentido un par de minutos antes. Luego oí la voz del capitán Smollett dando órdenes. La *Hispaniola* se ciñó al viento un par de cuartas y tomó el rumbo adecuado para arribar a la isla por su costa oriental.

—Y ahora, muchachos —dijo el capitán cuando todas las velas estuvieron desplegadas—, ¿alguno de vosotros ha visto antes la tierra que tenemos delante?

—Yo, señor —intervino Silver—; repostamos agua aquí con un barco mercante en el que iba de cocinero.

—Tengo entendido que el fondeadero está al Sur, protegido por un islote —dijo el capitán.

—Sí, señor; lo llaman isla del Esqueleto. En su día fue un nido de piratas, y un marinero que llevábamos a bordo se sabía todos los nombres que los bucaneros le habían puesto. A aquel monte del Norte lo llaman cerro del Trinquete. Hay tres cerros uno detrás de otro, orientados de Norte a Sur: el del Trinquete, el del Palo Mayor y el de la Mesana, señor. Pero al del Palo Mayor, es decir, el más alto, el que tiene la nube encima, solían llamarlo cerro del Catalejo, porque allí colocaban un puesto de observación mientras estaban atracados en el fondeadero para limpiar el barco; allí es donde limpiaban las sentinas, señor, con perdón de los presentes.

—Tengo aquí un mapa —dijo el capitán Smollett—. Ven a ver si ése es el lugar.

A John el Largo se le salían los ojos de la cara cuando cogió el mapa en sus manos, pero en cuanto yo vi el papel me di cuenta de que se iba a llevar un chasco. Aquel no era el mapa que habíamos encontrado en el baúl de Billy Bones, sino una copia exacta, con todos los detalles (nombres, altitudes y profundidades), excepto las cruces rojas y las notas manuscritas. Aunque seguramente sufrió una gran decepción, Silver tuvo suficiente aplomo como para disimularlo y comentó:

—Sí, señor, no cabe duda de que éste es el lugar, y por cierto que muy bien dibujado. No sé quién puede haberlo hecho. Me parece a mí que los piratas eran demasiado ignorantes. Ved, aquí está: «Fondeadero del capitán Kidd»*... así lo llamaba mi compañero de barco. Hay una corriente muy fuerte que recorre la costa sur, y luego vira hacia el Norte a lo largo de la costa oc-

---

* William Kidd (c. 1645-1701), navegante escocés. Hacia 1690, Guillermo III nombró al duque de Bellmont gobernador de Nueva York y Massachusetts, encargándole que acabara con el acuciante problema de la piratería en las colonias americanas. El capitán Kidd, que había partido con la misión de ayudarle y de luchar contra los franceses, cometió actos de piratería en Madagascar, por lo que, a su regreso, fue detenido al llegar a Boston, siendo enviado a Londres y condenado a la horca en el muelle de las Ejecuciones. Enterró un tesoro en la isla Gardiner, en le costa de Long Island, Nueva York.

cidental. Teníais razón, señor, al ganar el viento y acercaros a la isla por barlovento. Es decir, si tenéis la intención de entrar a carenar, que no hay mejor lugar para ello en estas aguas.

—Gracias, marinero —dijo el capitán Smollett—. Luego te llamaré para que nos eches una mano. Ahora puedes irte.

Me sorprendió la flema con la que John confesaba que conocía la isla; y he de admitir que me dio algo de miedo cuando vi que se acercaba a mí. Desde luego, no sabía que había oído su conciliábulo desde dentro del tonel de manzanas. Pero me causaba ya tal horror su crueldad, su duplicidad y su poder que apenas pude disimular un estremecimiento cuando posó su mano sobre mi brazo y me dijo:

—Mira, esta isla es un lugar muy bonito, un lugar precioso para que un muchacho desembarque en él. Podrás bañarte, trepar por los árboles y cazar cabras, ya lo verás; y podrás brincar por el monte como una de ellas. ¡Ay, cómo me rejuvenece! Con decirte que casi se me olvida la pata de palo. ¡Qué grande es ser joven y tener todos los dedos de los pies, créeme! Cuando se te antoje irte de exploración, díselo al viejo John y él te preparará un tentempié para el camino.

Me dio una palmadita de lo más amistosa en el hombro y luego se alejó renqueando y se metió bajo cubierta.

El capitán Smollett, el caballero y el doctor Livesey estaban charlando en el alcázar y, aunque estaba deseando contarles mi relato, no me atrevía a interrumpirlos sin más. Mientras andaba cavilando en busca de una excusa plausible, el doctor Livesey me llamó para que me acercara. Se había dejado la pipa en la cámara de oficiales y, esclavo del tabaco, quería que se la fuese a buscar; pero, en cuanto estuve lo suficientemente cerca para que sólo él pudiera oírme, le dije sin tardanza:

—Doctor, tengo que decirles una cosa. Haga que el capitán y el caballero bajen a la cámara y luego mándeme llamar con cualquier excusa. Tengo terribles noticias que darles.

Al doctor se le demudó ligeramente el semblante, pero se sobrepuso al instante.

—Gracias, Jim, es lo que quería saber —dijo en voz bastante alta, como si me hubiera preguntado algo.

Y luego giró sobre sus talones y fue a unirse a los otros dos. Siguieron charlando un ratito y, aunque ninguno de ellos se sobresaltó ni levantó la voz ni silbó de sorpresa, era evidente que el doctor Livesey les había comunicado mi petición; porque lo siguiente que oí fue la voz del capitán, que daba una orden a Job Anderson, tras lo cual éste pitó convocando a todos los marineros a cubierta.

—Muchachos —dijo el capitán Smollett—, tengo que deciros unas palabras. La tierra que hemos avistado es el lugar hacia el que navegábamos. El señor Trelawney, que es un caballero muy generoso, como todos sabemos, me acaba de hacer unas preguntas y como he tenido el placer de comunicarle que todos los hombres a bordo, del primero al último, habéis cumplido con vuestro deber como nunca vi que se hiciera mejor, él, el doctor y yo vamos a bajar al camarote de oficiales para echar un trago a *vuestra* salud y buena suerte, y a vosotros os van a servir grog para que bebáis a *nuestra* salud y buena suerte. Y pienso que es un gran gesto; y si estáis de acuerdo conmigo, vamos a aclamar como buenos marineros al caballero que así nos agasaja.

Por supuesto, todos lo aclamaron; y sus voces sonaron tan espontáneas y sinceras que he de confesar que apenas podía creer que aquellos hombres estuvieran tramando nuestra muerte.

—Y un viva más por el capitán Smollett —gritó John el Largo cuando los vítores se acallaron.

Y también a éste lo aclamaron de buena gana.

Después, los tres caballeros bajaron al camarote y al poco tiempo mandaron recado de que querían ver a Jim Hawkins.

Me encontré a los tres sentados alrededor de la mesa con una botella de vino español y unas uvas pasas ante ellos; el doctor estaba fumando y tenía la peluca en el regazo, lo cual indicaba, como bien sabía yo, que estaba alterado. La ventana de popa estaba abierta, pues la noche era cálida, y se podía ver el resplandor de la luna sobre la estela del barco.

—Bien, Hawkins, ya sé que tienes algo que comunicarnos —dijo el caballero—. Cuéntanos de qué se trata.

Hice lo que me pedían y conté lo más sucintamente que pude todos los detalles de la conversación de Silver. Nadie me interrumpió hasta que acabé mi relato, y ninguno de los tres hizo el menor movimiento, sino que mantuvieron la mirada fija en mí desde el principio hasta el final.

—Jim —dijo el doctor Livesey—, siéntate.

Me hicieron sitio junto a ellos a la mesa, me sirvieron una copa, me dieron un puñado de pasas y los tres, uno tras otro, inclinaron la cabeza y bebieron a mi salud, declarando que estaban en deuda conmigo por mi suerte y mi valentía.

—Y ahora, capitán —dijo el caballero—, he de reconocer que teníais razón y que yo estaba equivocado. Soy un burro, y me pongo a vuestras órdenes.

—No más burro que yo, señor —replicó el capitán—. Nunca conocí una tripulación que urdiese un motín sin que se le escapara algún detalle que indujera a cualquier hombre que tenga dos dedos de frente a olfatear el peligro y tomar las medidas pertinentes. Pero esta tripulación —añadió— me ha ganado por la mano.

—Capitán —dijo el doctor—, permitidme que os diga que eso es obra de Silver, un hombre sorprendente.

—Sorprendentemente bien estaría colgado del palo mayor —replicó el capitán—; pero dejémonos de palabrerías que no conducen a ninguna parte. Tengo tres o cuatro observaciones que hacer y, con permiso del señor Trelawney, voy a exponerlas.

—Vos, señor, sois el capitán, y vuestra es la palabra —repuso el señor Trelawney magnánimamente.

—Primer punto —comenzó el señor Smollett—: Tenemos que seguir adelante, pues no podemos dar media vuelta. Si diera la orden de cambiar de rumbo, se sublevarían inmediatamente. Segundo punto: tenemos tiempo por delante, al menos hasta que encontremos el tesoro. Tercer punto: hay algunos hombres leales. Señor, tarde o temprano llegaremos a las manos, y lo que propongo es que esperemos hasta que podamos coger la ocasión por los pelos, como dice el refrán, y atacarlos cuando menos se lo esperen. Supongo que podemos contar con vuestros criados, señor Trelawney.

—Como si de mí se tratase —declaró el caballero.

—Que son tres y, con nosotros, siete, contando a nuestro Hawkins —dijo el capitán—. Y, ahora, ¿quiénes serán los marineros leales?

—Probablemente los hombres de Trelawney —dijo el doctor—, los que él mismo eligió antes de toparse con Silver.

—No —replicó el caballero—, porque Hands era uno de los míos.

—Estaba convencido de que podía fiarme de Hands —añadió el capitán.

—¡Y pensar que son todos ellos ingleses! —exclamó el caballero—. ¡Ay, Señor! Ganas me entran de volar el barco.

—Bueno, caballeros —añadió el capitán—, poco más os puedo decir. Tenemos que estar en guardia, por favor, y ojo avizor. Ya sé que es muy difícil y que sería preferible enfrentarnos a ellos sin más tardanza. Pero no hay más remedio que aguardar hasta que sepamos con quiénes contamos. Yo recomiendo mantener la calma y ver de qué lado sopla el viento.

—Jim puede ayudarnos más que nadie —dijo el doctor—. Los hombres no se recatan de hablar ante él y es un chico muy listo.

—Hawkins, pongo en ti todas mis esperanzas —añadió el caballero.

Estas palabras me produjeron gran inquietud, pues me sentía totalmente impotente; y sin embargo, por una serie de circunstancias singulares, nos salvamos gracias a mi intervención. Entre tanto, por mucho que dijéramos, sólo siete de veintiséis éramos leales; y, de esos siete, uno era un muchacho, de modo que los adultos de nuestra banda eran seis, contra diecinueve de la otra.

Parte tercera

MI AVENTURA EN TIERRA

Capítulo 13

Así comenzó mi aventura en tierra

El aspecto de la isla cuando a la mañana siguiente subí a cubierta había cambiado totalmente. Aunque había cesado por completo la brisa, habíamos avanzado mucho durante la noche y estábamos al pairo* a eso de media milla al sudeste de la parte inferior de la costa oriental. Un bosque agrisado cubría gran parte de su superficie. La uniformidad del tono quedaba rota por franjas de arena amarilla en las zonas más bajas y por muchos árboles de gran tamaño de la familia de los pinos, que sobresalían por encima de los demás, a veces individualmente, otras en grupitos; a pesar de ello, el color general resultaba monótono y triste. Los cerros erigían por encima de la vegetación sus picachos de roca desnuda. Los tres tenían formas muy extrañas y el del Catalejo, que era el más alto, superando a los demás en trescientos o cuatrocientos pies, era también el que tenía una configuración más extraña, cortado abruptamente casi por todas partes y truncado de repente en la cima como un pedestal dispuesto para colocar una estatua encima.

La *Hispaniola* avanzaba balanceándose de imbornal** a imbornal en la marejada del océano. Las botavaras*** forzaban los motones****, el timón daba bandadas y

---

* Estar la nave quieta pero con las velas tendidas.
** Cada uno de los agujeros que hay en la borda para dar salida al agua que puede inundar la cubierta.
*** Palo horizontal asegurado a uno de los mástiles en el que se sujeta la vela cangreja.
**** Polea cuya caja cubre enteramente la rueda.

toda la nave crujía, rugía y se estremecía como la maquinaria de una fábrica. Me tuve que agarrar con todas mis fuerzas a una burda* y el mundo empezó a dar vueltas a mi alrededor; porque, aunque era bastante buen marinero cuando el barco avanzaba, el estar parados y balanceándonos como una botella nunca lo he podido aguantar sin marearme, sobre todo por la mañana, con el estómago vacío.

Tal vez fuera esto, o tal vez el aspecto de la isla, con su melancólico bosque gris y sus agrestes picachos de piedra, y el oleaje que podíamos ver y oír batiendo y tronando contra la abrupta costa..., el caso es que, aunque el sol lucía radiante y cálido y las aves costeras pescaban y chillaban a nuestro alrededor y habríais podido pensar que cualquiera se habría alegrado de bajar a tierra después de tanto tiempo en el mar, se me cayó el alma a los pies, como se suele decir y, desde que la vi por primera vez, le cogí una manía espantosa a la isla del Tesoro.

Nos aguardaba una mañana de horrible trabajo, pues no había indicio alguno de viento y era preciso arriar los botes y remar para remolcar el barco tres o cuatro millas alrededor de la punta de la isla y por la estrecha bocana hasta el fondeadero que quedaba detrás de la isla del Esqueleto. Me ofrecí voluntario para ir en uno de los botes aunque, por supuesto, no resulté de ninguna utilidad. Hacía un calor sofocante y los hombres echaban pestes contra el trabajo. Anderson estaba al mando de mi bote y, en lugar de mantener el orden entre la tripulación, se dedicaba a protestar más que ninguno.

—Menos mal que esto no va a ser eterno —dijo, añadiendo una blasfemia.

Aquello me pareció muy mala señal, porque hasta aquel momento los hombres habían cumplido con su obligación con diligencia y buena voluntad. Pero sólo

---

* Cabo que sujeta un palo a la banda del barco en la dirección de popa.

con ver la isla se habían relajado las riendas de la disciplina.

Durante toda la maniobra, John el Largo se quedó junto al timonel, dirigiendo el barco. Conocía la bocana como la palma de su mano; y aunque el marinero encargado del escandallo* detectaba en todas las sondas mayor profundidad que la que indicaba el mapa, John no tuvo ni un solo instante de vacilación. En un momento determinado dijo:

—Hay mucha resaca de fondo y esta bocana se ha abierto como si dijéramos a pala.

Fondeamos justo donde estaba dibujada el ancla en el mapa, a un tercio de milla de ambas costas, con la isla a un lado y el islote del Esqueleto al otro. El fondo era de arena fina. El chapoteo del ancla al largarla levantó una nube de pájaros, que se alejaron revoloteando y gritando por encima del bosque; pero al instante estaban de vuelta y volvió a reinar el silencio.

El lugar estaba enteramente rodeado de tierra, como enterrado en el bosque, pues los árboles llegaban hasta la línea superior de la marea; las playas eran en su mayoría llanas y las cimas de los cerros formaban a lo lejos una especie de anfiteatro, una aquí, otra allá. Dos regatillos, o mejor dicho, dos ciénagas, iban a desaguar a esta especie de lago, como podríamos llamarlo. Y el follaje de esta parte de la costa tenía como un brillo malsano. Desde el barco no alcanzábamos a ver nada de la casa ni de la empalizada, pues quedaban prácticamente enterradas bajo los árboles; de no haber sido por el mapa, podríamos haber pensado que éramos los primeros en echar el ancla en aquellas aguas desde que la isla surgió del fondo del mar.

No corría ni una brizna de aire, ni se oía el menor ruido, excepto el rumor de las olas batiendo a media milla de distancia sobre las playas y el acantilado que daban a mar abierto. Sobre el fondeadero planeaba un pe-

_____
* Parte de la sonda para reconocer la calidad del fondo del agua.

culiar olor a aguas estancadas, a hojas en descomposición y a troncos podridos. Me di cuenta de que el doctor olfateaba una y otra vez como quien tiene delante un huevo podrido. Al fin dijo:

—No sé si habrá un tesoro o no, pero me apuesto la peluca a que lo que vamos a encontrar son fiebres.

Si la conducta de los marineros había sido inquietante en el bote, resultó francamente amenazadora cuando regresamos a bordo. Haraganeaban por cubierta, reunidos en grupos y murmurando. Recibían la más mínima orden con un mal gesto y la cumplían muy a regañadientes y sin cuidado. Daba la impresión de que hasta los marineros decentes se habían dejado contagiar por aquel mal, pues no había ni un solo hombre a bordo que enmendara a los demás. No cabía duda de que el motín planeaba sobre nuestras cabezas como una nube de tormenta.

Y no éramos sólo nosotros, los de la cámara de oficiales, los que presentíamos el peligro. John el Largo se afanaba incansablemente, yendo de grupo en grupo, derrochando buenas palabras; nadie podría haber dado mejor ejemplo que él. Se superaba en buena voluntad y cortesía, y se mostraba afable con todo el mundo. En cuanto se daba una orden, John se ponía inmediatamente en pie, apoyado en la muleta, y contestaba con el mayor entusiasmo del mundo: «¡A la orden, señor!». Y si no había nada que hacer, entonaba una canción después de otra, como para contrarrestar el descontento del resto de la tripulación.

De todos los siniestros aspectos de aquella siniestra tarde, lo peor fue precisamente la preocupación tan patente de John el Largo.

Celebramos consejo en la cámara de oficiales. El capitán empezó diciendo:

—Señor, si me aventuro a dar otra orden, toda la tripulación se nos echa encima. Ya veis, señor, cómo están las cosas. Me contestan con impertinencia, ¿no es verdad? Pues bien, si les reprendo, se levantarán en armas en un santiamén. Y, si no lo hago, Silver se olerá algo y levantaremos la liebre. Sólo podemos contar con un hombre.

—¿Y quién es? —preguntó el caballero.

—Silver, señor —contestó el capitán—. Tiene tantas ganas como nosotros de apaciguar los ánimos. Esto no es más que un temporal; si tuviera la oportunidad de hablar con ellos, enseguida los calmaría, y lo que propongo es que le demos esa oportunidad. Podríamos conceder a los hombres la tarde libre en tierra. Si todos se van, lucharemos desde el barco. Si no se va ninguno, nos refugiaremos en esta cámara, y que Dios nos ayude. Si sólo se van algunos, fijaos bien en lo que os digo, señor, Silver los volverá a traer a bordo más mansos que corderitos.

Quedó decidido. Se entregaron pistolas cargadas a todos los hombres leales. Hunter, Joyce y Redruth fueron debidamente informados y recibieron la noticia con menor sorpresa y mejor ánimo de lo que nos suponíamos; luego, el capitán subió a cubierta y se dirigió a la tripulación en estos términos:

—Muchachos, hemos tenido un día agotador y estamos todos cansados y nerviosos. Un paseíto por la isla no hará daño a nadie... Los botes están todavía en el agua, así que os los podéis llevar; todos los que quieran tienen permiso para ir a pasar la tarde a tierra. Dispararé un cañonazo media hora antes de que se ponga el sol.

Supongo que aquellos necios se imaginaron que se iban a dar de narices con el tesoro en cuanto desembarcaran, pues todos dejaron de gruñir inmediatamente y prorrumpieron en un viva, cuyo eco devolvió uno de los distantes cerros e hizo que los pájaros salieran una vez más revoloteando y chillando por encima del fondeadero.

El capitán era demasiado listo para quedarse en cubierta. Desapareció en un santiamén, permitiendo que Silver organizase la expedición; y creo que actuó muy bien, pues de haberse quedado sobre cubierta, no podría haber seguido pretendiendo que no se daba cuenta de la situación. Estaba más clara que el agua. Silver era el capitán y tenía a sus órdenes a una banda terriblemente rebelde. Los marineros decentes, y pronto pude comprobar que había algunos a bordo, tenían que ser unos estúpidos. O más bien, y supongo que la verdad es ésta, el ejemplo de los cabecillas influía sobre toda la marinería, sobre unos más y sobre otros menos; y unos cuantos, que en el fondo eran buenas personas, no estaban dispuestos a dejarse manejar ni conducir más lejos. Una cosa es ser un vago y un haragán, y otra muy distinta es apoderarse de un barco y asesinar a una serie de personas inocentes.

Sin embargo, al fin se organizó la expedición. Seis marineros se quedarían a bordo, y los otros trece, entre los que se contaba Silver, se dispusieron a embarcar.

Entonces fue cuando se me pasó por la cabeza la primera de las temerarias ideas que tanto contribuyeron a salvar nuestras vidas. Si Silver dejaba atrás a seis hombres, era evidente que los nuestros no podían tomar el barco y luchar desde él; y como sólo se habían quedado seis, era igualmente evidente que el grupo de la cámara de oficiales no necesitaba, de momento, mi ayuda. Inmediatamente se me ocurrió bajar a tierra. En un periquete me deslicé por el costado y me acurruqué en la parte delantera del bote más próximo, y casi en el mismo instante nos pusimos en marcha.

Nadie advirtió mi presencia, excepto el remero de proa, que me dijo:

—¿Eres tú, Jim? Baja la cabeza.

Pero Silver, desde la otra chalupa, escudriñó nuestro barco y gritó para saber si era yo; desde ese momento, empecé a lamentar lo que había hecho.

Los marineros competían por llegar en primer lugar a la playa, pero el bote en el que yo iba, que había salido por delante y además era el más ligero y que llevaba a los mejores remeros, le sacó mucha distancia a su compañero, y en cuanto la proa alcanzó los árboles de la costa, agarré una rama, de la que me colgué, y salté hasta los matorrales más cercanos, mientras Silver y el resto se encontraban todavía a un ciento de yardas de distancia.

—¡Jim! ¡Jim! —le oí gritar.

Pero, como os podéis imaginar, no le hice el menor caso; saltando, agachándome y abriéndome camino, eché a correr tierra adentro hasta que ya no pude más.

Capítulo 14

El primer golpe

Estaba tan contento de haber conseguido escapar de John el Largo, que empecé a disfrutar y a mirar a mi alrededor con cierto interés aquel lugar desconocido en el que me encontraba.

Había atravesado una ciénaga llena de sauces, juncos y extraños y exóticos árboles palustres y había alcanzado la linde de un calvero ondulado y arenoso, de aproximadamente una milla de largo, salpicado con unos cuantos pinos y un gran número de árboles retorcidos, bastante parecidos al roble, aunque de hojas más pálidas, como las de los sauces[*]. En el extremo opuesto del calvero se elevaba uno de los cerros, con

---

[*] Este árbol que describe Stevenson podría ser el *Quercus phellos,* o roble de hojas de sauce, característico del este de los Estados Unidos, que suele confundirse con el *Quercus robur,* o roble rojo americano. Sin embargo, por descripciones posteriores en la narración (en particular nos dice que son árboles vivaces) podría tratarse igualmente del *Quercus agrifolia,* o encina de California, perenne, que abunda en colinas bajas y en barrancas anegadas en invierno pero secas en los veranos secos; o también del *Quercus palustris,* o roble palustre, parecido a la anterior. Si se trata de adivinar la posible localización de la isla del Tesoro a partir de su fauna y flora, se observa que éstas no son propias del Caribe, sino más bien de un lugar como California. Allí estuvo Stevenson durante su estancia en Norteamérica, y allí, en los alrededores de Monterrey, pudo conocer todos los árboles antes citados, así como los leones marinos de los que habla en el capítulo 24. Existe incluso una carta del autor a su amigo Sidney Colvin, fechada en 1884, que dice textualmente refiriéndose a *La isla del Tesoro:* «En cuanto al escenario, es, evidentemente, en parte californiano y en parte inventado».

sus dos picachos escarpados de extraña silueta que relucían al sol.

Por primera vez sentí la emoción del explorador. La isla estaba desierta; había dejado atrás a mis compañeros de barco y frente a mí no tenía más que fieras y aves. Anduve de un lado para otro por entre los árboles; de trecho en trecho florecían plantas que me eran desconocidas; vi algunas serpientes; una de ellas asomó la cabeza por detrás de una roca y siseó, emitiendo un sonido que se parecía al de una peonza al girar. Estaba lejos de suponer que se trataba de un enemigo mortal, y aquel sonido, el del famoso cascabel.

Entonces llegué a un soto de aquellos árboles de hojas pálidas parecidos al roble y que luego supe que eran robles vivaces o perennes, que crecían a ras de la arena como zarzas, con las ramas extrañamente retorcidas y el follaje espeso como el bálago*. El soto cubría la pendiente de uno de los montículos arenosos, haciéndose cada vez menos espeso y más alto, hasta llegar a orillas de una gran ciénaga llena de cañas atravesada por uno de los arroyuelos que iba a desembocar en el fondeadero. El marjal humeaba bajo los fuertes rayos del sol y el perfil del cerro del Catalejo oscilaba a través de la bruma. De repente se oyó cierto alboroto por entre los juncos. Un pato salvaje echó a volar con un graznido. Otro le siguió y al momento la superficie del cañaveral quedó cubierta por una nube de aves que gritaban y dibujaban círculos en el aire. Supuse inmediatamente que algunos de mis compañeros de a bordo estarían cerca de la ciénaga. Y no me equivoqué, pues al momento oí los distantes y apagados tonos de una voz humana; escuché más atentamente y comprendí que se iba acercando, pues se oía cada vez más fuerte.

Me dio mucho miedo y me arrastré hasta un roble vivaz cercano, bajo el cual me cobijé, atento a lo que sucedía y más callado que un muerto.

---

* Paja larga de los cereales después de quitada la espiga.

Se oyó la respuesta de otra voz; a continuación la primera, que identifiqué como la de Silver, volvió a coger el hilo de la conversación y siguió oyéndose durante un buen rato ininterrumpidamente, salvo alguna intervención de la segunda. Por el tono comprendí que aquellos hombres discutían, o que casi se peleaban; pero no alcancé a distinguir ninguna palabra.

Al cabo de un rato me pareció que se callaban, o incluso que se habían sentado, porque no sólo sus voces dejaron de aproximarse, sino que las propias aves se fueron calmando y regresaron a sus puestos en la ciénaga.

Entonces empecé a pensar que no estaba cumpliendo con mi misión; ya que había sido tan temerario como para desembarcar con aquellos malhechores, lo menos que podía hacer era espiar sus conciliábulos; mi tarea debía consistir pura y simplemente en acercarme a ellos lo más posible, emboscado tras las ramas bajas de los árboles.

Podía localizar con bastante exactitud a los hombres, no sólo por el sonido de sus voces, sino también por el comportamiento de los escasos pájaros que todavía revoloteaban alarmados por encima de las cabezas de los intrusos.

Lentamente, me fui arrastrando a gatas hacia ellos, hasta que por fin, asomando la cabeza por un claro del follaje, tuve ante mi vista una pequeña cañada verde junto a la ciénaga, bordeada de una apretada fila de árboles, donde John Silver el Largo y uno de los marineros conversaban frente a frente.

El sol caía de plano sobre ellos. Silver había arrojado su sombrero al suelo, a su lado, y alzaba hacia el otro hombre su gran rostro aplastado y rubicundo, perlado de sudor, casi suplicante.

—Compadre —le estaba diciendo—, es porque creo que vales más que el oro en polvo, te lo aseguro. Si no te tuviera en tanta estima, ¿crees que estaría aquí avisándote? La suerte está echada, no hay vuelta atrás. Te lo digo para salvarte el pellejo. Y si alguno de esos fieras se enterara, ¿qué sería de mí, Tom? Dime, Tom, ¿qué sería de mí?

—Silver —dijo el otro, y observé que no sólo estaba acalorado, sino que graznaba como un cuervo y su voz vibraba como una cuerda en tensión—, Silver —continuó—, eres viejo y honrado, o al menos tienes fama de serlo; además, tienes dinero, cosa que muchos pobres marineros no tienen; y eres valiente, o estoy muy equivocado. ¿Y me dices que te vas a unir a esa pandilla de canallas? ¡No me lo creo! Tan cierto como que Dios me ve, pondría la mano en el fuego por ti. Si no cumplo con mi deber...

De repente, un ruido lo interrumpió. No había hecho más que descubrir a uno de los marineros leales cuando en aquel mismísimo momento me llegaban noticias de otro. A lo lejos en la ciénaga se oyó de repente un sonido como un grito de rabia y, después de aquél, otro; y luego un chillido espantoso y prolongado. Las peñas del Catalejo lo repitieron múltiples veces. Toda la bandada de aves acuáticas volvió a echar a volar oscureciendo el cielo y aleteando al unísono.

Aquel grito de agonía seguía resonando en mi cabeza mucho después de que el silencio reinara de nuevo, y de que sólo el roce de las aves que volvían a posarse y el rumor distante de las olas perturbaran la modorra de la tarde.

Tom se puso en pie de un brinco al oír aquel grito, como un caballo espoleado. Pero Silver ni pestañeó. Se quedó donde estaba, apoyado en la muleta, vigilando a su compañero como una serpiente dispuesta a saltar sobre su presa.

—John —dijo el marinero, tendiéndole la mano.

—¡Las manos quietas! —gritó Silver retrocediendo unos pasos, me pareció a mí, con la presteza y la seguridad de un avezado gimnasta.

—Las manos quietas si así lo quieres, John Silver —dijo el otro—. Si me tienes miedo, será porque no tienes la conciencia tranquila. Pero, por todos los santos, dime qué ha sido eso.

—¿Eso? —replicó Silver con una gran sonrisa, pero reforzando la guardia, con los ojos que parecían cabezas de alfiler en su ancho rostro, brillando como si fueran cachitos de cristal—. ¿Eso? Me parece que era Alan.

Al oír aquellas palabras, el pobre de Tom se incorporó como un héroe y declaró:

—¡Alan! ¡Que Dios tenga en su gloria a ese marinero de pro! En cuanto a ti, John Silver, hemos sido compañeros mucho tiempo, pero ya no lo somos. Aunque tenga que morir como un perro, moriré cumpliendo con mi obligación. Habéis matado a Alan, ¿verdad? Pues mátame a mí también si es que puedes. Veremos si te atreves.

Y según decía esto, aquel valiente dio media vuelta y echó a andar hacia la playa, dándole la espalda al cocinero. Pero no iba a llegar muy lejos. John lanzó un grito, se agarró a la rama de un árbol, cogió la muleta que llevaba bajo el brazo y lanzó aquel proyectil improvisado con todas sus fuerzas por el aire. La muleta alcanzó al pobre de Tom, clavándosele la punta con asombrosa violencia justo entre las paletillas, en plena espalda. Tom alzó las manos, emitió una especie de gemido y cayó al suelo.

Si estaba malherido o no, nunca se llegará a saber. A juzgar por el ruido que hizo al caer, el golpe le había quebrado el espinazo. Pero no tuvo tiempo de recuperarse. Silver, ágil como un mono a pesar de su cojera y de la falta de su muleta, se plantó encima de él en un instante y hundió dos veces su navaja hasta la empuñadura en aquel cuerpo indefenso. Desde el lugar donde me encontraba emboscado, pude oírle jadear mientras asestaba las puñaladas.

No sé exactamente lo que significa desmayarse; lo que sí sé es que, durante unos instantes, todo lo que tenía a mi alrededor se desvaneció, como absorbido por un torbellino de niebla; Silver y los pájaros, y la encumbrada cima del Catalejo, todo me daba vueltas y se tambaleaba ante mis ojos, y en mis oídos resonaban una especie de campanillas, así como voces distantes.

Cuando volví en mí la bestia se había dominado, y tenía la muleta bajo el brazo y se había puesto el sombrero. Tom yacía inmóvil en el suelo ante él; pero el asesino, sin prestarle la menor atención, limpiaba su ensangrentada navaja en una mata de hierba. Todo lo demás estaba como antes, el sol resplandecía inmisericorde sobre la humeante ciénaga y sobre el alto picacho del monte, y me costó trabajo convencerme de que se había cometido aquel crimen y de que unos momentos antes se había segado cruelmente una vida humana ante mis propios ojos.

Entonces John se metió la mano en el bolsillo, sacó un silbato y lo tocó varias veces con un tono determinado que resonó potentemente en el cálido aire. Por supuesto, no comprendí el significado de aquella señal, pero inmediatamente despertó mi temor. Seguro que acudirían otros hombres y que me descubrirían. Ya habían asesinado a dos personas honradas; después de Tom y Alan, ¿por qué no iba a ser yo la siguiente víctima?

Inmediatamente me decidí a salir de mi escondite arrastrándome por donde había venido, todo lo rápida y silenciosamente que pude, hasta la parte más clara del bosque. Mientras hacía esto, podía oír gritos de saludo entre el viejo bucanero y sus compinches, y aquella señal de peligro puso alas en mis pies. En cuanto salí del soto, eché a correr como nunca lo había hecho, sin prestar la menor atención a la dirección de mi huida, con tal de que me alejase de los asesinos; y cuanto más corría, más miedo tenía, hasta que fui presa del pánico.

¿Acaso podía haber alguien más desesperado que yo? Cuando se oyese el cañonazo, ¿cómo iba a atreverme a bajar hasta los botes con aquellos bandidos que todavía tenían sangre fresca en sus manos? En cuanto me viera el primero de ellos, seguro que me retorcería el pescuezo como a un pollo. Por otra parte, mi ausencia sería sin duda para ellos prueba de mi temor y, por lo tanto, de mi fatal conocimiento de los hechos. No tenía escapatoria, pensé. Adiós a la *Hispaniola,* adiós al caballero, al doctor y al capitán. No me quedaba más remedio que morirme de hambre o perecer a manos de los amotinados.

Mientras pensaba todo esto, como digo seguía corriendo y, sin darme cuenta, me fui acercando a las estribaciones del cerro con los dos picachos y me metí en la parte de la isla donde los robles vivaces estaban más dispersos y los árboles tenían un porte y unas dimensiones más propias de un bosque. Entremezclados con ellos se veían unos cuantos pinos, algunos de ellos de cincuenta y otros de casi setenta pies de altura. El aire también era más fresco que allá abajo, junto a la ciénaga.

Y allí, un nuevo susto hizo que me parara en seco, con el corazón en la boca.

Capítulo 15

El hombre de la isla

De la ladera del monte, que en aquel lugar era abrupta y pedregosa, se desprendió un alud de piedras, que cayeron rodando y retumbando por entre los árboles. Volví los ojos instintivamente en aquella dirección y vi una silueta que, de un salto, se escondió detrás del tronco de un pino. No acerté a darme cuenta de lo que era, si oso, hombre o mono. Me pareció oscura y peluda, pero más no podía adivinar. El espanto que me produjo aquella nueva aparición me dejó clavado en el sitio.

No cabía duda de que estaba entre la espada y la pared: detrás de mí estaban los asesinos, y delante, aquel ser indefinido y furtivo. Enseguida pensé que eran preferibles los peligros conocidos que aquéllos por conocer. El propio Silver me pareció menos terrible comparado con aquella criatura asilvestrada; giré sobre mis talones y, echando un vistazo hacia atrás por encima del hombro, comencé a desandar el camino, dirigiéndome hacia las chalupas.

Al momento volvió a aparecer aquella silueta y, dando un gran rodeo, se dispuso a cortarme el paso. Bien es cierto que estaba cansado pero, aunque hubiese acabado de levantarme, me di cuenta de que era vano tratar de competir en velocidad con semejante adversario. Aquel ser saltaba de un tronco a otro igual que un gamo y corría sobre dos patas igual que un hombre, pero, a diferencia de cualquier ser humano que hubiese visto anteriormente, él lo hacía casi doblado en ángulo recto. Y sin embargo, era un hombre, no me cabía ya duda alguna de ello.

Empecé a recordar todo lo que había oído contar sobre los caníbales. Faltó un pelo para que me pusiera a gritar pidiendo socorro. Pero el hecho de que fuera un hombre, por muy salvaje que pareciera, me tranquilizó hasta cierto punto, y el miedo que me daba Silver se reavivó en mí en la misma medida. De modo que me detuve, tratando de encontrar una manera de escapar; y mientras en esto pensaba se me vino a la memoria que llevaba encima una pistola. En cuanto me di cuenta de que no me hallaba indefenso, recobré el valor, me volví resueltamente hacia el hombre de la isla y me dirigí a paso ligero hacia él.

Se había vuelto a ocultar detrás de otro tronco, aunque sin duda me había observado detenidamente, porque en cuanto empecé a avanzar a su encuentro salió de su escondite y dio un paso hacia mí. Luego vaciló, retrocedió, volvió a avanzar y, por último, para mi asombro y confusión, se hincó de rodillas y juntó las manos en ademán de súplica.

Al verlo, me detuve de nuevo y le pregunté:

—¿Quién sois?

—Ben Gunn —me respondió con voz áspera y torpe, como un cerrojo oxidado—. Soy el pobre de Ben Gunn; llevo tres años sin hablar con un cristiano.

Entonces me di cuenta de que era un hombre blanco como yo y de que sus facciones eran incluso agradables. Las partes de su cuerpo que no estaban tapadas se veían quemadas por el sol; incluso sus labios estaban negros; y sus ojos claros resultaban bastante sorprendentes en un rostro tan oscuro. De todos los mendigos que había conocido o imaginado, éste era sin duda el rey de los harapos. Se cubría con jirones de lona de vela y de hule viejo; y todos aquellos extraordinarios remiendos estaban unidos por un sistema de sujeción de lo más variado e incongruente: botones de latón, palillos y tiras de calzones embreadas. Alrededor de la cintura llevaba un viejo cinturón de cuero con hebilla de latón, única pieza sólida de su atuendo.

—¡Tres años! —exclamé—. ¿Naufragasteis?

—No, compañero —me respondió—. Me abandonaron.

Algo había oído yo de aquella práctica y sabía que era un espantoso tipo de castigo, bastante frecuente entre los bucaneros, que consistía en que dejaban en tierra al que había cometido algún delito, con un poco de pólvora y municiones, y lo abandonaban en alguna isla desierta y lejana.

—Me abandonaron hace tres años —continuó—, y desde entonces me he alimentado de cabras, bayas y ostras. Y lo que digo yo es que, allí donde se encuentre uno, siempre acaba por salir adelante. Pero, compañero, mi corazón suspira por una dieta cristiana. No llevarás encima un trozo de queso, ¿verdad? ¿No? Bueno, cuántas noches me las he pasado soñando con queso, sobre todo fundido, y luego me he despertado y aquí estaba, sin remedio.

—Si consigo volver al barco —le dije—, tendréis queso hasta hartaros.

Durante todo aquel tiempo me había estado palpando el tejido de la chaqueta, acariciándome las manos, mirándome las botas y, por lo general, en las pausas de su conversación, mostraba un deleite infantil ante la presencia de otro ser humano. Pero al oír mis últimas palabras, levantó la cabeza con un gesto de sorpresa y desconfianza.

—¿Si consigues volver al barco, dices? —repitió—. Y ¿quién va a impedírtelo?

—Vos no, ya lo sé —le contesté.

—Y que lo digas —exclamó—. Y tú, ¿cómo te llamas, chico?

—Jim —le respondí.

—Jim, Jim —repitió, aparentemente muy contento—. Pues mira, Jim, he llevado una vida tan perra, que vergüenza te daría oír las que he pasado. Aquí donde me ves, por ejemplo, te costaría creer que he tenido una madre devota, ¿verdad? —preguntó.

—Pues sí, me cuesta —le contesté.

—Pues ya ves —dijo—, la tuve, y, además, muy piadosa. Y yo era un chico educado y también piadoso; me sabía el catecismo de carrerilla y lo recitaba de pe a pa sin respirar. Y a esto he llegado, Jim; todo empezó jugando al hoyuelo sobre las tumbas del cementerio. Empezó, pero luego fue a más. Mi madre ya me lo había advertido y me dijo lo que me iba a pasar, la pobre mujer. Pero es la Providencia la que me trajo aquí. Le he dado muchas vueltas a todo ello en esta isla desierta, y he vuelto al buen camino. Ya no me pescarás dándole tanto al ron. Sólo un dedalito para brindar, por supuesto, si se presenta la ocasión. Me he jurado ser un hombre de bien y lo conseguiré. Y además, Jim —miró a su alrededor y bajó la voz hasta susurrar—, soy rico.

Entonces pensé que aquel desgraciado se había vuelto loco debido a la soledad, y supongo que se me notó por la cara que puse, porque repitió su afirmación con más énfasis:

—¡Rico, rico, te digo! Y te juro que voy a hacer de ti una persona importante, Jim. ¡Ay, Jim, bendita sea tu suerte, porque has sido el primero en dar conmigo!

Mientras decía estas palabras, una sombra se cernió sobre su rostro; me apretó la mano con más fuerza y levantó un índice amenazador ante mis ojos, al tiempo que me preguntaba:

—Jim, dime la verdad, ¿no será ése el barco de Flint?

Al oírle esas palabras tuve una feliz inspiración. Empecé a pensar que había encontrado un aliado, y le contesté sin dudar:

—No es el barco de Flint y Flint está muerto; pero ya que me lo preguntáis, os diré la verdad: algunos de los marineros de Flint van a bordo, para desgracia nuestra.

—¿No irá... un hombre... con una sola... pierna? —balbució.

—¿Silver? —le pregunté.

—¡Ay, Silver! Así se llamaba.

—Es el cocinero, y también el cabecilla.

Todavía me tenía agarrado por la muñeca y cuando me oyó decir aquello me la retorció y dijo:

—Si te ha enviado John el Largo, soy hombre muerto, lo sé. ¿Tú de qué parte estás; qué dices?

Decidí contarle inmediatamente todo el relato de nuestro viaje y explicarle la situación en la que nos encontrábamos. Me escuchó con sumo interés y, cuando hube acabado, me dio unas palmaditas y me dijo:

—Eres un buen chico, Jim. Estáis todos metidos en un buen lío, ¿verdad? Bueno, confía en Ben Gunn... Ben Gunn os sacará de él. ¿Te parece que el caballero ése será capaz de mostrarse generoso si alguien le echa una mano, encontrándose él, como cuentas, metido en un buen lío?

Le dije que el caballero era el hombre más generoso del mundo.

—Ya, pero mira —replicó Ben Gunn—, no me refiero a que me consiga un puesto de portero y me regale una buena librea y todo ese tipo de cosas; no es eso a lo que aspiro, Jim. Me refiero a que si estaría dispuesto a soltar, digamos, mil libras de un dinero que es tan seguro como si estuviera ya en sus manos.

—Estoy convencido de que sí —le dije—. Tiene previsto repartirlo entre todos.

—¿*Y también* un pasaje de vuelta a casa? —añadió con una mirada escrutadora.

—Pues claro —exclamé—, el caballero es todo un señor. Además, si nos libramos de esa gente, nos vendrá bien otro par de manos para llevar el barco a casa.

—Sí, claro —dijo, al parecer muy aliviado. Luego continuó—: Fíjate bien en lo que te voy a decir. Te cuento esto y ni una palabra más. Yo iba en el barco de Flint cuando enterró el tesoro. Él y otros seis... seis fornidos marineros. Estuvieron en tierra casi una semana, mientras nosotros esperábamos en el viejo *Walrus*. Un buen día oímos la señal y apareció Flint solito en una chalupa, con la cabeza envuelta en un pañuelo azul. El sol estaba despuntando y se le veía pálido como un muerto por encima del tajamar.* Imagínate, allí estaba él, y los otros seis todos muertos..., muertos y enterrados.

---

* Tablón curvo, ensamblado en la parte exterior de la roda, para hender el agua cuando la embarcación marcha.

¿Cómo lo hizo? Nadie a bordo pudo descubrirlo. Hubo seguramente pelea, asesinatos y muerte súbita, él contra seis. Billy Bones era segundo de a bordo, y John el Largo, contramaestre. Le preguntaron dónde estaba el tesoro. «Ah —les dijo—, no tenéis más que desembarcar, si queréis, y quedaros ahí, pero este barco seguirá en busca de otros botines, ¡truenos!». Eso fue lo que nos dijo... Tres años después iba yo en otro barco y avistamos la isla. «Camaradas —les dije—, ahí está el tesoro de Flint. Desembarquemos y vayamos en su busca.» Al capitán no le gustó la idea, pero a mis compañeros sí, y desembarcamos. Estuvieron buscándolo durante doce días y cada día se ponían más furiosos conmigo, hasta que una buena mañana regresaron a bordo diciéndome: «Tú, Benjamin Gunn, ahí te quedas. Ten este mosquete, esta pala y este pico. Aquí te dejamos, a ver si das con el dinero de Flint». Ya ves, Jim. Llevo tres años aquí, sin un bocado cristiano que llevarme a la boca desde aquel día. Pero ahora mira, mírame. ¿Tengo pinta de marinero raso? No, dirás tú. No, no lo era, te digo yo.

Al mismo tiempo guiñó un ojo y me dio un buen pellizco, y luego prosiguió:

—Tú cuéntale estas palabras a ese caballero, Jim: «No, no lo era —esas mismísimas palabras—. Durante tres años fue el único habitante de la isla, día y noche, con sol y con lluvia; y a veces se le ocurría rezar algo —le cuentas—, y a veces se acordaba también de su pobre madre, que ojalá esté todavía viva —le dices—; pero la mayor parte del tiempo —eso es lo que le dirás—, la mayor parte del tiempo Gunn se dedicaba a otra cosa». Y luego le das un pellizquito, como te lo acabo de dar yo a ti.

Y volvió a pellizcarme con un ademán de lo más confidencial, para proseguir:

—Luego te pones muy tieso y le dices: «Gunn es un buen hombre —eso le dices—, y tiene muchísima más confianza..., muchísima más confianza —fíjate bien—, en un caballero de egregia cuna que en esos caballeros de fortuna, pues él mismo ha sido uno de ellos».

—Bueno, no entiendo ni palabra de lo que me decís —repliqué yo—. Pero de todas maneras da igual, porque no sé cómo voy a volver a bordo.

—Ah —dijo él—, ahí está el detalle. Pues bien, tenemos mi bote, hecho con estas manos. Lo tengo escondido debajo de la peña blanca. En el peor de los casos, podemos intentarlo cuando anochezca. Oye, ¿qué es eso? —exclamó.

En aquel preciso momento, aunque quedaba todavía una hora o dos de sol, todos los ecos de la isla retumbaron con el tronar de un cañonazo.

—¡Han comenzado a luchar! —exclamé—. ¡Seguidme!

Eché a correr hacia el embarcadero, olvidándome de todos mis temores; a mi lado, el hombre abandonado cubierto de pieles de cabra trotaba con toda ligereza y agilidad.

—A la izquierda, a la izquierda, sigue por la izquierda, camarada Jim —me dijo—. Métete bajo los árboles. Ahí es donde maté mi primera cabra. Ya no bajan por aquí ahora; se han subido todas al monte, huyendo de Benjamin Gunn. ¡Ah! Y ahí está el «cetemerio» —quería decir el cementerio—. ¿Ves los montones de tierra? De vez en cuando vengo aquí a rezar, cuando me imagino que debe de ser domingo. No es que sea una capilla, pero es como más solemne; y además, imagínate la escasez que pasó Ben Gunn: ni cura, ni siquiera una Biblia ni un gallardete, eh.

Siguió hablando mientras yo corría, sin esperar ni recibir respuesta alguna.

Al cañonazo le siguió, al cabo de un rato, una descarga de armas menores.

Se produjo otra pausa y luego, a menos de un cuarto de milla ante nosotros, vi la Union Jack[*] ondear en el aire por encima del bosque.

---

[*] Nombre de la bandera británica.

Parte cuarta

LA EMPALIZADA

Capítulo 16

De cómo abandonaron el barco

Los dos botes habían abandonado la *Hispaniola* rumbo a la costa a eso de la una y media (repicada con tres campanadas según la señalización marítima). El capitán, el caballero y yo estábamos en la cámara de oficiales comentando la situación. Si hubiese soplado la menor brisa, habríamos caído sobre los seis amotinados que se habían quedado a bordo con nosotros, habríamos soltado amarras y nos habríamos hecho a la mar. Pero no había nada de viento y, para colmo de nuestra desesperación, bajó Hunter con la noticia de que Jim Hawkins se había metido en un bote para ir a tierra con los otros.

Ni se nos pasó por la imaginación dudar de Jim Hawkins, pero nos preocupaba su seguridad. Con lo alterados que estaban los hombres, lo más probable es que no volviéramos a ver al muchacho. Subimos corriendo a cubierta. La pez borboteaba en las ensambladuras de la tablazón y el fétido olor de aquel lugar me dio náuseas; si en algún lugar se puede percibir el olor a fiebre y a disentería, es en aquel espantoso fondeadero. Los seis canallas andaban refunfuñando, sentados bajo una vela en el castillo de proa; en la orilla se veían las chalupas atracadas en las inmediaciones de la desembocadura del arroyo, y a un hombre sentado en cada una de ellas. Uno de los dos silbaba el *Lillibullero**.

---

* Canción política inglesa muy popular durante el derrocamiento de Jacobo II (1633-1701) en 1688. Fue escrita por Thomas Wharton, y la intención de sus versos era desacreditar la actuación de

La espera resultaba angustiosa; decidimos que Hunter y yo bajaríamos a tierra en el esquife* en busca de información. Los botes se habían dirigido hacia la derecha, pero Hunter y yo remamos de frente, rumbo a la empalizada que venía indicada en el mapa. Los hombres que se habían quedado de guardia en los botes se pusieron muy nerviosos al vernos, dejó de oírse el *Lillibullero* y vi que se ponían a discutir sobre lo que tenían que hacer. Si se les hubiera ocurrido ir a contárselo a Silver, las cosas habrían sucedido de manera muy distinta; pero supongo que tenían órdenes estrictas, y decidieron quedarse sentados donde estaban y volver a entonar el *Lillibullero*. La costa dibujaba una pequeña curva y la rodeé, de tal modo que, aun antes de desembarcar, ya habíamos perdido de vista las chalupas. Me bajé de un salto y fui casi corriendo, protegiéndome del calor con un gran pañuelo de seda bajo el sombrero y empuñando un par de pistolas cargadas por si tenía que defenderme.

No habría recorrido cien yardas cuando llegué al fortín.

Lo voy a describir a continuación: un manantial de agua fresca brotaba en lo alto de un montecillo. Sobre la loma y alrededor del manantial habían construido una tosca cabaña de madera en la que podían caber cuarenta hombres en caso de necesidad, con troneras para los mosquetes** a cada lado. Alrededor de la cabaña habían despejado una amplia franja de terreno y habían rematado la obra con una empalizada de seis pies de alto, sin puerta ni abertura; echarla abajo habría requerido mucho tiempo y esfuerzo, pues era muy resistente; pero como los maderos estaban demasiado se-

---

Richard Talbot, nombrado comandante en jefe del ejército de Irlanda por el rey.
* Bote que se lleva en el navío para saltar a tierra.
** La tronera es una abertura para disparar con acierto y seguridad. El mosquete es un arma de fuego antigua, más larga y de mayor calibre que el fusil.

parados, tampoco se podían proteger tras ella los asaltantes. Los ocupantes del fortín llevaban todas las de ganar; no tenían más que quedarse tan tranquilos dentro y cazar a sus enemigos como si fueran perdices. Lo único que necesitaban era un buen centinela y alimentos; y, a menos que les pillaran por sorpresa, podían hacer frente a un regimiento.

Lo que más me gustó fue el manantial. Porque, aunque la cámara de oficiales de la *Hispaniola* estaba bastante bien abastecida con abundantes armas y municiones y comida y excelentes vinos, habíamos descuidado una cosa: nos faltaba agua. En ello cavilaba cuando de repente retumbó por toda la isla el grito de muerte de un hombre. No era la primera vez que me enfrentaba a una muerte violenta; serví en el regimiento de S. A. R. el duque de Cumberland, e incluso me hirieron en Fontenoy*, pero reconozco que se me heló la sangre en las venas. «Han acabado con Jim Hawkins», fue lo primero que se me ocurrió.

Haber sido soldado tiene sus ventajas, pero más las tiene ser médico, pues en nuestra profesión no se puede perder el tiempo. De modo que tomé inmediatamente la decisión de regresar sin más tardanza a la orilla y subir al esquife.

Afortunadamente Hunter era un excelente remero. Volamos sobre el agua y en un santiamén acostamos la goleta y subí a bordo.

Estaban todos muy disgustados, como es natural. El caballero estaba sentado, blanco como la cera, preocupado por el peligro al que nos había expuesto, pobre hombre, y uno de los seis marineros del castillo de proa estaba también muy afectado.

—Ese hombre no está acostumbrado a estas cosas —dijo el capitán Smollett señalándolo con un gesto de

---

* Guillermo Augusto, duque de Cumberland (1721-1765), segundo hijo del rey Jorge II de Inglaterra, fue un notable militar que mandaba el ejército aliado en Flandes. Los franceses, a las órdenes del mariscal Saxe, lo derrotaron en Fontenoy, Bélgica.

la cabeza—. Casi se desmaya, doctor, cuando oyó el grito. Otra vuelta de tuerca y se pasa a nuestro bando.

Le expliqué al capitán mi plan y, entre los dos, acordamos todos los detalles para llevarlo a cabo.

Apostamos al viejo Redruth en la galería, entre la cámara de oficiales y el castillo de proa, con tres o cuatro mosquetes cargados y atrincherado tras un colchón. Hunter trajo el bote hasta el portalón de popa y Joyce y yo nos pusimos a cargarlo con barriles de pólvora, mosquetes, bolsas de galletas, cajones de cerdo en salazón, una barrica de coñac y mi inestimable cofre de medicamentos.

Entre tanto, el caballero y el capitán se quedaron en cubierta y este último se dirigió al timonel, que era el marinero de más autoridad a bordo, y le dijo:

—Señor Hands, aquí estamos el capitán y yo con un par de pistolas cada uno. Si alguno de vosotros da la más mínima señal, es hombre muerto.

Se quedaron todos muy sorprendidos y, tras un breve conciliábulo, se metieron por la escotilla de proa, pensando que podrían sorprendernos por la retaguardia. Pero cuando vieron que Redruth los esperaba abajo en la galería de barandilla, retrocedieron y una cabeza volvió a asomar en cubierta.

—¡Abajo, perro! —exclamó el capitán.

La cabeza volvió a desaparecer y, de momento, no supimos más de aquellos seis cobardes marineros.

Para entonces, tras haber metido las cosas según caían, teníamos el esquife cargado hasta donde nos atrevimos. Joyce y yo salimos por el portalón de popa y nos dirigimos nuevamente hacia la costa, tan aprisa como nos lo permitían nuestros remos.

Este segundo trayecto alarmó notablemente a los vigías de la costa. Nuevamente volvió a interrumpirse el *Lillibullero* y, justo antes de que los perdiéramos de vista al pasar la punta, uno de ellos saltó a tierra y desapareció. Se me pasó por la cabeza cambiar de plan y destruir sus botes, pero me temí que Silver y los demás estuvieran cerca y que todo se echara a perder por querer ir demasiado lejos.

Acostamos en el mismo lugar que antes y nos dispusimos a aprovisionar el fortín. El primer viaje lo hicimos los tres, muy cargados, y arrojamos las provisiones por encima de la empalizada. Dejamos a Joyce encargado de su vigilancia (un sólo hombre, de acuerdo, pero con media docena de mosquetes), y Hunter y yo regresamos al esquife para llevar un nuevo cargamento. Así procedimos sin pararnos ni a respirar hasta que todo el cargamento estuvo a buen recaudo; entonces, los dos criados se quedaron apostados en la cabaña y yo remé con todas mis fuerzas para volver a la *Hispaniola*.

El que nos arriesgáramos a cargar por segunda vez el esquife parece más atrevido de lo que lo era en realidad. Ellos, por supuesto, nos aventajaban en número, pero nosotros los superábamos en armas. Ninguno de los hombres que estaban en tierra tenía mosquete, y, antes de que se nos aproximaran a tiro de sus pistolas, contábamos con poder dar buena cuenta de al menos media docena de ellos.

El caballero me esperaba en el ventanal de popa, ya totalmente recuperado. Agarró el cabo y lo amarró, y nos pusimos a cargar el esquife como si nos fuera la vida en ello. El cargamento se componía de cerdo, pólvora y galletas, más un único mosquete y un machete por barba para el caballero, yo, Redruth y el capitán. Arrojamos el resto de las armas y la pólvora por la borda a dos brazas y media de profundidad, de tal modo que podíamos ver el acero reluciendo al sol sobre el limpio lecho arenoso del fondo del mar.

La marea estaba empezando a bajar y el barco giraba alrededor del ancla; procedentes de los dos botes, se oían lejanas voces de llamada y aunque esto nos tranquilizó con respecto a Joyce y Hunter, que estaban mucho más al Este, fue la señal de que teníamos que apresurar nuestra marcha.

Redruth salió de su reducto en la galería y se dejó caer al esquife, el cual condujimos al costado del barco para facilitarle la bajada al capitán Smollett.

—Marineros, oídme bien —les dijo.

Nadie respondió desde el castillo de proa.

—Me dirijo a ti, Abraham Gray. A ti te estoy hablando.

No hubo respuesta.

—Gray —prosiguió el señor Smollett un poco más fuerte—, abandono el barco y te ordeno que sigas a tu capitán. Sé que en el fondo eres buena persona. Es más, creo que ninguno de vosotros es tan malo como pretende. Tengo el reloj en la mano. Te doy treinta segundos para que te unas a mí.

Hizo una pausa y luego continuó:

—Vamos muchacho, no te lo pienses tanto. Estoy jugándome la vida y la de estos caballeros cada segundo que pasa.

De repente se oyó un tumulto, un ruido de golpes, y Abraham Gray apareció con un navajazo en la mejilla y echó a correr hacia el capitán como un perro cuando le silban, al tiempo que decía:

—A sus órdenes, señor.

Un instante después, él y el capitán bajaban hasta el esquife y salíamos a todo remar.

Estábamos a buena distancia del barco, pero aún no habíamos llegado a la empalizada en tierra firme.

Capítulo 17

El último viaje del esquife

Este quinto trayecto fue bastante distinto de los demás. En primer lugar, el cascarón de nuez que nos transportaba iba tremendamente sobrecargado. Cinco hombres adultos, tres de los cuales (Trelawney, Redruth y el capitán) medían más de seis pies de estatura, ya era más de lo que supuestamente podía transportar. A ello hay que añadir la pólvora, la carne de cerdo y las bolsas de pan. La regala* de popa se iba hundiendo. En varias ocasiones tuvimos que achicar agua y los faldones de mi casaca se habían empapado antes de que hubiéramos recorrido cien yardas.

El capitán nos hizo estibar la barca, con lo que conseguimos equilibrarla un poco. Aun así, no nos atrevíamos ni a respirar.

En segundo lugar, la marea formaba ahora una fuerte corriente ondulante que cruzaba el fondeadero en dirección oeste y luego seguía en dirección sur y hacia el mar abierto, atravesando la bocana por la que habíamos entrado por la mañana. Incluso la simple ondulación era un peligro para nuestro esquife, que iba sobrecargado; pero lo peor era que nos alejaba de nuestro rumbo y del lugar en el que queríamos desembarcar, al otro lado de la punta. Si permitíamos que nos venciera la corriente, atracaríamos entre los botes, y los piratas podrían aparecer en cualquier momento.

—No consigo mantener el rumbo hacia la empalizada, señor —le dije al capitán.

_____

* Tablón que forma el borde de las embarcaciones.

Yo llevaba el timón, mientras que él y Redruth, que estaban más descansados, manejaban los remos.

—La corriente nos arrastra. ¿No podríais remar un poco más fuerte? —insistí.

—No sin anegar la barca —contestó el capitán—. Por favor, señor, mantened firme el timón, mantenedlo hasta que consigáis enderezar el rumbo.

Lo intenté y, tras mucho probar, vi que la marea seguía arrastrándonos hacia el Oeste mientras yo no pusiera rumbo al Este, es decir, mientras no formara casi un ángulo recto con el rumbo que debíamos llevar.

—A este paso nunca llegaremos a tierra —dije.

—Si es el único rumbo que podemos mantener, es preciso que lo mantengamos, señor —replicó el capitán—. Hemos de remontar la corriente. Ya veis, señor —prosiguió—, si caemos a sotavento* de nuestro objetivo, es difícil decir dónde iremos a desembarcar, aparte del peligro de que nos aborden los botes; en cambio, en esta dirección la corriente acabará por ceder, y entonces podremos regresar bordeando la costa.

—La corriente ya está cediendo, señor —dijo el marinero Gray, que iba sentado en la parte delantera del esquife—. Podéis soltar un poco el timón.

—Gracias, muchacho —le dije, como si no hubiera sucedido nada, pues habíamos decidido implícitamente tratarle como a uno de los nuestros.

De repente, el capitán volvió a hablar y me pareció que su tono de voz era algo distinto.

—¡El cañón! —dijo.

—Ya he pensado en eso —repliqué, pues estaba seguro de que se refería a que pudieran disparar contra el fortín—. Les será imposible desembarcar el cañón, pero, aunque lo consiguieran, nunca podrían arrastrarlo monte arriba por el bosque.

—Mirad a popa—dijo el capitán.

Se nos había olvidado por completo el cañón largo del nueve; y allí, para nuestro espanto, estaban los cin-

---

* Costado de la nave opuesto a la parte de donde viene el viento.

co canallas afanándose en torno a él, quitándole el chaleco, nombre que se solía dar a la funda de fuerte lona embreada que lo protegía. Y para colmo de males, en el mismo instante se me pasó por la cabeza que nos habíamos dejado a bordo los proyectiles y la pólvora del cañón, y que de un hachazo se apoderarían de ellos los diablos que estaban en el barco.

—Israel fue cañonero de Flint —dijo Gray con voz ronca.

Jugándonos el todo por el todo, pusimos rumbo a nuestro punto de atraque. Para entonces nos habíamos alejado tanto del curso de la corriente, que pudimos mantener el rumbo incluso a la velocidad tan reducida que inevitablemente llevábamos a fuerza de remo; así conseguí enfilar directamente nuestro destino. Lo peor de todo era que, con el rumbo que ahora llevábamos, le ofrecíamos a la *Hispaniola* el costado en lugar de la popa y, por lo tanto, éramos un blanco del tamaño del portalón de un pajar.

Pude oír, y también ver, a Israel Hands, ese canalla con cara de borracho, rodando un proyectil por la cubierta.

—¿Quién es el mejor tirador? —preguntó el capitán.

—El señor Trelawney, con mucha diferencia —le contesté.

—Señor Trelawney, ¿me haríais el favor de cazarme a uno de esos hombres, a Hands preferentemente? —dijo el capitán.

Trelawney, frío como el acero, comprobó el cebo de su arma.

—Señor, cuidado con el mosquete —gritó el capitán— o se hundirá el esquife. Estad todos dispuestos a equilibrarlo cuando apunte.

El caballero levantó el arma, los remos se detuvieron y nos inclinamos hacia el lado opuesto para contrarrestar el peso; todo se llevó a cabo con tal precisión, que no nos entró ni una gota de agua.

Para entonces los del barco ya tenían el cañón girado sobre el pivote y Hands, que estaba junto a la boca del arma con la baqueta en la mano era, por lo tanto, el más expuesto. Sin embargo, no tuvimos suerte; porque, justo cuando Trelawney disparó, el otro se agachó, la bala pasó silbando por encima de su cabeza y fue otro de los cuatro el que cayó.

El grito que éste dio lo repitieron no sólo sus compañeros a bordo, sino un gran número de voces en tierra, y cuando miré en aquella dirección vi que los piratas salían a la carrera de entre los árboles y se abalanzaban hacia las embarcaciones.

—Ahí vienen los botes, señor —dije.

—A toda marcha, pues —gritó el capitán—. Lo mismo da que nos hundamos, porque, si no conseguimos llegar a tierra, estamos perdidos.

—Sólo viene un bote, señor —añadí—. Seguramente, la tripulación del otro va por tierra para cortarnos el paso.

—Pues van a sudar tinta, señor —repuso el capitán—, que en tierra los marineros no dan pie con bola. No son ellos los que me preocupan, sino las balas del cañón. Para ellos es un juego de niños, no fallaría ni un ciego. Caballero, avisadnos cuando los veáis prender la mecha, para que rememos hacia atrás.

Entre tanto, y a pesar de lo cargados que íbamos, habíamos conseguido avanzar a buen ritmo sin que nos entrara apenas agua en el bote. Estábamos muy cerca: treinta o cuarenta paladas y alcanzábamos la playa; en efecto, la marea ya había dejado al descubierto una estrecha franja de arena al pie de los grupos de árboles. Ya no había motivo para temer la llegada de la chalupa, que había quedado oculta tras la pequeña punta. La marea menguante, que tan cruelmente nos había retrasado, jugaba ahora a nuestro favor, demorando a nuestros adversarios. La única fuente de peligro era el cañón.

—Podría arriesgarme —dijo el capitán— y parar, e intentar cazar a otro hombre.

Pero era evidente que ellos no estaban dispuestos a que nada demorara el cañonazo. No le prestaron la menor atención al compañero caído, aunque no estaba muerto, pues vi que intentaba alejarse a gatas.

—¡Listos! —gritó el caballero.

—¡Atrás! —gritó el capitán, rápido como el eco.

Él y Redruth remaron hacia atrás con tal fuerza que la popa se hundió. Al mismo tiempo se oyó la detonación. Aquello fue lo que Jim oyó, pues el disparo del caballero no llegó a sus oídos. Adónde fue a caer el proyectil, ninguno de nosotros lo supo a ciencia cierta, pero supongo que debió de pasar por encima de nuestras cabezas y que lo que causó nuestro desastre fue la turbulencia que provocó.

El caso es que el esquife se hundió por la popa, lentamente, en tres pies de agua, y el capitán y yo nos quedamos en pie, uno frente a otro. Los otros tres se hundieron por completo y volvieron a salir a flote, chorreando y escupiendo agua.

Hasta ahí no se habían producido grandes daños. No se había perdido ninguna vida y podíamos vadear hasta la costa. Lo malo era que todas nuestras provisiones estaban en el fondo del mar y, lo que es peor, que sólo dos de los cinco mosquetes seguían en buen uso. Yo había conseguido agarrar el mío, que llevaba sobre las rodillas, y levantarlo instintivamente por encima de mi cabeza. En cuanto al capitán, llevaba el suyo colgado en bandolera y, como era una persona prudente, con la culata hacia arriba. Los otros tres se habían hundido con el esquife.

Para colmo de males, oímos voces que se acercaban a nosotros procedentes del bosque que bordeaba la costa; y no sólo corríamos el peligro de que nos cortaran el camino hacia la empalizada, en el lamentable estado en el que ya nos encontrábamos, sino que temíamos que, si media docena de hombres atacaba a Hunter y Joyce, éstos no tuvieran la sangre fría y el valor para hacerles frente. Hunter era decidido, eso lo sabíamos. Pero en cuanto a Joyce teníamos nuestras dudas, pues era una persona agradable y cortés, ideal como ayuda de cámara, para cepillarle a uno la ropa, pero no precisamente capacitado para la lucha.

Con todas estas cavilaciones en mente, nos dispusimos a vadear a la mayor velocidad posible, dejando atrás nuestro pobre esquife y más de la mitad de la pólvora y las provisiones.

Capítulo 18

Cómo terminó nuestro primer día de lucha

Cruzamos lo más aprisa que pudimos la franja de bosque que ahora nos separaba de la empalizaba; a cada paso que dábamos se aproximaban más las voces de los bucaneros. Pronto pudimos oír sus pisadas al correr y el crujir de las ramas mientras atravesaban el soto.

Empecé a comprender que una escaramuza sería inevitable y comprobé el cebo de mi arma, al tiempo que dije:

—Capitán, Trelawney es el mejor tirador; pasadle vuestra arma, que la suya está inservible.

Se intercambiaron los mosquetes, y Trelawney, tan silencioso y dueño de sí como se había mostrado desde el principio del asalto, se detuvo un momento para comprobar que el arma estaba bien cebada. Al mismo tiempo, dándome cuenta de que Gray iba desarmado, le di mi machete. Nos reconfortó enormemente verlo escupirse en las manos, fruncir el entrecejo y hacer silbar la hoja en el aire. Estaba más claro que el agua que nuestro nuevo recluta valía su peso en sal.

Cuarenta pasos más adelante, llegamos a la linde del bosque y vimos el fortín frente a nosotros. Alcanzamos la empalizada por el centro del ala meridional y, casi al mismo tiempo, siete de los amotinados, encabezados por Job Anderson, el contramaestre, aparecieron dando alaridos por el ángulo sudoccidental.

Se detuvieron, como sorprendidos, y antes de que se hubieran recuperado, no sólo el caballero y yo, sino también Hunter y Joyce desde la cabaña, tuvimos tiempo de disparar. Cuatro balas salieron en una descarga algo desordenada, pero eficaz: de hecho, uno de los enemigos cayó, y los demás dieron media vuelta sin pensárselo dos veces y desaparecieron por la espesura.

Tras volver a cargar las armas, recorrimos un trecho de la empalizada por el exterior para acercamos a ver al hombre que había caído. Estaba muerto: la bala le había atravesado el corazón.

Empezábamos a celebrar nuestro éxito cuando de repente un disparo salió del bosque y la bala pasó silbando al lado de mi oreja. Tom Redruth se tambaleó y cayó al suelo todo lo largo que era. Tanto el caballero como yo devolvimos el disparo, pero como no teníamos objetivo al que apuntar, probablemente no hicimos más que malgastar pólvora. Volvimos a cargar los mosquetes y pasamos a ocuparnos del pobre Tom.

El capitán y Gray ya lo estaban examinando y me bastó un vistazo para comprender que no se podía hacer nada por él.

Creo que la presteza con la que devolvimos los disparos había vuelto a dispersar a los amotinados, pues no nos molestaron más mientras izamos al viejo guardabosque por encima de la empalizada y lo llevamos, quejándose y sangrando, hasta la cabaña.

El pobre hombre no había pronunciado ni una palabra de sorpresa, queja, temor ni tampoco de conformidad desde el principio de nuestras dificultades hasta aquel momento en que lo tendíamos en la cabaña, donde iba a morir. Había resistido como un troyano detrás de su colchón en la galería; había acatado todas las órdenes sin rechistar, como un perro, y con diligencia. Era el más viejo de nuestro grupo y nos sacaba una veintena de años; y ahora le había llegado la hora de morir a aquel criado viejo, taciturno y servicial. El caballero se arrodilló a su lado y le besó la mano, llorando como un crío.

—¿Me voy, doctor? —preguntó Redruth.

—Tom, amigo mío —le contesté—, te vas al cielo.

—Ojalá les hubiese hecho probar la pólvora de mi arma primero —repuso.

—Tom —dijo el caballero—, dime que me perdonas, te lo ruego.

—¡Ay, caballero! No estaría bien que yo os lo dijera —fue su respuesta—. Pero, en fin, así sea, ¡amén!

Tras un instante de silencio, pidió que alguien rezara algo y añadió como excusándose:

—Es la costumbre, señor.

Y poco después, sin pronunciar una palabra más, expiró.

Entre tanto, el capitán, cuyo pecho y cuyos bolsillos estaban increíblemente abultados, como había observado, había sacado de ellos un montón de objetos diversos: la bandera británica, una Biblia, un grueso cabo de cuerda, pluma, tinta, el cuaderno de bitácora[*] y unas libras de tabaco. Había encontrado dentro del fortín un tronco de abeto bastante largo, talado y limpio de ramas, y con la ayuda de Hunter lo había plantado en una esquina de la cabaña, donde se cruzaban los maderos formando un ángulo. Luego, subiéndose al tejado, él mismo había desplegado e izado la bandera. Esto, al parecer, lo alivió enormemente.

Volvió a entrar en la cabaña y se puso a hacer recuento de las provisiones, como si no existiera nada más en el mundo. Pero estuvo pendiente de la muerte de Tom y, en cuanto todo terminó, se acercó con otra bandera y la extendió solemnemente sobre el cadáver.

—No os aflijáis por él, señor —dijo, estrechándole la mano al caballero—. Él está bien donde se encuentra ahora; un marinero que ha muerto cumpliendo con su deber al servicio del capitán y del armador no tiene nada que temer. Puede que esto no sea teología pura, pero es la pura verdad.

Luego me llevó a un lado y me dijo:

—Doctor Livesey, ¿cuántas semanas suponéis vos y el caballero que tardará en llegar el barco de rescate?

---

[*] Aquel en el que cada oficial de a bordo, durante su guardia, anota el rumbo, velocidad y demás accidentes de la navegación.

Le contesté que no era cuestión de semanas, sino de meses y que, si no estábamos de vuelta a finales de agosto, Blandly tenía instrucciones de mandar a buscarnos, pero no antes ni después. Así pues, le dije:

—Haced vos mismo los cálculos.

—Pues bien, señor —repuso el capitán rascándose la cabeza—, aun teniendo muy en cuenta todos los dones de la Providencia, me atrevería a decir que nos hemos ceñido demasiado al viento.

—¿Qué queréis decir? —le pregunté.

—Señor, es una pena que perdiéramos el segundo cargamento. Eso es lo que quiero decir —contestó el capitán—. Por lo que respecta a la pólvora y las municiones, nos apañaremos. Pero las provisiones son escasas, muy escasas..., tan escasas, doctor Livesey, que tal vez nos favorezca contar con una boca menos.

Y señaló el cadáver cubierto por la bandera.

En aquel preciso instante, un proyectil pasó rugiendo y silbando por encima del tejado de la cabaña y se estrelló a bastante distancia, en el bosque.

—¡Ajajá! —exclamó el capitán—. ¡Más cañonazos! ¿Acaso os sobra la pólvora, muchachos?

Al segundo intento ajustaron más el tiro y la bala fue a parar dentro del fortín, levantando una nube de arena, pero no causó mayores daños.

—Capitán —dijo el caballero—, desde el barco no se ve la cabaña. Seguramente estarán apuntando a la bandera. ¿No sería más prudente meterla dentro?

—¡Arriar la bandera! —exclamó el capitán—. ¡No, señor, eso sí que no lo consiento!

Y en cuanto hubo dicho aquellas palabras, todos estuvimos de acuerdo con él, pues además de ser un alarde de orgullo marinero, era también una buena medida, ya que demostraba a nuestros enemigos que despreciábamos su ofensiva.

Toda la tarde se la pasaron disparando. Las balas volaban sobre el fortín una tras otra o caían a poca distancia del mismo, o se estrellaban contra la tierra dentro de la empalizada; pero tenían que apuntar tan alto que el proyectil caía sin fuerza y se enterraba en la blanda arena. No había peligro de que rebotara, y aunque uno se metió por el tejado de la cabaña y volvió a salir por el suelo, enseguida nos acostumbramos a este entretenimiento brutal, que no nos afectaba más que una partida de críquet.

—No hay mal que por bien no venga —observó el capitán—. Probablemente, el bosque que tenemos delante esté despejado. La marea lleva un buen rato bajando y nuestras provisiones habrán quedado al aire. ¡Voluntarios para ir a por la carne de cerdo!

Gray y Hunter fueron los primeros en ofrecerse. Salieron bien armados del fortín, pero su misión resultó en vano. Los amotinados eran más atrevidos de lo que nos suponíamos, o se fiaban más de la artillería de Israel. Pues cuatro o cinco de ellos estaban llevándose nuestras provisiones por el agua hasta uno de los botes que estaba allí cerca, remando de vez en cuando para que no se lo llevara la corriente. Silver iba dando órdenes a la proa del bote y todos los tripulantes tenían ahora un mosquete, que habrían tenido guardado en algún polvorín secreto.

El capitán se sentó ante el cuaderno de bitácora y empezó a escribir lo siguiente:

Yo, Alexander Smollett, capitán, David Livesey, médico de a bordo, Abraham Gray, marinero carpintero, John Trelawney, armador, John Hunter y Richard Joyce, criados del armador y gente de tierra (es decir, lo que queda de la tripulación leal del barco), con provisiones para diez días si se administran bien, desembarcamos en el día de hoy e izamos la bandera británica en la cabaña de la isla del Tesoro. Thomas Redruth, criado del armador, hombre de tierra, muerto de un disparo de los amotinados; James Hawkins, grumete...

En aquel mismo momento me preguntaba qué habría sido del pobre de Jim Hawkins.

Se oyó un grito procedente del interior de la isla.

—Alguien nos llama —dijo Hunter, que estaba de guardia.

—¡Doctor! ¡Caballero! ¡Capitán! ¡Hola, Hunter! ¿Eres tú? —decía la voz.

Corrí a la puerta justo a tiempo de ver a Jim Hawkins, sano y salvo, que saltaba por encima de la empalizada.

Capítulo 19

La guarnición del fortín

En cuanto Ben Gunn vio la bandera, se detuvo, me agarró por el brazo, se sentó y dijo:

—Bueno, me imagino que ahí están tus amigos.

—Es mucho más probable que sean los amotinados —contesté.

—¡Ca! —exclamó—. En un lugar como éste, en el que no hay más que caballeros de fortuna, Silver desplegaría el pabellón negro de los piratas, tenlo por seguro. No, ésos son tus amigos. Además, ha habido pelea, y me imagino que tus amigos han llevado las de ganar; y se han metido aquí, en el viejo fortín, como lo hizo Flint hace tantos y tantos años. ¡Ah! Él sí que tenía la cabeza bien puesta. Quitando lo del ron, nunca hubo otro que se le igualara. No le tenía miedo a nadie, a nadie excepto a Silver. ¡Menudo era Silver!

—Bueno —intervine yo—, puede que así sea, por qué no. Razón de más, entonces, para que me reúna sin más tardanza con mis amigos.

—No, camarada, ni hablar —repuso Ben—. Eres un buen chico, si no me equivoco, pero al fin y al cabo no eres más que un muchacho. Pero Ben Gunn se las sabe todas. Ni por todo el ron del mundo iría yo a donde vas tú ahora, ni hablar, hasta que no haya visto a tu caballero de alta cuna y me haya dado su palabra de honor. Y no olvides lo que te dije: «Tiene muchísima más confianza... —le tienes que decir—, muchísima más confianza», y luego le das un pellizco.

Y me pellizcó por tercera vez con el mismo aire cómplice.

—Y cuando haya que buscar a Ben Gunn, ya sabes donde encontrarlo, Jim. En el mismo sitio donde lo encontraste hoy. Y el que venga que lleve algo blanco en la mano, y que venga solo. ¡Ah! Y les dices esto, les dices: «Ben Gunn tiene sus propias razones».

—Bien —dije—, creo que lo entiendo. Tenéis algo que proponer y queréis ver al caballero o al doctor; y os pueden encontrar donde os encontré yo. ¿Es eso todo?

—Y ¿cuándo?, dirás —añadió—. Pues pongamos desde mediodía hasta la sexta campanada[*].

—Entendido —dije—. Y ahora, ¿puedo irme?

—¿No te olvidarás? —inquirió, ansioso—. «Muchísima más confianza» y «sus propias razones», les dices. «Sus propias razones», eso es lo fundamental, te lo digo de hombre a hombre. Bueno, creo que puedes irte, Jim —pero seguía reteniéndome—. Y, Jim, si vieras a Silver, no se te ocurriría traicionar a Ben Gunn, ¿verdad? No hay quien te lo saque, ni con sacacorchos, ¿a que no? No. Y si los piratas acampan en tierra firme, Jim, ¿que dirías si por la mañana hubiera viudas?

Una violenta detonación interrumpió sus palabras y una bala de cañón llegó atravesando las copas de los árboles y fue a hundirse en la arena, a menos de cien yardas de donde estábamos hablando. Al instante siguiente cada uno de nosotros había puesto pies en polvorosa en direcciones distintas.

Durante la larga hora siguiente, la isla se estremeció bajo la andanada y los proyectiles siguieron atravesando el bosque. Me desplazaba de un escondrijo a otro, siempre perseguido, o al menos a mí me lo parecía, por aquellos aterradores proyectiles. Pero cuando estaba terminando el bombardeo, aunque aún no me atrevía a aventurarme en dirección al fortín, donde caían las balas con más frecuencia, había empezado en cierto modo a recobrar el valor y, tras dar un gran rodeo hacia el Este, me arrastré por entre los árboles que daban a la costa.

---

[*] Las tres (seis campanadas).

El sol acababa de ponerse, la brisa del mar soplaba hacia el bosque agitando las copas de los árboles y ondulando la gris superficie del fondeadero; la marea estaba muy baja y había dejado al descubierto anchas franjas de arena; el aire, después del calor de todo el día, me helaba el cuerpo a pesar de la chaqueta.

La *Hispaniola* seguía anclada en el mismo lugar, aunque, no cabía duda alguna, en el mástil ondeaba la bandera negra de los piratas. Mientras la contemplaba se produjo otra llamarada y una nueva detonación, cuyo eco retumbó por toda la isla y una nueva bala atravesó el aire silbando. Fue el último cañonazo.

Me quedé un rato observando el ajetreo que siguió al ataque. Los hombres estaban destruyendo a hachazos algo en la playa, cerca del fortín; más tarde supe que era el pobre esquife. A lo lejos, cerca de la desembocadura del arroyo, una gran hoguera resplandecía entre los árboles, y uno de los botes iba y venía de ese punto a la nave, tripulado por los marineros que antes había visto tan taciturnos y que ahora remaban alborotando como niños. Y es que el tono de sus voces delataba el ron.

Al cabo pensé que podía volver hacia el fortín. Me había adentrado bastante en el banco de arena que cierra el fondeadero por el Este y que, con marea baja, queda unido a la isla del Esqueleto; cuando me puse en pie, vi a cierta distancia hacia abajo en el banco de arena, rodeada de matorrales, una peña aislada, bastante alta y de un color blanco muy peculiar. Se me ocurrió que podría ser la peña blanca de la que me había hablado Ben Gunn y pensé que, si un día necesitábamos un bote, ya sabía donde encontrarlo.

Así que fui bordeando el bosque hasta que llegué a la parte posterior de la empalizada, la que da al interior, y enseguida mis leales amigos me recibieron con alegría.

En cuanto les conté lo que me había pasado me puse a inspeccionar el lugar. Toda la cabaña, techo, paredes y suelo, estaba hecha con troncos de pino sin escuadrar.

El suelo se alzaba en varios sitios un pie o pie y medio sobre la arena. Había un porche a la entrada y, bajo éste, un manantial brotaba de una especie de fuente, que no era otra cosa sino un caldero grande de hierro procedente de un barco, al que le habían quitado el fondo y habían enterrado en la arena «hasta la línea de flotación», como decía el capitán.

De la casa no quedaba prácticamente más que la estructura; pero en un rincón se veía una losa de piedra que hacía las veces de hogar, y una vieja y oxidada cesta de hierro que servía de brasero.

Los árboles de las laderas del montículo y del interior del fortín habían sido talados para construir la cabaña, y los tocones que quedaban nos indicaban que allí se había destruido una bella y frondosa arboleda. La mayor parte del suelo fértil había sido arrasada por las lluvias o había quedado enterrada bajo las dunas tras la tala de los árboles. Sólo se veía tierra y un poco de vegetación en el regato por el que corría el agua procedente del caldero, tapizado de espeso musgo y en el que crecían algunos helechos y hiedra. Muy cerca del fortín, demasiado cerca a efectos de su defensa, según decían, el bosque seguía creciendo alto y frondoso, poblado únicamente de pinos hacia el interior y con una gran proporción de robles vivaces en la parte que daba a la costa.

La fría brisa de la noche que ya he mencionado silbaba al colarse por las grietas del rudimentario edificio y sembraba el suelo de una lluvia continua de arena fina. Teníamos arena en los ojos, en los dientes, en la comida, arena borboteando en la fuente en el fondo del caldero, como las gachas cuando rompen a hervir. Nuestra chimenea era un agujero cuadrado en el tejado, por el que no salía más que una pequeña parte del humo, pues el resto se quedaba flotando por la casa, haciéndonos toser y llorar.

Añadamos a esto que Gray, nuestro nuevo compañero, tenía la cara vendada debido al navajazo que había recibido al separarse de los amotinados; y que el pobre de Tom Redruth seguía sin enterrar, tendido junto a la pared, rígido y tieso, cubierto por la bandera británica.

Si se nos hubiese permitido estar ociosos, nos habríamos puesto melancólicos, pero el capitán Smollett no era hombre que lo consintiera. Convocó a todos los hombres y nos repartió en dos retenes. El primero lo componíamos el doctor, Gray y yo, y el segundo, el caballero, Hunter y Joyce. A pesar de lo cansados que estábamos todos, mandó a dos a por leña, y a otros dos, a cavar una fosa para Redruth; al doctor lo nombró cocinero, y a mí me apostaron de centinela en la puerta; y el capitán iba de unos a otros, levantándonos el ánimo y echando una mano siempre que hiciera falta.

De cuando en cuando, el doctor venía a la puerta a tomar un poco el aire y a aliviar los ojos, que tenía totalmente enrojecidos a causa del humo; y siempre que lo hacía hablaba conmigo. En cierta ocasión, me dijo:

—El bueno de Smollett es mejor persona que yo. Y si lo digo es por algo, Jim.

En otra ocasión se acercó y permaneció callado un rato. Luego echó la cabeza a un lado, me miró y preguntó:

—Ese Ben Gunn ¿es un hombre normal?

—No lo sé, señor —le contesté—. No estoy muy seguro de que esté del todo cuerdo.

—Si existe alguna duda al respecto, es que lo está —replicó el doctor—. Jim, un hombre que se ha pasado tres años mordiéndose las uñas en una isla desierta no va a parecer tan cuerdo como tú o como yo. ¿Dices que tenía antojo de queso?

—Sí, señor, de queso.

—Pues bien, Jim —prosiguió—, ya ves la ventaja que tiene a veces el ser exquisito con la comida. Tú has visto mi caja de rapé, ¿verdad? Sin embargo, nunca me habrás visto aspirarlo; el motivo de ello es que en esa cajita llevo un trocito de parmesano, un queso italiano muy nutritivo. ¡Pues bien, se lo voy a dar a Ben Gunn!

Antes de cenar enterramos al viejo Tom en la arena y permanecimos un rato a su alrededor, con la cabeza descubierta a pesar de la brisa. Habíamos conseguido una buena cantidad de leña, pero insuficiente a ojos del capitán, que, agitando la cabeza, nos dijo que a la mañana siguiente tendríamos que «reanudar la tarea con más entusiasmo». Luego, cuando nos comimos la carne de cerdo y cada cual recibió un buen vaso de aguardiente, los tres jefes se fueron a un rincón a discutir nuestras perspectivas.

Al parecer no se les ocurría ninguna solución, pues los víveres eran tan escasos que tendríamos que rendirnos por hambre antes de que llegaran los refuerzos. Pero decidieron que nuestra mayor esperanza estaba en ir exterminando a los bucaneros hasta que optaran bien por arriar la bandera bien por huir con la *Hispaniola*. De diecinueve que eran, ya sólo quedaban quince, otros dos estaban heridos y uno al menos, el hombre que había caído junto al cañón, estaba gravemente herido, si no muerto. Cada vez que abríamos fuego sobre ellos, había que aprovechar la ocasión, teniendo el mayor cuidado en no poner en peligro nuestras vidas. Y, además, contábamos con dos buenos aliados: el ron y el clima.

En cuanto al primero, aunque estábamos a media milla de distancia, podíamos oír a los amotinados rugir y cantar hasta altas horas de la madrugada; y en cuanto al segundo, el doctor se apostaba la peluca a que, acampados como estaban en plena ciénaga y sin medicamento alguno, la mitad de ellos estarían postrados en menos de una semana.

—Así que, si no nos han matado a tiros antes —añadió el doctor—, estarán encantados de largarse en la goleta. Al fin y al cabo es un barco y se pueden dedicar de nuevo a la piratería, digo yo.

—Será el primer barco que yo pierda —comentó el capitán Smollett.

Yo estaba muerto de cansancio, como os podéis figurar, y cuando por fin pude conciliar el sueño, cosa que no sucedió hasta haber dado muchas vueltas, me quedé dormido como un tronco.

Los demás ya se habían levantado hacía un buen rato y habían desayunado, y el montón de leña había aumentado en casi otro tanto, cuando me despertó un ajetreo y un rumor de voces.

—¡Bandera blanca! —oí que decía alguien.

Y luego, con un grito de sorpresa:

—¡Pero si es el mismísimo Silver!

Al oír aquello pegué un brinco y, frotándome los ojos, fui a apostarme tras un agujero que había en la pared a modo de tronera.

Capítulo 20

La embajada de Silver

Estaba claro que había dos hombres al otro lado de la empalizada, uno de ellos con un trapo blanco en la mano; el otro era nada menos que Silver en persona, de pie y tan tranquilo.

Era todavía bastante temprano y creo recordar que la mañana más fría de todas cuantas viví lejos de mi patria; hacía un frío que calaba hasta los tuétanos. El cielo estaba claro y sin nubes por encima de nuestras cabezas, y las copas de los árboles reflejaban el resplandor rosado del sol. Pero el lugar donde Silver estaba apostado con su subordinado estaba todavía en sombra y una bruma blanca que había subido durante la noche desde la ciénaga les llegaba hasta las rodillas. Entre el frío y la niebla, la isla no resultaba nada atractiva. Era sencillamente un lugar húmedo, palúdico e insalubre.

—Quedaos dentro todos —ordenó el capitán—. Diez contra uno a que esto es una trampa.

Luego se dirigió al bucanero y le gritó:

—¿Quién vive? ¡Alto o disparamos!

—Bandera blanca —exclamó Silver.

El capitán estaba en el porche, manteniéndose cuidadosamente al resguardo de cualquier disparo traicionero. Se volvió hacia nosotros y nos dijo:

—El retén del doctor en guardia. Vos, doctor Livesey, haced el favor de vigilar el lado norte; Jim, el este; Gray, el oeste. Los del retén de abajo todos dispuestos a cargar los mosquetes. Ojo avizor y mucho cuidado.

Luego se dirigió de nuevo a los amotinados y les gritó:

—¿Y qué queréis con esa bandera blanca?

Esta vez fue el otro hombre el que contestó a gritos:

—El capitán Silver, señor, quiere entrar a parlamentar.

—¿El capitán Silver? No lo conozco. ¿Quién es? —exclamó el capitán. Y luego le oímos que decía para su coleto—: Conque capitán, ¡eh! ¡Menudo ascenso!

John el Largo contestó:

—Yo, señor. Estos pobres muchachos me han nombrado capitán después de vuestra deserción, señor —dijo, recalcando mucho la palabra «deserción»—. Estamos dispuestos a entregarnos si llegamos a un acuerdo sin trampa ni cartón. Sólo os pido vuestra palabra, capitán Smollett, de que me dejaréis salir sano y salvo del fortín y un minuto para ponerme a salvo antes de que empecéis a disparar.

—Buen hombre, no tengo el menor deseo de hablar contigo —dijo el capitán Smollett—. Si deseas hablar conmigo, adelante, otra cosa no te voy a decir. Si hay alguna traición, será por tu parte, y en ese caso que Dios te proteja.

—Con eso basta, capitán —gritó John el Largo, muy animoso—. Una palabra vuestra es suficiente. Sé reconocer a un caballero, podéis estar seguro de ello.

Pude ver que el hombre que llevaba la bandera blanca intentaba detener a Silver, cosa que no era de extrañar, dada la arrogancia de la respuesta del capitán. Pero Silver se le echó a reír en las narices y le dio unas palmaditas en la espalda, como si cualquier temor fuera absurdo. Luego se dirigió hacia la empalizada, tiró la muleta por encima, levantó la pierna y, con gran ímpetu y habilidad, logró saltar la valla y dejarse caer del otro lado sin hacerse el menor daño.

He de confesar que estaba tan interesado por lo que sucedía que no era de ninguna utilidad como centinela. Es más, ya había desertado de mi tronera por el Este y me había deslizado hasta donde estaba el capitán, el cual se acababa de sentar en el umbral de la puerta, con los codos en las rodillas, la cabeza entre las manos y los ojos clavados en el agua que brotaba del viejo caldero de hierro clavado en la arena. Estaba silbando por lo bajo *Venid, chicas y chicos*[*].

A Silver le costó mucho trabajo subir la cuesta. Entre lo empinada que era, lo numerosos que eran los gruesos tocones y lo blanda que estaba la arena, se las vio y se las deseó para llegar arriba con su muleta. Pero puso tanto empeño como si le fuera la vida en ello y, al fin, llegó ante el capitán, al que saludó con extremada cortesía. Se había puesto sus mejores galas: un enorme gabán azul lleno de botones de latón, que le llegaba hasta la rodilla, y un sombrero con ribete de seda plantado en el cogote.

—Por fin llegas, buen hombre —dijo el capitán, levantando la cabeza—. Más vale que te sientes.

—¿No me vais a invitar a entrar, capitán? —se quejó John el Largo—. Hace una mañana bastante fresca para que me siente aquí en la arena. ¿No os parece, señor?

—Mira, Silver —repuso el capitán—, si hubieras optado por portarte decentemente, a estas horas estarías sentado en la cocina del barco. De modo que allá tú. O eres el cocinero de mi barco, y entonces te tratamos con toda consideración, o eres el capitán Silver, un vulgar amotinado y pirata, y entonces, ¡por mí, que te ahorquen!

—Está bien, capitán, está bien —replicó el cocinero sentándose en la arena, como le habían indicado—. Tendréis que ayudarme a levantarme, y nada más. Qué bonito es todo esto. ¡Ah, ahí está Jim! Muy buenos días, Jim. Doctor, siempre a su servicio. Vaya, vaya, aquí estamos todos juntos, talmente como una familia feliz.

—Si tienes algo que decir, buen hombre, dilo de una vez —le interrumpió el capitán.

—Tenéis razón, capitán Smollett —replicó Silver—. Lo primero es la obligación. Pues bien, lo que venía a deciros es que hicisteis una buena faena anoche. No

---

[*] La tonada que Stevenson cita por su título, *Come, lasses and lads,* es una antigua canción campesina. Con esto, el autor quiere darnos una imagen del capitán, que se muestra despreocupado y seguro de sí mismo ante Silver.

voy a negar que fue una buena faena. Algunos de vuestros hombres son la mar de hábiles manejando el bichero*. Y tampoco voy a negar que a alguno de los míos lo pillasteis desprevenido..., a lo mejor a todos, incluso a mí me pillasteis desprevenido; por eso precisamente he venido a parlamentar. Pero fijaos bien, capitán, no vendré una segunda vez, ¡diablos! Tendremos que apostar más centinelas y racionar un poco más el ron. Tal vez pensasteis que estábamos todos más borrachos que una cuba, pero os diré que yo estaba sobrio, aunque cansado como un perro; si me llego a despertar un segundo antes, os habría frenado en seco, vaya que sí. No estaba muerto cuando me acerqué a él, no lo estaba.

—¿Y bien? —dijo el capitán Smollett, con toda la frialdad de que fue capaz.

Todo lo que le contaba Silver era un enigma para él, pero no lo dejaba traslucir en el tono de voz. En cuanto a mí, empecé a adivinar lo que había sucedido. Vinieron a mi mente las últimas palabras de Ben Gunn y supuse que había hecho una visita a los bucaneros mientras estaban todos borrachos perdidos alrededor de la hoguera, y llegué a la feliz conclusión de que ya no nos quedaban más que catorce enemigos.

—Esto es lo que he venido a deciros —replicó Silver—: Queremos ese tesoro y lo conseguiremos. Ése es nuestro objetivo. Vosotros querréis salvar vuestras vidas, supongo yo. Ése es vuestro objetivo. Tenéis un mapa, ¿no es verdad?

—Es posible —replicó el capitán.

—Claro que sí que lo tenéis, yo lo sé —repuso John el Largo—. No deberíais ser tan arrogante con la gente, eso no sirve de nada, creedme. A lo que me refiero es a que queremos vuestro mapa. Por lo demás, yo nunca tuve la intención de haceros daño alguno.

—No me vengas con ésas, hombre —lo interrumpió el capitán—. Sabemos perfectamente lo que piensas ha-

---

* Asta larga con un hierro de punta y gancho para atracar, desatracar y otros usos diversos.

cer y nos da lo mismo, porque, de momento, ya ves que no puedes hacerlo.

Y el capitán lo miró impasible y se puso a cargar la pipa.

—Si Abe Gray... —estalló Silver.

—¡Ojo con lo que dices! —le gritó el capitán—. Gray no me ha dicho nada, y no le he preguntado nada. Es más, antes que eso preferiría veros a ti y a él y a toda esta isla saltar por los aires en mil pedazos. Eso es lo que tengo que decirte de todo este asunto, amigo mío.

Este exabrupto calmó aparentemente a Silver. Hacía un momento se había puesto nervioso, pero consiguió controlarse y dijo:

—De acuerdo. No soy yo quién para decidir sobre lo que un caballero considera que es o no correcto, según el caso. Y ya que veo que os disponéis a fumaros una pipa, capitán, me tomaré la libertad de hacer lo propio.

Cargó su pipa y la encendió, y los dos hombres estuvieron un buen rato sentados, fumando en silencio, ora mirándose a la cara, ora atacando la pipa, ora inclinando el cuerpo hacia delante para escupir. Contemplarlos era como estar en el teatro.

—Vamos a ver —prosiguió Silver—, vosotros nos dais el mapa para que podamos encontrar el tesoro y dejáis de disparar sobre unos pobres marineros y de cascarles la cabeza mientras duermen. Vosotros hacéis eso y yo os doy a elegir. O bien subís a bordo con nosotros, una vez cargado el tesoro, y os garantizo, bajo palabra de honor, que os desembarco en algún lugar seguro. O bien, si eso no es de vuestro agrado, como algunos de mis marineros son hombres rudos y tienen viejas cuentas por saldar de cuando estaban a vuestras órdenes, os podéis quedar aquí, aquí mismito. Nos repartiremos las provisiones, según los hombres de cada bando; y yo, como en el caso anterior, os garantizo que mandaré recado al primer barco que aviste para que os venga a recoger aquí. No me negaréis que es una buena oferta. Mejor suerte que ésta no la podríais desear, ¿verdad? Y espero —añadió levantando el tono de voz— que todos los hombres que hay en este fortín tengan en cuenta mis palabras, pues lo que he dicho para uno vale para todos.

El capitán Smollett se puso en pie, sacudió las cenizas de la pipa en la palma de su mano izquierda y preguntó:

—¿Es eso todo?

—¡Es la última palabra, diablos! —contestó John—. Rechazadla, y no volveréis a oír otra cosa de mí más que el silbido de las balas de mi mosquete.

—Muy bien —dijo el capitán—. Y ahora, escúchame tú a mí. Si venís uno por uno y desarmados, me comprometo a poneros grilletes y llevaros a Inglaterra para que allí os sometan a un juicio justo. Si no estáis de acuerdo, como me llamo Alexander Smollett y he izado la bandera de mi rey, que no pararé hasta que os vea a todos en el fondo del mar*. No podéis dar con el tesoro. No podéis pilotar el barco porque no hay entre vosotros un solo hombre capaz de hacerlo. No podéis luchar contra nosotros. El mismo Gray se zafó de cinco de vosotros. Vuestro barco está en dique seco, maese Silver, habéis embarrancado, ya os daréis cuenta. Aquí estoy y así te lo digo, y éstas son las últimas palabras de buena voluntad que oirás de mi boca. Y pongo al cielo por testigo de que, la próxima vez que te encuentre, te meteré un tiro por la espalda. Y ahora largo de aquí, desgraciado, despeja el campo y márchate ya a buen paso.

El rostro de Silver era todo un poema; los ojos se le salían de las órbitas de pura rabia. Vació la pipa, que todavía estaba encendida y gritó:

—Dadme la mano para que me levante.

—No seré yo quien te la dé —replicó el capitán.

—¿Quién me va a dar una mano para que me levante? —gruñó el otro.

---

* En el original, Davy Jones, espíritu maligno de las profundidades del océano, a cuyo reino iban a parar los marineros que morían en alta mar. En inglés, se utiliza directamente para designar el fondo del mar.

Ninguno de nosotros se movió. Rugiendo las más feroces imprecaciones, se arrastró por la arena hasta que se agarró al porche y pudo levantarse de nuevo y sujetar la muleta. Luego escupió en la fuente y gritó:

—¡Ahí va! Eso es lo que pienso de vosotros. Antes de una hora, haré que ardáis en esta cabaña como un barril de ron. ¡Reíd, maldita sea, reíd! Antes de una hora, reiréis en el otro mundo. Y afortunados serán los que mueran.

Tras lanzar una terrible blasfemia, bajó dejando un surco en la arena, saltó por encima de la empalizada tras cuatro o cinco intentos fallidos, ayudado por el hombre que llevaba la bandera blanca, e inmediatamente desapareció por entre los árboles.

Capítulo 21

El ataque

En cuanto Silver desapareció, el capitán, que lo había estado observando atentamente, se volvió hacia el interior de la cabaña y pudo ver que, excepto Gray, ningún hombre estaba en su sitio. Fue la primera vez que lo vimos enfadado.

—¡A vuestros puestos! —rugió.

Y luego, cuando todos nos hubimos apostado donde nos correspondía, dijo:

—Gray, anotaré tu nombre en el cuaderno de bitácora; has cumplido con tu deber como un auténtico marinero. Señor Trelawney, me sorprendéis. Doctor, ¡creí que habíais llevado el uniforme del rey! Si así es como servisteis en Fontenoy, señor, más os habría valido haberos quedado en la cama.

Los hombres del retén del doctor habían vuelto a sus troneras y los demás estaban ocupados cargando los mosquetes de reserva; nos había sacado los colores a todos y andábamos con la cabeza gacha, como se suele decir.

El capitán siguió un buen rato vigilándonos en silencio y luego dijo:

—Muchachos, le he soltado una buena andanada a Silver y lo he puesto al rojo vivo a propósito. Antes de que pase una hora, nos atacarán, como nos lo ha avisado. Excuso deciros que nos superan en número, pero nosotros luchamos a cubierto; y hasta hace un momento habría dicho que luchábamos disciplinadamente. No me cabe la menor duda de que, si ponéis todo vuestro empeño, podemos derrotarlos.

Luego, hizo una ronda y comprobó, como él mismo dijo, que todo estaba en orden.

En las dos fachadas más cortas de la cabaña, las que daban al Este y al Oeste, había solamente dos troneras; en la fachada meridional, en la que se abría el porche, había otras dos; y cinco en la fachada septentrional. Contábamos con una veintena de mosquetes para los siete; la leña estaba apilada en cuatro montones, a modo de mesas, podríamos decir, situadas en el centro de cada lado de la habitación; sobre cada mesa habíamos colocado municiones y cuatro mosquetes cargados, al alcance de los tiradores. En el medio, teníamos los machetes alineados.

—Apagad el fuego —ordenó el capitán—; ya no hace frío y es preferible que no nos ciegue el humo.

El señor Trelawney sacó el brasero de hierro y dispersó las brasas por la arena.

—Hawkins todavía no ha desayunado —prosiguió el capitán Smollett—. Hawkins, coge algo y cómetelo en tu puesto. Rápido, muchacho. Buena falta te hará antes de que acabe la refriega. Hunter, sirve una ronda de aguardiente a todos los hombres.

Entretanto, el capitán fue pergeñando mentalmente los últimos detalles del plan de defensa. Luego dijo:

—Doctor, os ocuparéis de la puerta, pero ¡ojo!, no os expongáis; quedaos dentro y disparad desde el porche. Hunter, defenderás el lado este, allí. Joyce, tú te encargarás del lado oeste, muchacho. Señor Trelawney, sois el mejor tirador: vos y Gray defenderéis el lado norte, el que tiene las cinco troneras; ése es el lado más peligroso. Si son capaces de llegar hasta él y disparar a través de nuestras propias troneras, la cosa se nos pondrá muy fea. Hawkins, ni tú ni yo servimos para mucho disparando; nos ocuparemos de cargar las armas y de echar una mano.

Como había dicho el capitán, ya no hacía frío. En cuanto el sol asomó por encima de las copas de los árboles, cayó con toda su fuerza sobre el calvero y disipó la bruma en un santiamén. Al poco, la arena quemaba y la resina se derretía sobre los troncos de la cabaña. Todos nos quitamos las casacas y las chaquetas, nos desabrochamos los cuellos de las camisas y nos arremangamos; y allí nos quedamos, cada uno en su puesto, sudando de calor y de ansiedad.

Transcurrió una hora.

—¡Mal rayo los parta! —gritó el capitán—. ¡Menuda calma chicha! Gray, silba para que corra el aire.

En aquel preciso instante nos llegaron las primeras señales del ataque.

—Señor —preguntó Joyce—, ¿si veo a alguien, disparo?

—¡Ya te lo he dicho! —exclamó el capitán.

—Gracias, señor —replicó Joyce con el respeto y la cortesía de siempre.

Pasó algún tiempo sin que sucediera nada; pero su observación nos había puesto alerta y aguzamos el oído y la vista; los hombres balanceaban los mosquetes en la mano y el capitán estaba plantado en el centro de la cabaña, con los labios tensos y el ceño fruncido.

Así pasaron unos segundos, hasta que de repente Joyce apuntó el mosquete y disparó. Apenas se había apagado la detonación cuando de fuera nos llegó una salva repetida de disparos que resonó como el graznido de una bandada de gansos, desde todos los puntos de la empalizada; varias balas se incrustaron en la cabaña, pero ninguna llegó a penetrar; una vez que el humo se hubo desvanecido, el fortín y los bosques circundantes se quedaron aparentemente tan tranquilos y vacíos como antes. No se movía ni una rama, ni el resplandor del cañón de un mosquete revelaba la presencia de nuestros enemigos.

—¿Heriste a ese hombre? —preguntó el capitán.

—No, señor, creo que no —replicó Joyce.

—Bueno, siempre es mejor decir la verdad —murmuró el capitán Smollett—. Carga su arma, Hawkins. ¿Cuántos hombres os parece que había por vuestro lado, doctor?

—Os lo puedo decir exactamente —repuso el doctor Livesey—. Por aquí dispararon tres tiros. Vi los tres fogonazos, dos muy cercanos y otro algo más lejos, por el Oeste.

—¡Tres! —repitió el capitán—. ¿Y cuántos por el vuestro, señor Trelawney?

La respuesta no fue tan concreta. Por el Norte habían atacado muchos, siete según los cálculos del caballero, ocho o nueve según Gray. Por el Este y por el Oeste sólo habían disparado un tiro. Por consiguiente, estaba claro que el ataque procedería del Norte y que por los otros tres lados sólo se dedicarían a maniobras de distracción. Sin embargo, el capitán Smollett no cambió de táctica. Si los amotinados lograban atravesar la empalizada, argumentó, se adueñarían de cualquier tronera desprotegida y nos matarían como a ratas dentro de nuestro propio territorio.

El caso es que tampoco tuvimos mucho tiempo para darle vueltas al tema. De repente, con un gran alarido, una nubecilla de piratas salió del bosque por el Norte y se dirigió a todo correr directamente hacia la empalizada. En el mismo momento, volvieron a abrir fuego desde el bosque y una bala entró silbando por la puerta e hizo añicos el mosquete del doctor.

Los atacantes treparon por la empalizada como monos. El caballero y Gray no paraban de disparar; cayeron tres hombres, uno de bruces, ya dentro del fortín, dos de espaldas hacia fuera. Pero, de estos dos, uno estaba evidentemente más asustado que herido, pues en un santiamén se puso en pie y desapareció por entre los árboles.

Dos habían mordido el polvo, uno había salido huyendo, cuatro habían logrado penetrar en nuestras defensas; y, protegidos por la espesura, siete u ocho hombres, cada uno de ellos evidentemente con varios mosquetes, mantenían un fuego incesante aunque inútil sobre la cabaña.

Los cuatro que habían penetrado se dirigieron abiertamente hacia la casa, gritando mientras corrían, y los hombres apostados en el bosque se hacían eco de sus gritos para darles ánimos. Se oyeron varios disparos, pero los que apuntaban estaban tan apurados que ningún tiro tuvo el menor efecto. En un momento, los cuatro piratas habían subido cuesta arriba y se nos echaban encima.

Job Anderson, el contramaestre, asomó la cabeza por la tronera y rugió con voz de trueno:

—¡A por ellos, compañeros, a por ellos!

En aquel momento, otro pirata agarró el mosquete de Hunter por el cañón, tiró de él y luego se lo clavó con todas sus fuerzas, derribando al pobre hombre, que cayó sin sentido al suelo. Entretanto, un tercero, que había logrado dar la vuelta a la cabaña sin que nadie lo hiriera, apareció de repente por la puerta y se abalanzó sobre el doctor blandiendo su machete.

No cabía duda de que para nosotros habían cambiado las tornas. Un momento antes estábamos disparando a cubierto sobre un enemigo descubierto; ahora éramos nosotros los que estábamos a descubierto y no podíamos contraatacar.

La cabaña estaba llena de humo, cosa que, hasta cierto punto, nos favorecía. En mi cabeza retumbaban los gritos y el ajetreo, los fogonazos y las detonaciones, y oí un terrible gemido.

—¡Salid, muchachos, y luchad con ellos afuera! ¡Coged los machetes! —ordenó el capitán.

Agarré un machete del montón y alguien que cogió otro al mismo tiempo me rebañó los nudillos, aunque apenas sentí el corte. Salí disparado a la luz del sol. Alguien corría detrás de mí, pero no sabía quién era. Delante de mí, el doctor perseguía a su atacante cuesta abajo y, justo en el momento en que le vi, logró alcanzarlo y lo derribó; el hombre cayó de espaldas con un gran tajo en la cara.

—¡Dad la vuelta a la casa, muchachos, dad la vuelta! —gritó el capitán.

E incluso en medio de aquella barahúnda pude percibir que el tono de su voz había cambiado.

Obedecí mecánicamente, giré hacia el Este y, blandiendo el machete, eché a correr y di la vuelta a la cabaña. Al instante me topé de frente con Anderson, que, dando un gran rugido, levantó su alfanje, que destelló al sol. No me dio tiempo a espantarme: antes de que pudiera asestarme un golpe, pegué un brinco lateral, di un traspiés por culpa de la arena y caí rodando cuesta abajo.

Un momento antes, cuando salía por la puerta, había visto que los demás amotinados se disponían a saltar la empalizada para acabar con nosotros. Un hombre que llevaba un gorro rojo y el machete entre los dientes incluso se había plantado en lo alto y había pasado una pierna hacia dentro. Pero todo había sucedido con tal rapidez que, cuando pude ponerme en pie, todo estaba exactamente igual: el del gorro rojo seguía a horcajadas sobre la empalizada y otro hombre asomaba la cabeza por encima de la misma. Pero en aquellos segundos se había acabado la batalla y nosotros habíamos conseguido la victoria.

Gray, que corría pegado a mis talones, había asestado un gran tajo al contramaestre antes de que éste pudiera recuperarse de su golpe fallido contra mí. A otro pirata le habían alcanzado cuando estaba junto a una tronera, disparando hacia el interior de la cabaña, y ahora estaba tendido en el suelo, agonizando, empuñando la pistola todavía humeante. Acababa de ver cómo el doctor derribaba a otro de un machetazo. O sea que, de los cuatro que habían saltado la empalizada, sólo quedaba uno; y éste había soltado el machete y se disponía a volver a saltar la empalizada muerto de miedo.

—¡Fuego! ¡Disparad desde dentro! —gritó el doctor—. Y vosotros, muchachos, poneos a cubierto.

Pero nadie obedeció sus órdenes ni se disparó ningún tiro, y el último asaltante logró huir y desapareció con los demás en la espesura. En tres segundos, lo único que quedaba de la expedición ofensiva eran los cinco caídos, cuatro en el interior del fortín y uno fuera.

El doctor y Gray corrieron a toda velocidad a refugiarse en la cabaña. Seguramente los supervivientes llegarían enseguida a donde habían dejado los mosquetes y en cualquier momento podían volver a abrir fuego.

Para entonces, ya se había desvanecido bastante el humo del interior de la casa y de un vistazo pudimos sopesar el precio que habíamos pagado por la victoria. Hunter yacía sin sentido al pie de su tronera; Joyce estaba junto a la suya, con un tiro en la cabeza, herido de muerte; y, en el medio de la cabaña, el caballero sostenía al capitán, ambos pálidos como la cera.

—El capitán está herido —dijo el señor Trelawney.

—¿Han salido corriendo? —preguntó el señor Smollett.

—Como gamos, no os quepa la menor duda —replicó el doctor—. Pero cinco de ellos ya no volverán a correr jamás.

—¡Cinco! —exclamó el capitán—. Eso es una buena noticia. Cinco contra tres nos deja en cuatro contra nueve. Una proporción mucho más favorable que la que teníamos al principio. Entonces éramos siete contra diecinueve, o al menos eso creíamos, cosa que resultaba igualmente desmoralizadora*.

---

* El número de los amotinados no tardó en quedar reducido a ocho, pues el hombre que se encontraba a bordo de la goleta y sobre el que había disparado el señor Trelawney murió aquella misma tarde a consecuencia de las heridas. Pero naturalmente la banda de los leales no lo supo hasta más adelante. *(Nota del autor.)*

Parte quinta

MI AVENTURA EN EL MAR

Capítulo 22

De cómo empezó mi aventura en el mar

Los amotinados no volvieron, y tampoco se oyó ningún disparo más procedente del bosque. «Habían tenido su ración por aquel día», como dijo el capitán, y nosotros pudimos campear a nuestras anchas por el fortín y tuvimos tiempo para curar a los heridos y preparar la cena. El caballero y yo cocinamos al aire libre, a pesar del peligro, pero ni siquiera allí conseguimos centrarnos en lo que estábamos haciendo, debido al horror que nos causaban los terribles gemidos de los pacientes del doctor.

De los ocho hombres caídos en el ataque, sólo tres seguían con vida: el pirata que había recibido un disparo a través de la tronera, Hunter y el capitán Smollett; y de ellos, los dos primeros estaban prácticamente desahuciados; de hecho, el amotinado murió bajo el bisturí del médico y Hunter, a pesar de que hicimos por él lo posible y lo imposible, no volvió a recobrar el sentido. Estuvo todo el día inconsciente, jadeando como el viejo bucanero cuando le dio la apoplejía en nuestra casa; pero tenía la caja torácica machacada por el golpe y se había fracturado el cráneo al caerse; a la noche siguiente, sin decir una palabra ni hacer un gesto, el Señor lo acogió en su seno.

En cuanto al capitán, si bien es cierto que estaba malherido, no corría peligro, pues no le habían alcanzado ningún órgano vital. La bala de Anderson —pues fue Job el que primero le disparó— le había roto el omóplato y rozado el pulmón; el segundo disparo sólo le había desgarrado y desplazado algunos músculos de la

173

pantorrilla. No cabía duda de que se recuperaría, dijo el doctor, pero, de momento y durante unas semanas, no debía andar ni mover el brazo, ni siquiera hablar, a menos que fuera necesario.

El corte que yo tenía en los nudillos no era más que un rasguño. El doctor Livesey me puso un vendaje y encima me tiró de las orejas.

Después de comer, el caballero y el doctor se sentaron un rato junto al capitán para deliberar; y después de hablar cuanto quisieron, cuando ya era más de mediodía, el doctor cogió el sombrero y las pistolas, se ciñó un machete, se guardó el mapa en el bolsillo, se echó un mosquete al hombro, cruzó la empalizada por el lado norte y echó a andar a buen paso por entre los árboles.

Gray y yo estábamos sentados en la otra punta de la cabaña, donde no podíamos oír a nuestros superiores reunidos en consulta; Gray se sacó la pipa de la boca y se olvidó de volvérsela a meter de lo sorprendido que se quedó cuando vio lo que estaba pasando.

—Por todos los diablos —dijo—, ¿se ha vuelto loco el doctor Livesey?

—Seguro que no —repliqué—. De todos nosotros, es con mucho el más cuerdo, te lo garantizo.

—Mira, compañero —dijo Gray—, puede que no esté loco, pero si *él* no lo está, fíjate bien en lo que te digo, entonces soy *yo* el que estoy loco.

—Me imagino que el doctor tiene algún plan —le repliqué—. Y si no me equivoco, va en busca de Ben Gunn.

Más tarde pudimos comprobar que yo estaba en lo cierto. Pero, de momento, como en la casa hacía un calor de justicia y el arenal que había dentro de la empalizada ardía bajo los rayos del sol, empecé a darle vueltas en la cabeza a otra idea en la que seguramente no estaba tan acertado. Lo que me pasó fue que empezó a darme envidia el doctor, que iba caminando por la fresca sombra del bosque, rodeado de pajarillos y del agradable olor de los pinos, mientras yo estaba allí sentado, achicharrándome de calor, con la ropa pegada a la resina abrasadora, y rodeado de sangre y de los cadáveres de esos pobres desgraciados tendidos por el suelo... Y empecé a sentir una repulsión equiparable al terror.

Mientras limpiaba la casa y fregaba los cacharros de la comida iban creciendo mi repulsión y mi envidia, hasta que al fin, sin que nadie me viera, di el primer paso de mi escapada y me llené los bolsillos de la casaca de galletas, que cogí de un saco que había junto a mí.

Diréis que fui un necio y qué duda cabe de que iba a cometer una tontería y una temeridad; pero estaba decidido a ello, aunque pensaba tomar todas las precauciones que pudiera. Si me ocurría algo, con las galletas evitaría morir de hambre, al menos hasta el día siguiente.

Luego, cogí también un par de pistolas y, como ya tenía un cuerno para la pólvora y balas, pensé que iba bien armado.

El plan que tenía en mente en realidad no era malo. Pensaba bajar hasta el banco de arena que separa la parte oriental del fondeadero del mar abierto, buscar la peña blanca que había visto la tarde anterior y comprobar si era allí donde Ben Gunn había escondido su bote; todavía sigo pensando que valió la pena averiguarlo. Como estaba seguro de que no me darían permiso para marcharme del fortín, mi plan consistía en despedirme a la francesa y largarme cuando nadie me viera; y esa forma de actuar era tan fea, que todo el proyecto quedaba en entredicho. Pero yo no era más que un muchacho y no pensaba echarme atrás.

El caso es que las cosas me salieron que ni a pedir de boca. El caballero y Gray estaban muy ocupados curando las heridas del capitán: no había moros en la costa; salí como una flecha hacia la empalizada, la salté, me adentré en la espesura del bosque y, antes de que se descubriera mi ausencia, estaba lejos del alcance de las voces de mis compañeros.

Ésa fue mi segunda tontería, y peor que la primera, pues no habían quedado más que dos hombres sanos al cuidado del fortín; pero, al igual que la primera, al final sirvió para que nos salváramos todos.

Me encaminé directamente hacia la costa oriental de la isla, pues estaba decidido a bordear el banco de arena para evitar que me descubrieran desde el fondeadero. La tarde estaba ya avanzada, aunque todavía calentaba el sol. Mientras me abría camino por entre la espesura, podía oír por delante de mí no sólo el continuo batir del oleaje, sino un rumor de hojas y crujir de ramas que me indicaban que la brisa marina era más fuerte que de costumbre. Al poco me llegaron unas ráfagas de aire fresco y enseguida alcancé la linde del bosque y vi el ancho mar, azul y soleado, extendiéndose hasta el horizonte, y las olas rompiéndose en una línea de espuma sobre la playa.

Nunca vi la mar en calma alrededor de la isla del Tesoro. Aunque hubiera un sol resplandeciente, no se moviera ni una brizna de aire y la superficie del agua estuviera lisa y azul, enormes olas iban a estrellarse siempre contra la costa, retumbando día y noche sin cesar; creo que no hay un solo lugar en la isla en el que no se alcance a oír aquel rumor.

Caminé por la orilla del agua muy contento hasta que, pensando que ya me encontraba bastante al Sur, me deslicé, escondido por entre los matorrales, hasta la cresta de la lengua de arena.

Detrás de mí estaba el mar, delante, el fondeadero. La brisa había cesado, como agotada por su desacostumbrada violencia, y en su lugar se había levantado un viento ligero y variable de Sur y Sudeste que arrastraba grandes bancos de niebla; el fondeadero, a sotavento de la isla del Esqueleto, se veía tan inmóvil y plomizo como cuando arribamos a él por primera vez. La *Hispaniola* se reflejaba en aquel espejo liso, desde la punta del palo mayor hasta la línea de flotación, con la bandera negra en lo alto.

Junto al barco estaba uno de los botes; Silver estaba sentado a popa —a él siempre lo reconocía inmediatamente—, mientras un par de hombres estaban reclinados en los macarrones* de popa; uno de ellos llevaba un gorro rojo y era el mismo canalla que había visto unas horas antes a horcajadas sobre la empalizada. Al parecer estaban charlando y bromeando, aunque, naturalmente, a aquella distancia —más de una milla— no pude oír ni palabra de lo que decían. De repente se oyó el grito más espantoso e inhumano que se pueda imaginar, y que al principio me sobrecogió terriblemente, hasta que enseguida recordé la voz de Capitán Flint, e incluso creo que podía ver el loro con su vivo plumaje posado sobre la muñeca de su amo.

Poco después, el esquife se puso en marcha rumbo a la costa y el marinero del gorro rojo y su compañero bajaron a la cámara de la tripulación.

Para aquel entonces el sol se había ocultado tras el cerro del Catalejo y, como la niebla se hacía cada vez más espesa, empezó a oscurecer. Me di cuenta de que no podía perder ni un minuto si pretendía encontrar el bote aquella tarde.

La peña blanca, que despuntaba por encima de los arbustos, estaba a un octavo de milla al sur de la lengua de arena y tardé un buen rato en llegar hasta allá, a trechos gateando por los matorrales. Ya se había hecho casi de noche cuando toqué su áspera superficie. Justo por debajo de la peña había un hoyo cubierto de espesa hierba, oculto por el desnivel y la espesura de los frondosos matorrales. Y allí, en el centro de la hondonada, había una pequeña tienda de campaña hecha de pieles de cabra, como las que llevan los gitanos en Inglaterra.

Me dejé caer en el hoyo, levanté la tienda por un lado y encontré el bote de Ben Gunn, de la más pura artesanía: una tosca y escorada armazón de madera sin desbastar, sobre la que se había tensado piel de cabra con el pelo hacia dentro. Era pequeñísimo, incluso para mí, y me cuesta trabajo creer que hubiese podido flotar con un adulto a bordo. Tenía una bancada muy baja, un listón apoyapiés a proa y un remo de doble pala.

_____

* Extremos de las cuadernas que sobresalen de las bordas del buque.

Nunca había visto un coraclo* como los que construían los antiguos britanos, pero más tarde vi uno, y la idea más aproximada que puedo daros del bote de Ben Gunn es que era como la primera y más elemental de las embarcaciones fabricadas por la mano del hombre. Pero sin duda tenía la gran ventaja de ser extremadamente ligera y portátil.

Pues bien, puesto que ya había encontrado el bote, diréis que ya había hecho suficientes travesuras. Pero el caso es que, mientras tanto, se me había ocurrido otra idea, y me gustaba tanto que habría sido capaz de llevarla a cabo, creo yo, en las mismísimas narices del capitán Smollett. Mi proyecto consistía en salir amparado por la oscuridad de la noche, cortar las amarras de la *Hispaniola* y dejarla a la deriva, para que encallara en cualquier lugar. Estaba completamente convencido de que los amotinados, tras la derrota de la mañana, no tenían otra cosa en mente que levar el ancla y hacerse a la mar. Y se me ocurrió que era una idea buenísima impedírselo. Y como ya había visto que los marineros que se habían quedado a bordo de guardia no tenían bote, pensé que podía hacerlo con poco riesgo por mi parte.

Me senté a esperar a que oscureciera completamente y sacié mi hambre con una galleta. Era la noche ideal para mi propósito. La niebla ya había ocultado todo el cielo. Cuando vacilaron y al fin se desvanecieron los últimos rayos de luz, la isla del Tesoro quedó sumida en la más profunda oscuridad. Y cuando, al fin, me eché al hombro el coraclo y salí a duras penas del hoyo en donde había cenado, sólo había dos puntos visibles en todo el fondeadero.

Uno de ellos era una gran hoguera en la playa, junto a la cual estaban los piratas derrotados, de jarana en la ciénaga. El otro, un tenue resplandor en la oscuridad, indicaba la posición del barco anclado. Había ido

_____

* Barquilla de forma casi redonda y recubierta de cuero.

girando con la marea y ahora tenía la proa vuelta hacia mí; las únicas luces prendidas a bordo eran las de la cámara de oficiales; y lo que yo veía no era más que un reflejo en la niebla de los fuertes rayos que salían del ventanal de popa.

La marea ya había bajado bastante y tuve que vadear una ancha franja de arena cenagosa, en la que me hundí varias veces por encima del tobillo antes de llegar a la orilla; seguí avanzando a pie por el agua y luego, no sin grandes esfuerzos y poniendo en juego toda mi habilidad, planté el coraclo, con la quilla hacia abajo, sobre la superficie del agua.

Capítulo 23

La resaca

El coraclo, como tuve buena ocasión de comprobar mientras lo utilicé, era muy seguro para una persona de mi estatura y de mi peso, ligero y estable en la mar; pero era la embarcación más escorada y caprichosa de manejar que se pueda imaginar. Hiciera uno lo que hiciera, siempre acababa yéndose a la deriva, y girar y girar en redondo era la maniobra que mejor se le daba. Incluso el propio Ben Gunn había admitido que era «complicada de manejar hasta que le cogías el tranquillo».

Desde luego, yo no le había cogido el tranquillo. Se iba en cualquier dirección menos en la que yo pretendía que fuera; la mayor parte del tiempo avanzábamos de costado, y estoy completamente convencido de que, de no ser por la resaca, nunca habría alcanzado el barco.

Afortunadamente, por más que remase, la marea seguía arrastrándome; y allí, en el canalizo, estaba la *Hispaniola,* un blanco difícil de fallar.

Primero se me apareció como una mancha borrosa, más negra que la oscuridad. Luego empezaron a dibujarse los masteleros y el casco y, al instante siguiente, o eso me pareció (porque cuanto más me adentraba en el mar, más fuerte era la resaca), me encontré a la altura de la amarra del ancla y me agarré a ella.

Aquel cabo estaba tan tenso como la cuerda de un arco, debido a la fuerza con que el barco tiraba del ancla. En la oscuridad, la ondulada corriente borboteaba y rebotaba contra el casco como un torrente de montaña. Un tajo con mi navaja y la *Hispaniola* se alejaría zumbando con la marea.

Hasta ahí muy bien; pero al momento se me pasó por la cabeza que una amarra de ancla tensa que se corta de repente es tan peligrosa como un caballo coceando. Me apostaba diez a uno a que, si era tan insensato como para cortar la de la *Hispaniola,* yo y el coraclo saldríamos despedidos por los aires.

Esto hizo que me detuviera en seco y, si la suerte no me hubiera favorecido una vez más, probablemente tendría que haber desistido de mi propósito. Pero los vientos ligeros que habían comenzado a soplar por el Sur y el Sudeste habían cambiado por la noche a Sudoeste. Mientras estaba cavilando todas estas cosas, un golpe de viento empujó a la *Hispaniola* a contracorriente. Y para gran alegría mía comprobé que la amarra se destensaba y la mano con que la tenía agarrada se hundía un momento bajo el agua.

Esto fue suficiente para que me decidiera; saqué la navaja, la abrí con los dientes y fui cortando los hilos uno por uno hasta que el barco quedó sujeto sólo por dos de ellos. Luego aguardé a que otra ráfaga de viento volviera a aflojar la tensión para cortar estos últimos.

Durante todo este tiempo, había estado oyendo voces procedentes de la cámara de oficiales; pero, a decir verdad, había estado tan entregado a mis propias tribulaciones, que apenas les había prestado atención. Sin embargo, ahora que no tenía otra cosa que hacer, escuché con atención lo que decían.

Uno de ellos era el timonel, Israel Hands, el que había sido cañonero de Flint. El otro era, naturalmente, mi amigo el del gorro rojo. No cabía duda de que ambos estaban borrachos como cubas y de que seguían bebiendo, porque incluso mientras yo estaba allí a la escucha uno de ellos pegó un grito, abrió el ventanal de popa y tiró algo que supuse sería una botella vacía. Pero no sólo estaban borrachos, sino que, evidentemente, estaban además enfurecidos. Juraban como carreteros y, de vez en cuando, se oía semejante griterío, que estaba convencido de que llegarían a las manos. Pero una y otra vez se apaciguaban los ánimos y las voces murmuraban en tono más bajo hasta que estallaba el siguiente rifirrafe y luego volvía a pasar sin más trascendencia.

Del lado de la costa, podía ver el acogedor resplandor de la gran hoguera a través de los árboles de la orilla. Alguien cantaba una vieja, monótona y machacona tonada marinera, con un trémolo al final de cada frase, y que al parecer no iba a acabar nunca mientras al cantante le quedara paciencia. Más de una vez la había oído cantar durante la travesía, y recordaba el siguiente estribillo:

Setenta y cinco marineros se hicieron a la mar...
Sólo uno de ellos vivo habría de tornar.

Y me pareció que era una cantinela cruelmente adecuada para una banda que había sufrido tan terribles pérdidas aquella misma mañana. Pero en realidad me daba cuenta de que todos aquellos bucaneros eran tan insensibles como los mares que surcaban.

Al fin sopló la brisa; la goleta se balanceó y se acercó en la oscuridad; volví a sentir cómo la amarra del ancla se destensaba y con gran esfuerzo corté de un certero golpe los últimos hilos.

La brisa apenas tenía efecto alguno sobre el coraclo y casi inmediatamente me sentí arrastrado contra la proa de la *Hispaniola,* al tiempo que la goleta empezaba a girar sobre la quilla, dando vueltas lentamente en la corriente.

Luché como un condenado, pues temía hundirme en cualquier momento; y como me di cuenta de que no era capaz de alejar el coraclo del barco, me puse a remar directamente hacia la popa. Así conseguí alejarme de mi peligroso vecino; y justo cuando estaba dando el último impulso, mis manos rozaron un cabo que colgaba de la borda por la popa, e inmediatamente lo agarré.

No sabría decir por qué lo hice. Al principio fue algo simplemente instintivo; pero después de tenerlo entre las manos y comprobar que aguantaba, me pudo la curiosidad y decidí echar un vistazo por el ventanal de la cámara de oficiales. Fui halando el cabo con las manos y, cuando me pareció que estaba lo suficientemente cerca, me asomé con infinito riesgo y, desde allí, pude dominar el techo y un trozo del interior de la cámara.

Para aquel entonces, la goleta y su diminuta pareja se deslizaban a bastante velocidad por el agua; de hecho, ya nos habíamos puesto a la altura de la hoguera del campamento. El barco iba siseando, como dicen los marineros, y además bien alto, surcando las innumerables olas con un incesante y espumeante chapoteo; y hasta que no tuve los ojos por encima del repecho del ventanal, no pude comprender por qué la guardia no se había alarmado. Sin embargo, me bastó con un vistazo; y de hecho sólo conseguí echar un vistazo desde mi inestable esquife. Vi que Hands y su compañero estaban sumidos en una lucha a muerte, y se tenían agarrados el uno al otro por el cuello.

Me dejé caer de nuevo en la bancada del bote, y en buena hora, pues estaba a punto de volcar. De momento no vi nada más que aquellos dos rostros rojos de ira, tambaleándose, pegados el uno al otro, bajo la humeante luz del quinqué; cerré los ojos para que volvieran a acostumbrarse a la oscuridad.

Por fin se había acabado la interminable cantinela, y la mermada banda acampada alrededor de la hoguera se había puesto a cantar a coro el estribillo que tantas veces había oído:

> Quince hombres sobre el baúl del muerto...
> ¡Yujujú, y una botella de ron!
> Belcebú y la bebida acabaron con su vida...
> ¡Yujujú, y una botella de ron!

Andaba cavilando que el diablo y el alcohol estarían haciendo estragos en la cámara de oficiales de la *Hispaniola* cuando, de repente, me sorprendió un repentino tirón del coraclo. Al mismo tiempo, dio un bandazo y cambió completamente de rumbo. Entretanto, la velocidad había aumentado inexplicablemente.

Abrí los ojos inmediatamente. A mi alrededor, el mar formaba pequeñas ondas ligeramente fosforescentes que se encrestaban y rompían con un crujido. La *Hispaniola,* cuya estela me arrastraba a pocas yardas de distancia, parecía haber perdido el rumbo y vi que sus palos bailoteaban en la oscuridad de la noche; cuando me fijé más detenidamente, comprobé también que la goleta viraba hacia el Sur.

Miré por encima del hombro y me dio un vuelco el corazón. Allí, justo a mis espaldas, se veía el resplandor de la hoguera. La corriente había dado un giro en ángulo recto, arrastrando en su torbellino la estilizada goleta y el pequeño y agitado coraclo; y cada vez más aprisa, dando tumbos cada vez más altos y rugiendo cada vez más fuerte, atravesó la bocana dando vueltas en dirección al mar abierto.

De repente, la goleta, que ahora iba por delante de mí, dio un violento bandazo, virando tal vez unos veinte grados; casi al mismo tiempo se oyó un grito procedente de a bordo, seguido de otro; pude oír pasos por la escalera de toldilla y con ello supe que los dos borrachos por fin habían interrumpido su pelea y se habían dado cuenta, por así decirlo, de su desastre.

Pegué el cuerpo contra el fondo de mi miserable esquife y con toda devoción encomendé mi alma a su Creador. Al final del estrecho, estaba seguro de que nos estrellaríamos contra alguna barrera de furiosos rompientes, acabando así rápidamente todos mis problemas; pero aunque tal vez pudiera soportar la idea de la muerte, lo que me resultaba insoportable era quedarme mirando cómo se cumplía mi destino.

Debí de permanecer allí tumbado durante horas, continuamente agitado por el oleaje, una y otra vez salpicado por los rociones* y esperando la muerte al si-

---

* Salpicaduras violentas del agua del mar, producidas por el choque de las olas contra un obstáculo.

guiente tumbo. Poco a poco se me agotaron las fuerzas y mi mente quedó como entumecida, sumida en un estupor intermitente, a pesar de todos mis terrores; al final me quedé dormido, allí tumbado, en mi coraclo tambaleado por el mar, y soñé con mi casa y con mi querido Almirante Benbow.

Capítulo 24

La travesía del coraclo

Cuando me desperté era de día y me encontré sacudido por las aguas de la punta sudoeste de la isla del Tesoro. El sol ya se había levantado, pero aún quedaba oculto tras la gran masa del cerro del Catalejo, que de este lado bajaba casi hasta el mar en formidables acantilados.

La punta de Tiralabolina y el cerro de Mesana estaban a tiro de piedra; el cerro, yermo y oscuro; la punta, rematada por acantilados de cuarenta o cincuenta pies de altura y bordeada por grandes masas de rocas desprendidas. Estaba apenas a un cuarto de milla mar adentro y mi primera intención fue ponerme a remar y acercarme a la orilla.

Pronto desistí de ese plan. Los cachones[*] reventaban contra las rocas y bramaban; segundo tras segundo se sucedían los rugidos y los rociones que volaban y caían. Me di cuenta de que, si me acercaba, me estrellaría contra el abrupto litoral o me agotaría en vano tratando de escalar aquellos prominentes y amenazadores riscos.

Y, por si fuera poco, vi unos enormes y viscosos monstruos —como babosas, sólo que de un tamaño descomunal— que se arrastraban en grupos sobre lajas de roca o se dejaban caer en el mar con gran estruendo; eran al menos cuarenta o sesenta, y el eco de sus rugidos retumbaba en las peñas.

---

[*] Olas que rompen en la playa haciendo espuma.

Más tarde me enteré de que eran leones marinos, y absolutamente inofensivos. Pero su aspecto, unido a la hostilidad del litoral y a la fuerte corriente de la marea, bastó para disuadirme de acercarme a la costa. Prefería morirme de hambre en el mar que enfrentarme a tamaños peligros.

Entretanto, se me presentó una ocasión más propicia, o al menos eso me pareció. Al norte de la punta de Tiralabolina la costa describe una larga línea recta que presenta, con marea baja, una franja de arena amarilla. Al norte de la misma hay otra punta, el cabo de los Bosques, según se indicaba en el mapa, cubierto de altos pinos verdes que bajan hasta la orilla del mar.

Recordé lo que Silver había dicho de la corriente que recorre hacia el Norte toda la costa occidental de la isla del Tesoro y, viendo desde donde estaba que ya me encontraba metido en ella, opté por dejar atrás la punta de Tiralabolina y reservar mis energías para intentar desembarcar en el cabo de los Bosques, que tenía un aspecto más acogedor.

Había marejada. El viento soplaba continua y suavemente desde el Sur, con lo que no contrarrestaba la corriente, y las olas subían y bajaban sin llegar a romper.

De no haber sido por esto, habría perecido hacía tiempo; pero así las cosas, mi botecillo se deslizaba por el agua con sorprendente facilidad y seguridad. A menudo, como seguía tendido en el fondo y apenas asomaba un ojo por encima de la regala, veía una gran cresta azul acercándose y alejándose por encima de mi cabeza. Pero el coraclo rebotaba un poco, bailaba como sobre muelles y caía del otro lado, posándose como un pájaro en el seno de la ola.

Al cabo de un rato recobré el ánimo y me senté para probar mi habilidad con el remo. Pero la menor variación en la distribución del peso produce cambios muy bruscos en el comportamiento de un coraclo. Y apenas me había movido cuando la embarcación, abandonando de repente su suave movimiento de baile, se deslizó por una rampa de agua tan empinada que me mareé, y fue a estrellar su proa en el flanco de la siguiente ola, levantando un chorro de espuma.

Me hallaba empapado y aterrorizado, e inmediatamente volví a mi posición anterior, con lo que el coraclo se apaciguó y me transportó suavemente por entre las olas. Era evidente que no quería que nadie lo manejara; pero en ese caso, si no podía modificar su rumbo, ¿qué esperanza me quedaba de llegar a tierra?

Estaba despavorido, pero, a pesar de ello, conservé la sangre fría. Primero, moviéndome con todo cuidado, fui achicando agua con la gorra; luego volví a echar una mirada por encima de la regala y me puse a estudiar cómo conseguía el coraclo deslizarse tan suavemente por entre las olas.

Me di cuenta de que una ola no es la gran montaña lisa y reluciente que vemos desde la costa o desde el puente de un barco, sino algo parecidísimo a una cadena montañosa en tierra firme, llena de picos y de mesetas y de valles. El coraclo se dejaba llevar balanceándose, abriéndose, como si dijéramos, camino por las partes más bajas y evitando las rampas empinadas y las crestas de las olas.

«Muy bien —pensé para mis adentros—, está claro que tengo que quedarme donde estoy sin alterar el equilibrio; pero también está claro que puedo tener levantado el remo y, de vez en cuando, en las mesetas, dar un par de paladas hacia la costa». Dicho y hecho. Me quedé tumbado, apoyado en los codos, en una posición muy incómoda y, de vez en cuando, remaba suavemente para poner rumbo a la costa.

Era un trabajo lento y agotador, pero evidentemente iba ganando terreno, y según nos acercábamos al cabo de los Bosques, aunque me di cuenta de que, inevitablemente, pasaría de largo, conseguí aproximarme unos cientos de yardas hacia el Este. De hecho, me acerqué bastante. Pude ver las verdes y frescas copas de los árboles meciéndose con la brisa y pensé que, con toda seguridad, alcanzaría el siguiente promontorio.

Y ya era hora, porque empezaba a torturarme la sed. El resplandor del sol en el cielo, reflejado mil veces en las olas, junto con el agua de mar que me salpicaba y se secaba sobre mi piel, blanqueándome los labios de sal, hacían que me ardiera la garganta y me doliera la cabeza. Casi me puse malo de ansiedad al ver los árboles tan al alcance de mi mano; pero la corriente me arrastró, alejándome de la punta y, cuando volví a salir a mar abierto, contemplé un panorama que me hizo cambiar totalmente de idea.

Justo delante de mí y a menos de media milla de distancia vi la *Hispaniola* a toda vela. Por supuesto, estaba convencido de que me apresarían; pero tenía tantísima sed, que no sabía si alegrarme o lamentarme ante semejante perspectiva; y mucho antes de que hubiera tomado alguna determinación, la sorpresa me había enajenado y no podía hacer otra cosa más que mirar fijamente sin dar crédito a lo que veía.

La *Hispaniola* tenía la vela mayor y los dos foques desplegados, y la magnífica lona blanca resplandecía al sol como si fuera nieve o plata. Cuando la había avistado, tenía todas las velas tendidas y llevaba rumbo Noroeste; supuse que los hombres que iban a bordo pretendían rodear la isla y regresar al fondeadero. Pero ahora empezaba a virar cada vez más hacia el Oeste, por lo que pensé que me habían descubierto y que venían a por mí. Sin embargo, al final, dio de pleno contra el viento, que la frenó en seco, quedándose un buen rato desamparada, con un batir de velas.

«Malditos inútiles —musité—; estarán todavía borrachos como cubas». Y me imaginé cómo el capitán Smollett los habría corrido a puntapiés.

Entre tanto, la goleta volvió a ceñirse al viento, se le hincharon las velas durante una nueva bordada, bogó suavemente durante un par de minutos y volvió a chocar contra el viento, quedándose al pairo. Esto se repitió una y otra vez. Adelante y atrás, arriba y abajo, al Norte, al Sur, al Este y al Oeste, la *Hispaniola* navegaba a trompicones y, después de cada maniobra, acababa como había empezado, con las lonas batiendo al viento. Comprendí que nadie la pilotaba. Pero, entonces,

¿dónde estaban los hombres? O bien borrachos perdidos o bien la habían abandonado, pensé, y a lo mejor podía yo subir a bordo y devolver la nave a su capitán.

La corriente arrastraba el coraclo y la goleta hacia el Sur al mismo ritmo. En cuanto al avance de esta última, era tan caótico e intermitente, y a cada vez se quedaba tanto tiempo inmovilizada, que, desde luego, no le sacaba a la primera ninguna ventaja, si acaso la perdía. Si me atrevía a sentarme y a empezar a remar, seguro que podría alcanzarla. El plan tenía unos visos de aventura que me sedujeron y el recuerdo de la tinaja de agua que se guardaba en la toldilla redobló mi recobrado ánimo.

Me incorporé; casi inmediatamente me saludó un buen roción, pero esta vez me mantuve en mi empeño y me dediqué con todas mis fuerzas y con mucho cuidado a remar tras la estela de la *Hispaniola* a la deriva. En un determinado momento la mar estaba tan gruesa que tuve que pararme a achicar agua todo acongojado. Pero, poco a poco, fui cogiéndole el tranquillo y pude guiar mi coraclo por entre las olas sin más percance que algún golpe de proa y un roción de espuma en la cara.

Ahora empezaba a acortar a toda prisa la distancia que me separaba de la goleta; podía ver el brillo del latón en la caña del timón a cada bandazo; pero sobre cubierta no se veía ni un alma. No me quedaba más remedio que suponer que el barco estaba abandonado. De lo contrario, los hombres estarían abajo durmiendo la mona y, en ese caso, tal vez podría reducirlos y hacer con el barco lo que me pareciera.

Durante un tiempo éste estuvo en la situación más desfavorable para mí, es decir parado. Llevaba prácticamente rumbo Sur, aunque, por supuesto, cambiaba de dirección a cada momento. Cada vez que se ceñía al viento, las velas se hinchaban en parte y, en un momento, volvían a dirigirla contra el viento. He dicho que ésta era la situación más desfavorable para mí, pues, aunque parecía desamparada, con las velas batiendo como cañonazos y los motones rodando y dando golpes sobre la cubierta, seguía alejándose de mí, no sólo arrastrada por la velocidad de la corriente, sino por la fuerza de la deriva, que evidentemente era grande.

Pero por fin se me presentó una oportunidad. Durante unos segundos la brisa cesó casi por completo y, al darle la corriente poco a poco la vuelta, la *Hispaniola* giró lentamente sobre su eje y me presentó la popa; el ventanal de la cámara de oficiales seguía abierto de par en par y el quinqué todavía encendido a pesar de ser de día. La vela mayor colgaba lacia como un gallardete. El barco estaba como clavado, sólo movido por la corriente.

En los últimos instantes, me había distanciado de la goleta. Pero ahora redoblé mis esfuerzos y volví a ganar terreno.

Estaba a menos de cien yardas de distancia de la nave cuando hubo un nuevo golpe de viento; lo recibió por la amura de babor y volvió a ponerse en marcha, inclinándose y rozando el agua como una golondrina.

Mi primera reacción fue de desesperación, pero la segunda, de alegría. Volvió a girarse, hasta que se me presentó de costado y siguió girando hasta que recorrió la mitad, luego los dos tercios y finalmente los tres cuartos de la distancia que nos separaba. Podía ver las olas hirviendo de espuma bajo el pie de roda. Desde el fondo del coraclo donde yo estaba me parecía inmensamente alta.

Y luego, de repente, empecé a comprender. Apenas tuve tiempo de pensar, ni de actuar para salvarme. Estaba en la cresta de una ola cuando la goleta avanzó inclinada sobre la siguiente. El bauprés apareció por encima de mi cabeza. Me puse en pie, pegué un salto y el coraclo se hundió bajo el agua. Con una mano, agarré el botalón del foque, mientras metía el pie entre el estay y la braza; todavía seguía allí jadeando cuando un golpe seco me indicó que la goleta había embestido y hecho trizas el coraclo, y me encontré sin posibilidad de retirada a bordo de la *Hispaniola*.

Capítulo 25

Arrío la bandera negra

Apenas me había afianzado en el bauprés cuando el petifoque se puso a batir y a coger el viento por la otra amura con un estruendo como de cañonazos. La goleta se estremeció hasta la quilla con este cambio de dirección; pero al cabo de un momento, mientras las otras velas seguían tendidas, el petifoque batió de nuevo y luego se quedó colgando lacio.

Con todo este movimiento casi me voy al agua, así que, sin perder un instante, gateé por el bauprés y me tiré de cabeza sobre cubierta.

Me encontraba a sotavento del castillo de proa, y la vela mayor, que todavía estaba tensa, me ocultaba un trozo de la parte posterior de la cubierta. No se veía ni un alma. La tablazón, que no había visto un lampazo* desde que estallara el motín, tenía huellas de muchas pisadas; una botella vacía, con el cuello roto, rodaba de acá para allá por entre los imbornales, como si estuviera viva.

De repente la *Hispaniola* cogió de pleno el viento. Detrás de mí los foques crujieron con fuerza; el timón pegó un bandazo; la nave entera brincó y se tambaleó como para hacerle echar la primera papilla a cualquiera y, al mismo tiempo, el botalón de la vela mayor giró hacia dentro, la lona gimió en los motones y quedó ante mi vista la parte posterior de la cubierta a sotavento.

Allí estaban los dos vigías en carne y hueso; el del gorro rojo yacía de espaldas, más tieso que un bichero,

---

* Conjunto de hilos de cabos destorcidos para enjugar las cubiertas y costados de un buque.

con los brazos en cruz y enseñando los dientes por los labios entreabiertos; Israel Hands, apoyado contra la borda, con la barbilla sobre el pecho, las manos abiertas caídas sobre la cubierta por delante de él y la cara tan pálida bajo la piel tostada como una vela de sebo.

Durante un rato el barco siguió dando sacudidas y bandazos como un caballo resabiado, con las velas hinchándose ora por una amura, ora por otra, y el botalón girando de acá para allá hasta que el mástil crujía escandalosamente bajo la tensión. También una y otra vez, una nube de rociones entraba por la borda y la proa del barco chocaba contra el oleaje; aquella nave tan grande y bien aparejada se defendía peor contra el temporal que mi escorado coraclo de fabricación casera, que había acabado en el fondo del mar.

A cada brinco que pegaba la goleta, el del gorro rojo daba un bandazo, pero lo que más impresionaba era ver que ni su postura ni su mueca, que dejaba al descubierto los dientes, cambiaban lo más mínimo a pesar de los vaivenes. Y a cada brinco, también Hands se doblaba más y se iba deslizando sobre la cubierta, con los pies cada vez más adelantados y con todo el cuerpo escorado hacia la popa, de modo que, poco a poco, fui dejando de verle la cara y al cabo no distinguía otra cosa más que la oreja y el despeinado tirabuzón de una patilla.

Al mismo tiempo me di cuenta de que, alrededor de ambos cuerpos, había salpicaduras de sangre ennegrecida sobre la tablazón y empecé a creer que se habían matado el uno al otro en una reyerta de borrachos.

Mientras así los contemplaba y cavilaba, en un momento de calma en el que el barco se quedó quieto, Israel Hands se giró un poco y, con un leve gemido, volvió a adoptar la postura que tenía cuando lo vi al subir al barco. Aquel gemido, que expresaba dolor y una debilidad mortal, y el modo como le colgaba la mandíbula, me movieron a compasión. Pero cuando me acordé de la conversación que había oído desde dentro del tonel de manzanas se esfumó mi simpatía.

Eché a andar directamente hacia popa y, al llegar al palo mayor, dije con ironía:

—Bienvenido a bordo, señor Hands.

Éste miró a su alrededor desorientado; pero estaba demasiado atontado para expresar sorpresa alguna. Sólo fue capaz de musitar una palabra:

—Aguardiente.

Pensé que no había tiempo que perder y, esquivando la botavara, que se había vuelto a atravesar en medio de la cubierta, seguí mi camino hacia popa y bajé por la escalera de toldilla a la cámara de oficiales.

Allí reinaba semejante desorden que resulta difícil imaginarlo. Todas las cerraduras habían sido forzadas en busca del mapa. El suelo estaba lleno de barro, pues aquellos rufianes se habían sentado a beber y a deliberar después de haber caminado por las ciénagas alrededor del campamento. Los mamparos, todos pintados de blanco con junquillos dorados, estaban sucios de huellas de manos. Docenas de botellas vacías se entrechocaban en las esquinas con el movimiento del barco. Encima de la mesa se veía uno de los libros de consulta del doctor, al que le habían arrancado la mitad de las hojas, supongo que para encender las pipas con ellas. En medio de todo aquello, la llama del quinqué seguía echando humo con un resplandor tenue y terroso.

Bajé a la bodega; no quedaba ni un solo barril y habían bebido y tirado una cantidad impresionante de botellas. Efectivamente, desde que se habían amotinado, ni uno solo de aquellos marineros había estado sobrio en ningún momento.

Revolví un poco y encontré una botella de aguardiente para Hands; y, para mí, localicé algunas galletas, frutas en conserva, un gran racimo de uvas pasas y un pedazo de queso. Con ello subí a cubierta y puse mis propias provisiones detrás del gobierno y fuera del alcance del timonel; luego me acerqué a la tinaja de agua, eché un buen trago y sólo entonces, pero no antes, le di a Hands el aguardiente.

Debió de beberse un cuarto de pinta* antes de despegar el morro de la botella y luego exclamó:

—¡Rayos, qué falta me hacía!

Yo ya estaba sentado en mi rincón y me había puesto a comer.

—¿Os encontráis muy mal? —le pregunté.

Gruñó, o más bien diría que ladró y me contestó:

—Si el matasanos estuviera a bordo, me pondría bueno en un abrir y cerrar de ojos. Pero, ya ves, tengo una suerte muy negra, eso es lo que me pasa. En cuanto a ese patán, está muerto y bien muerto —añadió señalando al hombre del gorro rojo—. De todas maneras, era un marinero de tres al cuarto. Y tú ¿de dónde diablos has salido?

—Estoy aquí para tomar posesión del barco, señor Hands —le contesté—. Y hacedme el favor de considerarme vuestro capitán hasta nueva orden.

Me lanzó una mirada aviesa, pero no dijo ni pío. Sus mejillas habían recobrado algo de color, pero todavía parecía muy débil y seguía dando tumbos con el vaivén del barco.

—Y por cierto —continué—, no quiero ver esa bandera, señor Hands. Con vuestro permiso, voy a arriarla. Mejor es no llevar ninguna que llevar ésa.

Volví de nuevo a esquivar la botavara, corrí hacia las drizas, arrié la maldita enseña negra y la tiré al mar, al tiempo que decía agitando mi gorra:

—¡Dios salve al rey! ¡Éste es el final del capitán Silver!

El otro me miraba de soslayo con toda atención, con la barbilla aún hundida en el pecho. Al fin dijo:

—Me imagino…, me imagino, capitán Hawkins, que querrás regresar a tierra ahora. ¿Qué te parece si hablamos?

—Naturalmente —repuse—, faltaría más, señor Hands. Hablad.

---

* Medida de capacidad equivalente a 0,568 litros.

Y volví a ponerme a comer con mucho apetito.

—Ese hombre —empezó a decir Hands indicando con un débil movimiento de cabeza el cadáver— se llamaba O'Brien, era un irlandés muy bruto. Ese hombre y yo desplegamos las velas con la intención de regresar. Resulta que *él* ahora está muerto y bien muerto; y no sé quién va a pilotar el barco. Sin que yo te eche una mano, me parece a mí que no serás capaz. Mira lo que te digo: tú me das de comer y de beber y un trapo o un pañuelo para vendarme la herida, y yo te digo cómo se pilota este barco; si te parece, trato hecho.

—Y yo os digo lo siguiente —le contesté—. No pienso regresar al fondeadero del capitán Kidd. Tengo la intención de entrar por la bahía del Norte y fondear tranquilamente en aquella costa.

—¡Faltaría más! —exclamó él—. Al fin y al cabo no soy tan inútil. Tengo ojos en la cara, ¿no? He probado mi suerte y he perdido, y ahora estoy en tus manos. Conque a la bahía del Norte, ¿eh? ¡Qué remedio me queda! Si viniera al caso, vive Dios que te ayudaría a llegar, aunque fuera al muelle de las Ejecuciones, ¡seguro!

Me pareció que lo que decía tenía cierto fundamento. Cerramos el trato inmediatamente. Al cabo de tres minutos la *Hispaniola* navegaba sin dificultad bajo mi mando a lo largo de la costa de la isla del Tesoro, con buenas perspectivas de doblar la punta norte antes de mediodía y de virar para llegar a la bahía del Norte antes de que subiera la marea; luego podríamos vararla sin peligro y esperar a que la marea bajara para desembarcar.

Entonces fijé el gobernalle* y bajé a buscar en mi baúl un fino pañuelo de seda que me había dado mi madre. Con él y con mi ayuda, Hands se vendó el gran tajo ensangrentado que tenía en un muslo; después comió un poco y bebió un par de tragos más de aguardiente y empezó visiblemente a recuperarse; se incorporó ligeramente, hablaba más alto y más claro y parecía en todos los aspectos otro hombre.

---

* Timón.

La brisa jugó admirablemente a nuestro favor y aprovechamos la corriente de aire como un pájaro; la costa desfilaba ante nuestros ojos y el panorama cambiaba minuto a minuto. Al poco tiempo pasamos por delante de la zona montañosa y nos deslizamos frente a las costas bajas y arenosas, salpicadas de pinos enanos; enseguida las dejamos atrás y doblamos la punta del rocoso cerro que remata la isla por el Norte.

Yo estaba emocionadísimo con mi nuevo cargo y encantado con el hermoso tiempo soleado y los distintos paisajes de la costa. Tenía a mi disposición agua abundante y buenos manjares y mi conciencia, que me había estado remordiendo por culpa de mi deserción, quedó acallada por la gran conquista que había logrado. Creo que me habría sentido completamente feliz de no ser por la mirada del timonel, que me seguía burlona por cubierta, y la extraña sonrisa que brillaba continuamente en su rostro. Era una sonrisa que tenía un fondo de dolor y de debilidad, la sonrisa bobalicona de un viejo, pero que mostraba también una pizca de burla, una sombra de traición en su expresión mientras me miraba astutamente, y me miraba, y me miraba, mientras yo me dedicaba a mis tareas.

Capítulo 26

Israel Hands

El viento, que soplaba ahora por el Oeste, nos era totalmente favorable, facilitando nuestra navegación desde la punta nordeste de la isla hasta la boca de la bahía del Norte. Lo malo era que, como no nos cabía la posibilidad de echar el ancla y no nos atrevíamos a varar el barco hasta que no hubiera subido la marea bastante más, no teníamos nada que hacer de momento. El timonel me explicó cómo teníamos que dejar el barco al pairo. Tras una buena serie de intentos lo conseguí y ambos nos quedamos sentados en silencio mientras volvíamos a comer.

Al cabo, dijo con la misma sonrisa inquietante:

—Capitán, ahí está mi viejo camarada O'Brien; qué te parece si lo tiras por la borda. Por lo general no soy muy quisquilloso y no siento remordimientos por haberlo mandado para el otro mundo. Pero tenerlo ahí de adorno en el medio...

—No tengo suficiente fuerza y tampoco me agrada el asunto; por mí, que ahí se quede —le dije.

—Este barco, la *Hispaniola,* está gafado, Jim —prosiguió guiñando un ojo—. Ya han muerto un montón de hombres en esta *Hispaniola,* la tira de marineros muertos y desaparecidos desde que tú y yo zarpamos de Bristol. Nunca he visto peor agüero, te lo aseguro. Ahí tienes al bueno de O'Brien, y ahora... ha cascado, ¿verdad? Mira, yo no tengo estudios y tú eres un muchacho que sabe de letras y de cuentas. Y, por decirlo sin rodeos, ¿tú crees que cuando una persona se muere, se muere y nada más o luego puede volver a vivir?

—Señor Hands, se puede matar el cuerpo, pero no el espíritu. Seguro que ya lo habéis oído antes —le contesté—. O'Brien está en el otro mundo y puede que nos esté mirando.

—¡Vaya! ¡Qué mala suerte! —dijo Hands—. O sea que mandar a alguien al otro barrio no sirve para nada, ¿no? Aunque, bien mirado, los espíritus no cuentan demasiado, por lo que yo he visto. Con un espíritu me atrevo yo, Jim. Y ahora que te has expresado tan claramente, te agradecería que bajases al comedor y me trajeras un... ¿Cómo...? ¡Mal rayo me parta! No me acuerdo de cómo se llama; bueno, una botella de vino, Jim; este aguardiente se me sube demasiado a la cabeza.

A mí, las dudas del timonel me parecieron poco auténticas, y en cuanto a que prefiriera el vino al aguardiente no me lo creí en absoluto. Toda aquella historia no era más que un pretexto. Era evidente que quería que me fuera de cubierta, pero no podía imaginarme el motivo de ello. Nunca me miraba directamente a los ojos, sino que volvía la mirada de acá para allá, ora clavándola en el cielo, ora posándola de cuando en cuando sobre el cadáver de O'Brien. No dejó de sonreír ni un momento y sacaba la lengua con gesto culpable y turbado de tal manera que hasta un niño habría adivinado que estaba tramando algo. Sin embargo, no tardé en contestarle, pues sabía en qué lo aventajaba y que con un tipo tan poco inteligente como aquél podía ocultar mis sospechas hasta el último momento. Así que le dije:

—Conque preferís vino, ¿eh? Eso está mejor. ¿Os apetece blanco o tinto?

—Bueno, a mí me da lo mismo, compadre —replicó—. Con tal de que sea fuerte y abundante, por lo demás me da igual.

—Muy bien —le contesté—. Os traeré oporto, señor Hands. Pero creo tendré que revolver para encontrarlo.

Y con esas palabras me metí por la escotilla haciendo todo el ruido que pude, me quité los zapatos, recorrí sin hacer ruido la galería de barandilla, subí por la escala del castillo de proa y asomé la cabeza a ras de cubierta. Sabía que Hands no esperaba verme allí, pero aun así tomé todas las precauciones posibles y, desde luego, se confirmaron mis peores sospechas.

Se había incorporado y puesto a gatas y, aunque evidentemente la pierna le dolía mucho cuando se movía, pues podía oír sus quejidos, conseguía arrastrarse a buen ritmo por la cubierta. En medio minuto llegó a los imbornales de babor y sacó de un rollo de cuerda un cuchillo largo o, más bien, un puñal corto, manchado de sangre hasta el mango. Lo contempló un momento, echando hacia delante la mandíbula, y probó la punta sobre su mano; luego lo escondió en el interior de su casaca y regresó arrastrándose hasta el lugar donde se encontraba antes, apoyado contra la borda.

Aquello era todo lo que yo quería saber. Israel era capaz de desplazarse y estaba armado; y, si se había tomado tantas molestias para librarse de mí, era evidente que tenía intención de acabar conmigo. Lo que yo ya no sabía era si luego pensaba cruzar a rastras la isla desde la bahía del Norte hasta el campamento de la ciénaga o disparar el cañón que llamábamos Tom el Largo con la esperanza de que sus camaradas acudieran en su ayuda.

Y, sin embargo, estaba seguro de que podía fiarme de él en un aspecto, puesto que nuestros intereses coincidían: el manejo de la goleta. Ambos queríamos vararla sin peligro en un lugar resguardado para que, cuando llegase el momento oportuno, pudiera volver a navegar con el menor esfuerzo y riesgo posibles; y hasta que lo consiguiéramos pensé que mi vida no corría peligro.

Mientras le daba vueltas a estas cosas en la cabeza, tampoco dejé de darle quehacer al cuerpo. Regresé rápidamente a la cámara de oficiales, me volví a poner los zapatos, cogí al azar una botella de vino y con ella como excusa volví a subir a cubierta.

Hands estaba tumbado donde yo lo había dejado, hecho un ovillo, con los ojos cerrados, como si se encontrase tan débil que le molestara la luz. Sin embargo, al oírme llegar alzó la vista, rompió de un golpe el cuello de la botella con la habilidad de quien lo ha hecho repetidas veces y echó un buen trago al tiempo que brindaba con su lema favorito de «la suerte me sonríe». Luego se quedó un rato tranquilo y al cabo sacó una hebra de tabaco y me pidió que le cortara un trocito.

—Córtame un cacho de esto —me dijo—, que no tengo ni navaja y, aunque la tuviera, apenas me alcanzan las fuerzas. ¡Ay, Jim, Jim, me parece que estoy perdiendo amarras! Córtame un trocito, que posiblemente sea el último que masque, muchacho. O mucho me equivoco o me voy para el otro barrio.

—Está bien —le dije yo—, os cortaré un poco de tabaco. Pero yo en vuestro lugar, si me viera tan mal, me pondría a rezar como buen cristiano.

—¿Por qué? Explícame por qué —dijo Hands.

—¿Por qué? —exclamé—. Hace un momento me hablabais de la muerte. Habéis roto la alianza con el Señor; habéis vivido en pecado, falsedad y crímenes; ahí mismo, a vuestros pies, está un hombre al que acabáis de matar. ¡Y me preguntáis por qué! ¡Válgame el cielo, señor Hands!

Me acaloré un poco al hablar, pensando en el ensangrentado puñal que tenía escondido en su bolsillo y con el que tenía el malvado propósito de acabar conmigo. En cuanto a él, echó un buen trago de vino y habló con la más insólita solemnidad.

—Durante treinta años he surcado los mares y he visto cosas buenas y malas, mejores y peores, bonanzas y tormentas, escasez de alimentos, cuchillos desenvainados y tantas cosas más. Pero te voy a decir una cosa: nunca he visto que de la bondad saliera nada bueno. El que da primero da dos veces es mi frase favorita; los muertos no muerden es mi lema, amén, que así sea. Y ahora fíjate bien —añadió, cambiando de repente el tono de su voz—, ya está bien de divagaciones. La marea ha subido bastante. Cumple mis órdenes, capitán Hawkins, y navegaremos a toda vela; y acabemos de una vez.

A fin de cuentas, apenas nos quedaban dos millas por recorrer; pero la navegación era delicada, pues la entrada de este fondeadero septentrional no sólo era estrecha y con bajíos, sino que estaba orientada de Este a Oeste, con lo que había que gobernar la goleta con mucho tino para poder entrar. Creo que fui un subalterno eficaz y rápido, y estoy completamente convencido de que Hands fue un excelente piloto; porque hicimos viraje tras viraje y nos adentramos, salvando los bajíos, con una precisión y una limpieza que daba gusto ver.

En cuanto pasamos la punta, nos encontramos rodeados de tierra. Las costas de la bahía del Norte estaban tan pobladas de bosque como las del fondeadero meridional, pero el espacio era más alargado y más estrecho y, en realidad, más parecido al estuario de un río. Justo delante de nosotros, en el extremo meridional, vimos los restos de un barco naufragado en avanzado estado de descomposición. Era una gran nave de tres mástiles, pero había estado tanto tiempo expuesta a las inclemencias del tiempo, que estaba casi totalmente tapizada de algas chorreantes y en la cubierta habían echado raíces matorrales de la costa que estaban ahora florecidos. Era un triste espectáculo, pero nos demostraba que el fondeadero era un lugar tranquilo.

—Ahora, fíjate bien —dijo Hands—. Éste es un sitio inmejorable para varar un barco. Arena fina y lisa, ni pizca de ventolina, árboles todo alrededor y flores como las de un jardín en aquel viejo barco.

—Y una vez varada la goleta, ¿cómo volveremos a sacarla a la mar? —pregunté.

—Pues con marea baja —me explicó Hands— te llevas un cabo a tierra y lo pasas por detrás del tronco de uno de esos pinos grandes, y lo vuelves a traer al barco, y lo pasas alrededor del cabrestante, y esperas a que suba la marea. En cuanto esté alta, todos los marineros tiran del cabo y el barco sale más suave que la seda. Y ahora, atento, muchacho. Nos estamos acercando y vamos demasiado deprisa. Ligeramente a estribor..., así..., sigue..., a estribor..., un poco a babor..., sigue..., sigue.

Así iba dando órdenes, que yo obedecía sin rechistar, hasta que, de repente, gritó:

—¡Ahora, por todos los diablos, orza!*

Tiré con firmeza del gobernalle y la *Hispaniola* viró rápidamente y enfiló hacia la frondosa costa.

La emoción de estas últimas maniobras había hecho que olvidase hasta cierto punto la estrecha vigilancia a la que tenía sometido al timonel. Incluso ahora estaba tan pendiente de ver cómo se detenía el barco, que casi se me olvidó el peligro que pendía sobre mi cabeza, y me incliné sobre la borda de estribor a contemplar las ondas que se formaban ante la proa. Podría haber caído sin la menor resistencia de no ser porque, de repente, tuve como un presentimiento que me hizo volver la cabeza. Tal vez oyera un crujido o viera su sombra moverse por el rabillo del ojo; tal vez fuera una reacción instintiva, como la de un gato. Pero lo cierto es que, cuando volví la cabeza, me encontré con que Hands estaba a mitad de camino, con el puñal en la mano derecha.

Probablemente los dos gritamos cuando se cruzaron nuestras miradas; pero el mío fue un grito agudo de terror y el suyo un rugido furioso como el de un toro cuando embiste; en aquel mismísimo momento, se abalanzó sobre mí y yo di un salto hacia un lado, en dirección a la proa. Al hacerlo, solté la barra del gobernalle, que dio un bandazo a sotavento; y creo que aquello me salvó la vida, pues golpeó a Hands en pleno pecho y lo detuvo en seco, de momento.

Antes de que pudiera recuperarse, conseguí escapar del rincón en el que me tenía acorralado, y eché a correr por cubierta. Justo al llegar al palo mayor me detuve, saqué una pistola del bolsillo, apunté con toda la calma, aunque ya se había vuelto y se dirigía hacia mí, y disparé el gatillo. Cayó el martillo, pero ni se vio un fogonazo, ni se oyó una detonación: el cebo se había mojado; me maldije a mí mismo por mi negligencia.

---

* Inclinar la proa hacia la parte de donde viene el viento.

¿Cómo no se me había ocurrido antes poner un nuevo cebo y volver a cargar mis únicas armas? De haberlo hecho, no me habría visto como en ese instante, como una ovejita huyendo del matarife.

A pesar de estar herido, era sorprendente ver la rapidez con la que se movía Hands, con su mata de pelo crespo que le caía sobre el rostro y la cara tan roja de rabia y excitación como una bandera carmesí. No tuve tiempo de probar mi otra pistola, ni estuve demasiado tentado de hacerlo, porque estaba convencido de que no me serviría de nada. Sólo una cosa me pareció clara: no debía retroceder, pues, de lo contrario, acabaría por acorralarme a proa, como casi lo había hecho un momento antes a popa. Y una vez acorralado, nueve o diez pulgadas del puñal ensangrentado serían mi última experiencia en este mundo. Apoyé las palmas de las manos en el palo mayor, que era de considerable tamaño, y esperé, con los nervios a flor de piel.

Al ver que tenía intención de hacerle una finta, él también se detuvo y durante un par de minutos estuvimos él haciendo amagos y yo respondiendo. Era un juego parecido a uno al que a menudo había jugado en mi tierra por las rocas de la ensenada del cerro Negro; pero puedo aseguraros que nunca mi corazón había latido tan salvajemente como entonces. Aun así, era como un juego de niños y pensé que tenía todas las de ganar frente a un viejo marinero con un muslo herido. De hecho, me había envalentonado tanto, que incluso me permití el lujo de un par de pensamientos relámpago sobre cómo acabaría todo aquello; y aunque desde luego me di cuenta de que podía seguirlo prolongando durante un buen rato, lo cierto es que no vi posibilidad alguna de escapatoria.

Y mientras en éstas estábamos, de repente la *Hispaniola* encalló en un banco de arena y se escoró hacia babor, hasta que la cubierta quedó formando un ángulo de cuarenta y cinco grados, y un roción de agua entró por los imbornales y formó un charco entre la cubierta y la borda.

Los dos perdimos el equilibrio y caímos rodando, casi a la vez, hacia los imbornales; el cadáver del hombre del gorro rojo, que seguía con los brazos en cruz, cayó rígido detrás de nosotros. Estábamos tan cerca, que mi cabeza se golpeó con el pie del timonel con tal fuerza que me castañetearon los dientes. A pesar del porrazo, fui el primero en ponerme en pie, pues a Hands se le había caído el muerto encima. La repentina inclinación del barco había hecho que prácticamente no se pudiera correr por la cubierta; tenía que buscar otra salida, y ello al instante, pues mi enemigo casi me estaba tocando. Rápido como el rayo, salté a los obenques de la mesana, trepé agarrándome de pies y manos y no respiré hasta que me vi sentado en la cruceta.

Me salvó el ser tan rápido; el puñal fue a clavarse a menos de un pie por debajo de mí mientras trepaba cuerda arriba. Y abajo estaba Israel Hands, con la boca abierta y el rostro vuelto hacia mí, perfecta encarnación de la sorpresa y la decepción.

Ahora que tenía unos momentos de respiro, cambié sin tardanza el cebo de la pistola y luego, como tenía otra de repuesto, quise garantizar un segundo tiro y me dispuse a retirar la carga de la segunda para volverla a cargar.

Mi nueva ocupación le cayó a Hands como un jarro de agua fría, pues empezó a darse cuenta de que las tornas se habían vuelto en su contra; después de una evidente vacilación, empezó a trepar torpemente por los obenques con el puñal entre los dientes, despacio y con dificultad. Le costaba muchísimo tiempo e infinitos quejidos izar la pierna herida y yo había terminado tranquilamente mi tarea antes de que él hubiera recorrido un tercio de la distancia que nos separaba. Luego, empuñando una pistola en cada mano, me dirigí a él y le dije:

—Un paso más, señor Hands, y os vuelo la tapa de los sesos. ¡Los muertos no muerden, como bien decís! —añadí con una risita.

Al momento se detuvo. Por la expresión de su rostro, adiviné que estaba intentando discurrir y el proceso era tan lento y laborioso que, en mi recién hallada seguridad, solté una carcajada. Al fin tragó saliva y habló con la huella de su absoluta perplejidad todavía reflejada en el rostro. Para poder hablar, tuvo que quitarse el puñal de la boca, pero, por todo lo demás, permaneció como estaba y dijo:

—Jim, me parece que tú y yo vamos por mal camino y tendremos que firmar una tregua. De no ser por aquel bandazo te habría hecho picadillo, pero el caso es que no tengo suerte; y tendré que aguantarme, y eso es tan duro para un marinero hecho y derecho como el estar debajo de un jovenzuelo como tú, Jim.

Yo me deleitaba con sus palabras y no dejaba de sonreír, más orgulloso que un gallo en el palo de un gallinero, cuando de repente vi que echaba la mano derecha atrás, por encima del hombro. Algo silbó como una flecha por el aire, sentí un golpe y luego un fuerte pinchazo, y me di cuenta de que me había quedado clavado al mástil por el hombro. Entre aquel terrible dolor y la sorpresa del momento —no me atrevo a decir que fue por voluntad propia, y estoy seguro de que lo hice sin proponérmelo—, se me dispararon las dos pistolas y ambas se me escaparon de las manos. No sólo ellas cayeron: con un grito sordo, el timonel se soltó de los obenques y se sumergió de cabeza en el mar.

Capítulo 27

«¡Doblones de a ocho!»

Debido a la inclinación de la nave, los mástiles quedaban proyectados considerablemente sobre la superficie del agua y, desde la altura en que me encontraba en la cruceta, no tenía por debajo de mí más que las aguas de la bahía. Hands, que no había llegado tan arriba, se había quedado, por consiguiente, más cerca del barco y cayó entre la vertical de mi posición y la borda. Subió una vez a la superficie en un remolino de espuma y sangre y luego se hundió definitivamente. Cuando desaparecieron las ondas, lo pude ver hecho un ovillo sobre la arena clara y limpia, a la sombra del costado del barco. Unos cuantos peces pasaron rozando su cuerpo. A veces, cuando el agua se movía, daba la sensación de que él también lo hacía, como si fuera a levantarse. Pero estaba muerto y bien muerto a consecuencia de mis disparos y ahogado en el fondo del mar, y los peces se lo comerían en el mismísimo lugar en el que había pensado matarme.

En cuanto me di cuenta de lo sucedido, me empecé a marear y pensé que me iba a desmayar de terror. Por el pecho y por la espalda me corría sangre tibia. El puñal que me había clavado el hombro al mástil quemaba como si fuese un hierro candente. Pero no eran estos dolores físicos los que más me angustiaban (pues podía sobrellevarlos, creía yo, sin una queja), sino el horror que me causaba la posibilidad de caerme desde la cruceta a aquellas aguas verdes y tranquilas junto al cuerpo del timonel.

Me agarré con ambas manos hasta dolerme las uñas y cerré los ojos como para ahuyentar el peligro. Poco a poco fui tranquilizándome, el pulso recuperó su ritmo natural y volví a ser dueño de mí mismo.

Lo primero que se me ocurrió fue arrancar el puñal; pero estaba demasiado clavado o no tuve valor para hacerlo, y desistí con un violento estremecimiento. Curiosamente, fue aquel estremecimiento el que me solucionó el problema, pues el puñal había estado a punto de fallar su blanco y sólo me atravesaba el pellejo; al estremecerme, se me desgarró la piel. Naturalmente, empecé a sangrar más profusamente, pero volví a ser dueño de mi cuerpo y sólo quedaba agarrado al mástil por la casaca y la camisa.

Desgarré las prendas con un movimiento brusco y bajé a cubierta por los obenques de estribor. Con lo nervioso que estaba, por nada del mundo me habría aventurado a bajar por los obenques de babor, que sobresalían de la superficie del barco y de los que se acababa de caer Israel.

Bajé al camarote y me curé la herida como pude. Me dolía mucho y seguía sangrando en abundancia, pero no era ni profunda ni peligrosa, ni me impedía mover el brazo. Luego eché un vistazo a mi alrededor y, como el barco era en cierto sentido mío, empecé a pensar en eliminar al último pasajero, el marinero muerto O'Brien.

Estaba aplastado, como ya he explicado anteriormente, contra la borda, tumbado como un horrible y descoyuntado pelele, de tamaño natural, ciertamente, pero sin tener el color y la gracia que se encuentra en la naturaleza. En la posición en la que se hallaba, no me sería difícil deshacerme de él; y como las tragedias de los últimos tiempos ya habían conseguido que perdiera el temor a los muertos, lo cogí por la cintura, como si fuera un saco de harina y, de una arrancada, lo tiré por encima de la borda. Cayó al agua con gran ruido; perdió el gorro rojo, que se quedó flotando sobre la superficie del mar. En cuanto se aquietaron las aguas, pude verlo tendido junto a Israel; ambos cuerpos se movían al ritmo de las trémulas ondulaciones del fondo. O'Brien, aunque todavía era joven, estaba completamente calvo. Y allá abajo yacía, con la cabeza monda y lironda sobre las rodillas del hombre que lo había asesinado, mientras los peces nadaban a toda velocidad de un lado para otro por encima de ambos.

Ahora estaba solo en el barco; la marea acababa de cambiar. El sol estaba tan bajo que la sombra de los pinos de la costa occidental se proyectaba por encima del fondeadero, haciendo dibujos sobre la cubierta. Se había levantado una brisa vespertina y, aunque el barco quedaba resguardado al Este por el cerro de los dos picos, las amarras empezaron a canturrear y las velas, flojas, se pusieron a dar sacudidas de acá para allá.

Comprendí que el barco corría peligro. Arrié rápidamente los foques y los recogí como pude en cubierta; pero la vela mayor era harina de otro costal. Por supuesto, al escorarse la goleta, la verga mayor había quedado fuera de la borda, y el penol y un par de pies de vela se habían sumergido en el agua. Pensé que esto acentuaba el peligro; pero la lona estaba sometida a tal tensión que me daba miedo actuar. Finalmente, cogí la navaja y corté las drizas. Inmediatamente cayó el puño y una gran bolsa de lona suelta quedó flotando todo lo ancha que era sobre el agua. Después, por mucho que intenté tirar, no conseguí que el briol cediera ni un dedo. Hasta ahí lo que fui capaz de hacer. En adelante, la *Hispaniola* tendría que confiar en su buena suerte, igual que yo.

Para entonces, todo el fondeadero estaba sumido en sombras; recuerdo que los últimos rayos de sol, que se filtraban por un claro del bosque, brillaban como joyas sobre el florecido manto del barco naufragado. Empezó a refrescar; la marea bajaba rápidamente y la goleta estaba cada vez más escorada.

Gateé hasta la popa y me asomé. El fondo estaba aparentemente a poca profundidad y, agarrando con ambas manos, para mayor seguridad, la amarra del ancla que había cortado anteriormente, me dejé caer suavemente por la borda. El agua apenas me llegaba a la cintura; el fondo arenoso era firme y estaba todo ondulado; vadeé hasta la orilla con mucho ánimo, dejando la *Hispaniola* escorada, con la vela mayor flotando sobre la superficie del agua de la bahía. Entre tanto el sol casi había desaparecido y la brisa silbaba suavemente en la penumbra por entre los pinos, que se balanceaban.

Al menos, y por fin, había regresado del mar y no con las manos vacías. Allí estaba la goleta, libre al fin de bucaneros y dispuesta para que nuestra gente se subiera a ella y se hiciera a la mar. Nada me apetecía más que regresar al fortín y alardear de mis hazañas. Es posible que me riñeran un poco por haberme escapado, pero la reconquista de la *Hispaniola* era un argumento de peso y esperaba que hasta el capitán Smollett reconociera que no había perdido el tiempo.

Con estos pensamientos y de muy buen humor, eché a andar hacia el fortín para reunirme con mis compañeros. Recordaba que el riachuelo más oriental que desaguaba en el fondeadero del capitán Kidd bajaba desde el cerro de los dos picos por mi izquierda; así que torcí en aquella dirección con el fin de poder cruzar el arroyo por donde éste aún acarreaba poca agua. El bosque no era muy espeso y, siguiendo las estribaciones más bajas, no tardé en rodear el cerro y, al poco tiempo, vadeé el arroyo con el agua hasta las pantorrillas.

De este modo llegué al lugar en el que me había encontrado a Ben Gunn, el marinero abandonado. Así que eché a andar con ciertas precauciones, mirando para todos los lados. Era casi completamente de noche y, cuando llegué al barranco que se abría entre los dos picos, distinguí un trémulo resplandor sobre el cielo en el lugar en que, a mi entender, el hombre de la isla estaría preparándose la cena ante una crepitante hoguera. En realidad me extrañó que tomara tan pocas precauciones porque, si yo podía ver aquel resplandor, era de suponer que también lo divisaran los ojos de Silver desde el campamento de la costa, junto a la ciénaga.

La noche se fue haciendo oscura como boca de lobo; a duras penas logré encaminar mis pasos hacia mi destino; el cerro de los dos picos, a mis espaldas, y el del

Catalejo, a mi derecha, se iban desvaneciendo cada vez más; había pocas estrellas y éstas brillaban débilmente; y como andaba por el monte bajo, tropezaba continuamente con los matorrales y me caía en hoyos de arena.

De repente me iluminó una especie de resplandor. Alcé los ojos; un pálido haz de rayos de luna se había posado sobre la cresta del cerro del Catalejo y, al poco rato, vi una mancha grande y plateada moviéndose por detrás de los troncos de los árboles y me di cuenta de que había salido la luna.

Con esta ayuda, recorrí rápidamente el último tramo de mi trayecto; a ratos caminaba y a ratos corría impaciente, acercándome cada vez más al fortín. Pero al llegar al sendero que lleva hasta él, tomé la precaución de aminorar la marcha y avancé con cuidado. Tendría poca gracia que al final de mi aventura disparase sobre mí por error alguno de mis compañeros.

La luna estaba cada vez más alta y su luz caía de trecho en trecho, iluminando la parte menos frondosa del bosque; justo delante de mí apareció por entre los árboles un resplandor de otro color. Era rojo y cálido y de vez en cuando un poco más oscuro, como las ascuas de una hoguera que se apaga.

Por más que me empeñara no lograba imaginar lo que podría ser aquello.

Al fin llegué a la linde del calvero. La parte occidental ya estaba bañada por la luz de la luna; el resto y la propia cabaña estaban sumidas en la oscuridad, aunque atenuada ésta por largas bandas de luz plateada. Del otro lado de la casa, se veían las luminosas brasas de una inmensa hoguera, cuyo resplandor rojizo contrastaba vivamente con la suave palidez de la luna. Allí no se movía un alma ni se oía otro ruido que el rumor de la brisa.

Me detuve la mar de sorprendido y sintiendo también un poco de miedo. No teníamos nosotros costumbre de hacer grandes hogueras. Es más, siguiendo las órdenes del capitán, escatimábamos algo la leña; empecé a temer que hubiera ocurrido algún percance durante mi ausencia.

Rodeé la empalizada por el extremo oriental, ocultándome en la sombra y, al llegar a un lugar en el que la oscuridad era más intensa, salté al otro lado.

Para mayor seguridad, me puse a gatas y me arrastré sin hacer el menor ruido hacia la esquina de la casa. Al acercarme, de repente me sentí muy aliviado. En sí no es un ruido muy agradable y a menudo me he quejado de él en otras circunstancias; pero en aquel momento, el oír a mis amigos roncando a pierna suelta y a coro me sonó a música celestial. La voz del vigía en alta mar, aquel hermoso «¡Mar en calma, nada a la vista!», nunca me había tranquilizado tanto como aquellos ronquidos.

Lo que estaba claro era que la vigilancia era nefasta. Si en vez de ser yo hubieran sido Silver y sus muchachos los que se acercaban a ellos, habrían pasado al sueño eterno. Y todo, pensé yo, por culpa de que el capitán estuviera herido. De nuevo me arrepentí de haberlos abandonado al peligro con tan pocos hombres para montar la guardia. Para entonces había alcanzado la puerta y me puse en pie. Dentro reinaba la oscuridad, de modo que no pude distinguir nada a simple vista. En cuanto a los ruidos, se oía el incesante ronroneo de los ronquidos y, de vez en cuando, un aleteo o picoteo que no era capaz de identificar.

Avancé decidido con los brazos extendidos. Iría a acostarme en mi sitio (eso pensé sofocando la risa) y me divertiría viendo las caras que pondrían cuando me descubrieran por la mañana.

Mi pie chocó contra algo blando: la pierna de uno de los hombres que, sin despertarse, se dio la vuelta y emitió un gruñido.

Pero de repente una voz aguda rasgó la oscuridad: «¡Doblones de a ocho! ¡Doblones de a ocho! ¡Doblones de a ocho! ¡Doblones de a ocho! ¡Doblones de a ocho!», y así sucesivamente, sin pausa ni modulación, como el ruido de un molinillo.

¡Capitán Flint, el loro verde de Silver! Era él al que había oído picotear un trozo de corteza de madera; era él el que, mejor vigía que cualquier ser humano, anunciaba mi llegada con su insoportable estribillo.

No tuve tiempo de reaccionar. Al oír el agudo y cortante chillido del loro, los hombres se despertaron y se pusieron en pie de un brinco; y con una rotunda blasfemia, la voz de Silver gritó:

—¿Quién vive?

Di media vuelta para echar a correr, choqué violentamente contra alguien, retrocedí y en mi carrera fui a parar a otros brazos, que se cerraron sobre mí, agarrándome bien fuerte.

—Dick, trae candela —dijo Silver cuando comprobaron que me tenían cogido.

Uno de los hombres salió de la cabaña y regresó al instante con una tea encendida.

Parte sexta

EL CAPITÁN SILVER

Capítulo 28

En el campamento enemigo

El rojo resplandor de la tea iluminó el interior de la cabaña, haciéndome ver que mis peores temores se habían hecho realidad. Los piratas se habían apoderado de la casa y de las provisiones: allí estaba la barrica de aguardiente, allí estaban la carne de cerdo y el pan, como antes; y lo que multiplicó por diez mi horror fue que no había ni rastro de ningún prisionero. La única conclusión a la que podía llegar es que todos habían perecido, y me dolió en el alma no haber estado allí y morir con ellos.

Había en total seis bucaneros y no se veía a nadie más, ni vivo ni muerto. Cinco de ellos estaban en pie, colorados y con los ojos hinchados por haberse despertado tan de repente del primer sueño de la borrachera. El sexto sólo se incorporó sobre un codo; tenía una palidez mortal, y el vendaje ensangrentado que llevaba alrededor de la cabeza revelaba que había sido herido recientemente y todavía más recientemente curado. Recordé que habíamos disparado a un hombre que había salido corriendo por el bosque durante el ataque, y sin duda debía de ser éste.

El loro estaba picoteándose las plumas, posado sobre el hombro de John el Largo. Éste me pareció también más pálido y más serio que de costumbre. Tenía todavía puesta la casaca de gala con la que había llevado a cabo su embajada, pero estaba hecha un asco, manchada de barro y desgarrada por las punzantes zarzas del bosque.

—Así que aquí tenemos a Jim Hawkins; ¡mal rayo me parta! —dijo—. Conque has venido a hacernos una visita. Bueno, me lo tomaré como un gesto amistoso.

Y diciendo estas palabras, se sentó en el barril de aguardiente y empezó a cargar la pipa.

—Alcánzame esa tea, Dick —dijo. Y cuando hubo prendido la pipa, añadió—: Con eso basta, muchacho, mete la candela en el montón de leña; y vosotros, caballeros, poneos cómodos, no tenéis que permanecer en pie delante del señor Hawkins; *él* os disculpará, no os quepa la menor duda. Vaya, vaya, Jim —dijo atacando la pipa—, así que aquí estás; qué sorpresa le has dado al bueno de John. Me di cuenta de que eras un chico listo la primera vez que te eché la vista encima; pero con esto me dejas boquiabierto, de veras.

Como podéis imaginaros, ante toda aquella perorata no dije ni pío. Me habían colocado con la espalda contra la pared y allí me quedé mirando a Silver de frente, aparentando tranquilidad, creo yo, pero con el corazón sumido en la más negra desesperación.

Silver pegó un par de caladas a la pipa, muy ceremonioso, y luego prosiguió:

—Mira, Jim, ya que *estás* aquí voy a confesarte una cosa. Siempre me has caído muy bien, porque eres un chico listo, mi vivo retrato cuando era joven y guapo. Siempre deseé que te unieras a nosotros y compartieras nuestras ganancias, y que murieras hecho un caballero. Y ahora, muchacho, no te queda más remedio. El capitán Smollett es un gran marinero, eso no se lo voy a negar, pero es muy duro con la disciplina. «Lo primero es la obligación», suele decir, y tiene razón. Más vale que te mantengas a distancia del capitán. El propio doctor se puso furioso contigo y dijo que eras un «granuja desagradecido». En resumidas cuentas: no puedes regresar con los de tu banda, porque no te volverán a admitir; y a no ser que quieras formar por tu cuenta una tercera tripulación, y te sentirías bastante solo, tendrás que unirte al capitán Silver.

Hasta ahí muy bien. Eso quería decir que mis amigos seguían vivos y, aunque en parte creía que era cierto lo que había dicho Silver con respecto al enfado del grupo por mi deserción, me sentí más aliviado que disgustado por las palabras que acababa de oír.

—Y eso sin tener en cuenta que estás en nuestras manos —prosiguió Silver—, que lo estás, como puedes figurarte. Yo siempre estoy dispuesto a hablar, porque nunca he visto que salga nada bueno de las amenazas. Si tienes ganas de enrolarte con nosotros, puedes hacerlo; y si no, Jim, eres muy libre de decir que no; libre, y todos tan contentos, camarada. ¡Y que me aspen si existe un marinero que pueda decir nada más justo!

—¿Tengo que contestaros? —pregunté con voz temblorosa.

Durante toda aquella sarcástica parrafada me hizo sentir la amenaza de muerte que colgaba sobre mi cabeza; me ardían las mejillas y el corazón me latía dolorosamente en el pecho.

—Chico —dijo Silver—, nadie te está metiendo prisa. Calcula tu posición. Ninguno de nosotros te va a meter prisa; y es que el tiempo pasa tan agradablemente en tu compañía...

—Pues bien —dije, recobrando un poco de valor—, si he de elegir, declaro que tengo derecho a saber cómo están las cosas y por qué estáis aquí y dónde están mis amigos.

—¿Que cómo están las cosas? —repitió uno de los bucaneros con un profundo gruñido—. ¡Suerte tendría el que lo supiera!

—¿Y a ti quién te ha dado vela en este entierro, amigo mío? —le gritó Silver en tono truculento al que acababa de meter baza.

Y luego, volviendo a su anterior tono condescendiente, me contestó:

—Ayer por la mañana, señor Hawkins, durante la guardia de cuartillo*, se presentó el doctor Livesey con bandera blanca y me dijo: «Capitán Silver, te han traicionado; el barco se marcha». Bueno, puede que hubiéramos bebido un vaso y cantado un rato, no te diré

---

* Guardia de dos horas, también llamada media guardia, que se hacía de 4 a 6 o de 6 a 8 de la tarde, siendo las guardias habituales de cuatro horas.

que no. En todo caso, ninguno de nosotros habíamos estado atentos. Entonces miramos hacia el mar y, ¡rayos y truenos!, el maldito barco había desaparecido. Nunca vi a una pandilla de tontos poner más cara de besugo; y yo peor que ninguno, puedes creerme. «Hagamos un trato» dijo el doctor. Así que hicimos un trato, él y yo, y aquí estamos con lo nuestro: las provisiones, el aguardiente, la cabaña, la leña que fuiste tan amable de cortar y, por así decirlo, todo el bendito barco, de la cruceta a la sobrequilla. En cuanto a ellos, se largaron y no sé dónde están.

Volvió a darle una larga calada a la pipa y luego prosiguió:

—Y para terminar métete en la cabeza que a ti también te incluimos en el trato, pues esto es lo último que hablamos: «¿Cuántos vais a salir de aquí?», le pregunté yo. «Cuatro, cuatro, y uno de ellos herido. En cuanto al chico, no sé dónde está ni me importa, que se vaya al infierno. Estamos hartos de él.» Eso fue lo que me dijo.

—¿Eso es todo? —le pregunté.

—Bueno, es todo lo que a ti te importa, hijo mío —contestó Silver.

—¿Y ahora tengo que elegir?

—Y ahora tienes que elegir, no te queda más remedio —dijo Silver.

—Bueno. No soy tan tonto, y sé muy bien lo que me espera. Si las cosas se ponen muy negras, poco me importa. He visto a demasiada gente morir desde que os conocí. Pero hay un par de cosas que he de deciros —le advertí en tono ya muy acalorado—, y la primera es la siguiente: aquí estáis con lo vuestro, pero mal apañados; ni barco ni tesoro, y muchas bajas; todo el negocio se os ha ido al tacho. ¿Y sabéis por culpa de quién? Por mi culpa. Estaba dentro del tonel de manzanas la noche que avistamos tierra y os oí, John, a vos y a Dick Johnson y a Hands, que está ahora en el fondo del mar, y conté inmediatamente palabra por palabra todo lo que dijisteis. En cuanto a la goleta, yo corté la amarra, y yo maté a los marineros que dejasteis a bordo, y yo la llevé a un lugar donde no la volveréis a ver más ninguno de vosotros. Ríe mejor el que ríe el último. He manejado las riendas de este asunto desde el primer momento. No me dais más miedo que un mosquito. Podéis matarme, si queréis, o dejarme vivo. Pero os voy a decir una cosa y nada más. Si me perdonáis la vida, pelillos a la mar y, cuando os juzguen por piratería, haré todo lo que pueda por vosotros. Así que vosotros veréis lo que hacéis. O matáis a uno más sin beneficio alguno, o me perdonáis la vida y contáis con un testigo para libraros de la horca.

Aquí me detuve, pues os confieso que estaba sin aliento y, para mi sorpresa, ni uno solo de aquellos hombres pestañeó siquiera, sino que todos se quedaron sentados mirándome como corderitos. Y mientras así estaban, volví al ataque:

—Y ahora, señor Silver, estoy convencido de que sois la persona más decente de entre las presentes y, si las cosas salen mal paradas, os ruego que le comuniquéis al doctor lo que hice.

—Lo tendré en cuenta —dijo Silver, con un tono tan extraño que, aunque me hubiese ido la vida en ello, no fui capaz de saber si se estaba burlando de mi petición o si le había impresionado favorablemente mi valentía.

—Yo quiero añadir una cosa —gritó el viejo marinero de tez morena que se llamaba Morgan y al que había visto en la taberna de John el Largo en los muelles de Bristol—. Fue él quien reconoció a Perro Negro.

—Sí, y escuchad esto —dijo el cocinero del barco—, yo también tengo otra más que añadir, ¡diablos! Fue este mismo chico el que le birló el mapa a Billy Bones. ¡De principio a fin, nos hemos estrellado con Jim Hawkins!

—Pues entonces ahí va esto —dijo Morgan lanzando un juramento.

Sacó la navaja y se puso en pie de un salto, como si tuviera veinte años.

—¡Alto ahí! —gritó Silver—. ¿Quién te crees que eres, Tom Morgan? A lo mejor piensas que eres el capitán.

¡Pues te vas a enterar, maldita sea! Ponte en mi camino y vas a parar donde muchos hombres decentes han acabado antes que tú, del primero al último, en estos treinta años…, algunos colgados de un penol, ¡mal rayo me parta!, y otros por la borda, y todos pasto para los peces. No ha habido un solo hombre que me haya mirado atravesado y que después haya tenido un día de paz, Tom Morgan, tenlo por seguro.

Morgan se detuvo, pero un áspero murmullo brotó de las bocas de los demás.

—Tom tiene razón —dijo uno.

—Ya he aguantado lo suficiente a uno —añadió otro—. Que me cuelguen si estoy dispuesto a aguantarte a ti, John Silver.

—Alguno de vosotros, caballeros, desea vérselas *conmigo* —rugió Silver inclinándose hacia delante desde el barril en el que estaba sentado, con la pipa todavía encendida en la mano derecha—. Ponedle un nombre a lo que estáis pretendiendo; no sois mudos, ¿no? El que la busque la encontrará. A ver si he vivido todos estos años para que al final me vengan a desafiar unos bellacos como vosotros. Ya sabéis cómo nos las gastamos, todos sois caballeros de fortuna, por lo que decís. Pues bien, adelante. Que el que se atreva saque el machete y habré visto el color de sus tripas, con muleta y todo, antes de que se me apague la pipa.

Ni uno solo de aquellos hombres se movió; nadie dijo ni pío.

—¡Menuda calaña la vuestra! —añadió, volviéndose a meter la pipa en la boca—. Da gusto veros. Se conoce que no os vale la pena pelear, ¿ver dad? A lo mejor es que no entendéis el inglés finolis. Yo soy aquí el capitán por elección. Yo soy aquí el capitán porque soy el mejor con mucha diferencia. No sois capaces de luchar como lo hacen los caballeros de fortuna. Así que, por todos los diablos, no tenéis más remedio que obedecer, que os quede bien claro. Además, me gusta este chico, nunca he visto un muchacho mejor que él. Es más hombre que vosotros, que sois como ratas metidas en esta casa, y lo que digo es esto: que no me entere yo de que alguien le pone la mano encima al chico; eso es lo que digo, y más vale que lo tengáis en cuenta.

Hubo un prolongado silencio después de estas palabras. Yo seguía de pie pegado a la pared, con el corazón latiéndome como un mazo, pero ahora un rayo de esperanza me calentaba el pecho. Silver se apoyó contra la pared con los brazos cruzados y la pipa en la comisura de los labios, tan tranquilo como si estuviera en la iglesia; sin embargo, sus ojos se movían furtivamente y miraba con el rabillo a sus insubordinados secuaces. Éstos, por su parte, se fueron congregando poco a poco en el extremo opuesto de la cabaña y el sordo siseo de sus susurros resonaba continuamente en mis oídos como el fluir del agua. Uno tras otro, levantaban la vista y el rojo resplandor de la tea caía por un instante sobre sus tensos rostros. Pero no me miraban a mí: era en Silver en quien clavaban los ojos.

—Parece que tenéis mucho que decir —observó Silver escupiendo a lo lejos—. Soltadlo ya, que os oiga, o si no cerrad el pico.

—Con vuestro permiso, señor —replicó uno de los hombres—; os tomáis muy a la ligera algunas de las reglas. Hacednos el favor de respetar las demás. Esta tripulación está descontenta; esta tripulación está harta de que la pinchen con el pasador; esta tripulación tiene sus derechos como las demás tripulaciones, me atrevo a recordároslo; y según vuestras propias reglas, supongo que podemos hablar. Os ruego que me perdonéis, señor, y por lo de ahora os reconozco como capitán; pero exijo mi derecho y me voy fuera a deliberar.

Y con una elaborada reverencia marinera, aquel tipo, un hombre de unos treinta y cinco años, alto, de aspecto enfermizo y ojos amarillentos, echó a andar sin alterarse hacia la puerta y salió de la cabaña. Uno tras otro, los demás hombres siguieron su ejemplo. Cada uno de ellos saludaba al pasar por delante del cocinero y añadía unas palabras de disculpa.

—Así son las reglas —dijo uno.

—Consejo de los marineros del castillo de proa —dijo Morgan.

Y así, con tal o cual comentario, todos fueron saliendo y Silver y yo nos quedamos solos con la tea.

Enseguida el cocinero de a bordo se sacó la pipa de la boca y dijo con un susurro apenas audible:

—Escúchame bien, Jim Hawkins, estás a un paso de la tabla de la muerte y, lo que es mucho peor, de la tortura. Me van a destituir. Pero te habrás dado cuenta de que te he defendido contra viento y marea. No pensaba hacerlo, desde luego, hasta que hablaste. Estaba desesperado pensando que se me había escapado todo el botín y que encima iba a acabar en la horca. Pero he visto que eres una persona cabal, así que me dije: «Tú defiende a Hawkins, John, que Hawkins te defenderá a ti. Eres su última baza, y ¡rayos y truenos, John!, él es tu última baza. Hombro con hombro. Tú salvas a tu testigo y él te salva el cuello».

Empecé vagamente a comprender.

—¿Quieres decir que todo está perdido? —le pregunté.

—Vaya si lo está, ¡voto al diablo! —me contestó—. Si no hay barco, adiós cabeza, y no hay más que hablar. En cuanto miré hacia la ensenada y vi que la goleta había desaparecido..., bueno, ya sabes que soy un tipo duro, pero me derrumbé. En cuanto a esos bribones y sus deliberaciones, mira lo que te digo, son unos necios y unos cobardes de la cabeza a los pies. Te salvaré la vida si es que puedo. Pero fíjate bien, Jim, ojo por ojo..., tú tendrás que impedir que John el Largo baile en la horca.

Estaba absolutamente atónito. Me parecía que lo que me pedía, él, el viejo bucanero, el cabecilla indiscutible, era algo disparatado. Pero le dije:

—Todo lo que pueda hacer, lo haré.

—Trato hecho —exclamó John el Largo—. Tienes agallas y, ¡rayos y centellas!, yo tengo una oportunidad.

Se acercó cojeando hasta la tea que estaba clavada en el montón de leña, volvió a encender la pipa y dijo, volviendo a su sitio:

—Entiéndeme bien, Jim. Tengo la cabeza encima de los hombros. Ahora estoy de parte del caballero. Veo que tienes ese barco escondido en algún lugar seguro. Cómo lo conseguiste no lo sé, pero está a buen recaudo. Supongo que Hands y O'Brien perdieron la cabeza. *Esos dos* nunca me inspiraron demasiada confianza. Ahora escucha bien lo que te voy a decir. No voy a hacer preguntas, ni permitiré que otros te las hagan. Sé muy bien cuándo se ha acabado una partida, ¡caray si lo sé! Y sé cuándo un muchacho es de fiar. ¡Ah! Tú con tu juventud... ¡la de cosas fenomenales que podríamos haber hecho tú y yo juntos!

Vertió un poco de aguardiente en un pichel de estaño y preguntó:

—¿Quieres un trago, compadre?

Y como yo rechacé su ofrecimiento, me dijo:

—Bueno, pues yo voy a echar un trago, Jim. Necesito un buen calafateado, porque se avecinan malos tiempos. Y a propósito, Jim, ¿por qué me daría el bueno del médico el mapa?

Mi rostro adquirió tan espontáneamente una expresión de extrañeza que se dio cuenta de que no hacía falta preguntarme nada más y me dijo:

—Sí, sí, el caso es que me lo dio. Y seguro que lo hizo con alguna intención, buena o mala..., algo se proponía, Jim.

Echó otro trago de aguardiente y meneó su gran cabeza rubia como quien anticipa alguna catástrofe.

Capítulo 29

Otra vez la marca negra

Los bucaneros estuvieron un buen rato deliberando y al fin uno de ellos volvió a entrar en la casa y, repitiendo el mismo saludo, que a mí me parecía que tenía algo de sarcástico, pidió que le prestáramos un momento la tea. Silver accedió escuetamente y el emisario volvió a desaparecer, dejándonos en la más absoluta oscuridad.

—Se ha levantado algo de aire, Jim —dijo Silver, que para entonces había adoptado un tono bastante amistoso y familiar.

Me volví hacia la tronera que tenía más cerca y eché un vistazo al exterior. Las brasas de la hoguera casi se habían apagado y brillaban con un resplandor tan tenue y cárdeno que comprendí por qué los conspiradores necesitaban la tea. A mitad de la loma del fortín, habían formado un grupo; uno sostenía la candela, otro estaba arrodillado en el centro, y vi en su mano el brillo de la hoja de una navaja, irisado bajo la luz de la luna y de la antorcha. Los demás estaban inclinados alrededor de él, observando lo que hacía. Sólo pude vislumbrar que en la mano tenía un libro además de la navaja. Y seguía preguntándome cómo habría caído en las manos de aquellos hombres un objeto tan incongruente, cuando el que estaba de rodillas se puso de nuevo en pie y todo el grupo se dirigió hacia la casa.

—Ahí vienen —dije regresando a mi sitio, pues me parecía poco digno que me encontraran espiándolos.

—Pues que vengan, chico, que vengan —dijo Silver de buen talante—. Aún tengo un as en la manga.

Se abrió la puerta y los cinco hombres entraron a la vez en la cabaña y se quedaron junto a la puerta, empujando a uno de ellos hacia adelante. En cualquier otra circunstancia habría resultado cómico ver lo despacio que éste avanzaba, vacilando a cada paso, pero con el brazo derecho extendido y el puño cerrado.

—Acércate, muchacho —gritó Silver—, no voy a comerte. Dame eso, so gallina. Conozco muy bien el código de conducta, hombre; no voy a matar al emisario.

Animado con estas palabras, el bucanero dio unos pasos más decididos y, tras entregarle una cosa a Silver de mano a mano, regresó todavía más deprisa junto a sus compañeros.

El cocinero echó un vistazo a lo que le había dado y comentó:

—¡La marca negra! Ya me lo figuraba. ¿Y de dónde habéis sacado este papel? Vaya, vaya, esto os va a traer muy mala suerte. ¿Pues no se les ocurre arrancar una página de la Biblia? ¿Pero quién ha sido el imbécil que ha cortado una Biblia?

—¡Ya lo decía yo! —rezongó Morgan—. ¿Qué os dije? Que eso nos traería mala suerte, ¿no?

—¡Ajajá! Pues ahora sí que la habéis hecho buena —prosiguió Silver—. Seguro que acabáis todos bailando colgados de una soga. ¿Y quién es el so patán que tenía una Biblia?

—Dick —contestó uno.

—Conque Dick, ¿eh? Pues que Dick se ponga a rezar —dijo Silver—. Podéis estar seguros de que al bueno de Dick se le ha acabado la suerte.

Entonces, el hombre larguirucho con los ojos amarillentos intervino:

—Contén la lengua, John Silver. Esta tripulación te ha entregado la marca negra tras deliberar en consejo, como lo exige nuestro código; y como lo exige el código, tienes que darle la vuelta al papel y leer lo que está escrito. Luego hablas.

—Mil gracias, George —replicó el cocinero—. Siempre tuviste buena mano para los negocios, y te sabes las reglas de carrerilla, George, como me place comprobar. Bueno, veamos de qué se trata pues. ¡Ah! «Destituido.» Conque esas tenemos. Una escritura la mar de bonita, como letra de imprenta, lo juro. ¿Es tu letra, George? No me extraña, porque ya te estabas haciendo el cabecilla de esta panda. Seguro que acabas siendo el siguiente capitán. Pero hazme el favor de acercarme la tea otra vez, ¿quieres?; la pipa no tira.

—Vamos, hombre, déjate ya de tomarle el pelo a esta tripulación —dijo George—. Te creerás muy gracioso, pero aquí ya no pintas nada, así que más te vale que te bajes del barril y votes con nosotros.

—Creí que habías dicho que conocías las reglas —replicó Silver con desprecio—. Pero aunque tú no las conozcas, yo sí que me las sé, y aquí me quedo... y, perdona, pero sigo siendo el capitán... hasta que no me expongáis vuestras quejas y yo conteste; hasta entonces, esta marca negra no vale un comino. Después, ya veremos.

—Por eso no te preocupes —repuso George—, que *estamos todos* de acuerdo. En primer lugar, has echado a perder esta expedición, y tendrías mucha cara dura si dijeras que no. En segundo lugar, dejaste que el enemigo saliera de esta trampa a cambio de nada. ¿Por qué querían salir? No lo sé, pero está claro que querían largarse. En tercer lugar, no nos dejaste que los persiguiéramos según se marchaban. Ya te hemos calado, John Silver: quieres jugar con dos barajas y eso es lo malo que tienes. Y, en cuarto lugar, está lo del muchacho.

—¿Es eso todo? —preguntó Silver sin alterarse.

—¿Te parece poco? —replicó George—. Acabaremos todos ahorcados y secándonos al sol por culpa de tu torpeza.

—Está bien. Escuchadme, voy a contestar a los cuatro puntos esos; uno tras otro, contestaré a todos. Que he echado a perder esta expedición, ¿verdad? Pues bien, todos sabéis lo que me proponía; y todos sabéis que, de haberlo hecho, ahora estaríamos con toda seguridad a bordo de la *Hispaniola*, todos vivitos y coleando, con la panza llena de bizcocho de ciruelas y con el botín en la bodega, ¡rayos y truenos! Pero ¿quién se puso en mi camino? ¿Quién me obligó a actuar antes de la cuenta, siendo yo el legítimo capitán? ¿Quién me dio la marca negra el día que desembarcamos y empezó este baile? Y menudo baile, en eso estoy de acuerdo con vosotros. Me parece que acabaremos todos bailando al son de la gaita, colgados de una soga en el muelle de las Ejecuciones en Londres. Y ¿por culpa de quién? Pues por culpa de Anderson, y de Hands, y tuya, George Merry. Tú eres el único que queda vivo de esa pandilla de intrigantes; y tienes la insolencia del mismísimo diablo y pretendes erigirte en capitán en mi lugar... Tú que has sido la causa de la perdición de todos nosotros. ¡Por todos los demonios! Esto es el colmo de los colmos.

Silver se interrumpió y comprendí por la expresión de los rostros de George y de sus antiguos camaradas que aquellas palabras no habían caído en saco roto.

—Eso en cuanto al primer punto —gritó el acusado, enjugándose el sudor de la frente, pues había estado hablando con tal vehemencia que toda la cabaña se estremeció—. De veras os juro que me pone malo hablar con vosotros. No tenéis ni seso ni memoria, y me pregunto en qué estarían pensando vuestras madres cuando dejaron que os hicierais a la mar. ¡A la mar! ¡Caballeros de fortuna! ¡Sastres es lo que teníais que haber sido!

—Continúa, John —intervino Morgan—. Contesta a los otros puntos.

—Sí, claro, los otros puntos —replicó John—. Os parece bonito, ¿verdad? Así que decís que la travesía se ha ido al traste. ¡Voto al diablo! Si supierais hasta qué punto se ha ido al traste, entonces ya veríais. Estamos tan cerca de la horca que se me pone el cuello tieso de pensarlo. A alguno ya habréis visto, colgado en una jaula de hierro, con los cuervos revoloteando a su alrededor, y los marineros señalándolo con el dedo cuando bajan aprovechando la marea.[*] «¿Y ése quién es?», pregunta uno. «¿Ése? Ése es John Silver. Lo conocía bien», contesta el otro. Y se oye el tintineo de las cadenas al pasar y hasta llegar a la siguiente boya. Pues sí, a esto hemos llegado nosotros, cada hijo de su madre, gracias a éste y a Hands y a Anderson, y a la pandilla de necios que sois todos vosotros. Y si queréis saber lo que pienso del punto cuarto y de este chico, ¡mal rayo me parta!, os lo voy a decir: ¿acaso no nos sirve de rehén? ¿Y os parece que estamos en condiciones de prescindir de un rehén? Pues a mí no. Él bien puede ser nuestra última oportunidad, y no me extrañaría que lo fuera. ¿Matar al chico? Ni pensarlo, compañeros. En cuanto al punto tres, pues sí, habría mucho que decir del punto tres. Tal vez no le deis ningún valor al hecho de que un verdadero médico de carrera os venga a visitar a diario..., tú, John, con la cabeza rota, o tú, George Merry, que hace menos de seis horas estabas con una tiritona de miedo y que ahora mismo tienes los ojos del color de la cáscara del limón. Y tal vez tampoco sepáis que va a venir un barco de rescate, ¿verdad? Pues va a venir y sin mucha tardanza. Y ya veremos entonces quién se alegra de tener un rehén a mano. En cuanto al segundo punto y por qué hice un trato, pues porque me lo pedisteis de rodillas..., vinisteis de rodillas a pedírmelo porque estabais así de desesperados...; además, os habríais muerto de hambre si no lo hubiese hecho, pero eso qué más da, ¿no? Ahí tenéis por qué lo hice.

Entonces tiró al suelo un papel que reconocí inmediatamente, pues era nada menos que el amarillento papel en el que estaba dibujado el mapa de la isla con las tres cruces rojas que yo había encontrado envuelto en el hule en el fondo del baúl del capitán. Lo que no acertaba a comprender era por qué se lo había dado el doctor.

---

[*] Se refiere a los barcos que bajan por el Támesis desde el puerto de Londres hasta el mar aprovechando los flujos de las mareas. Véase también la nota 4 del capítulo 11.

Pero si a mí aquello me parecía inexplicable, a los amotinados supervivientes la visión de aquel mapa les resultaba increíble. Saltaron sobre él como un gato sobre un ratón. Se lo pasaron de mano en mano, arrancándoselo unos a otros. Y por las blasfemias y los gritos y las risotadas infantiles con que acompañaban el examen del mismo, se habría podido pensar no sólo que ya estaban palpando el oro, sino que ya se encontraban con él en alta mar y a salvo.

—Sí —dijo uno de ellos—, ése es Flint, no cabe duda. «J. F.», y por debajo la rúbrica con el ballestrinque*; así es como la hacía siempre.

—Muy bonito —dijo George—. Pero no sé cómo nos las vamos a arreglar para marcharnos con el tesoro si no tenemos barco.

De repente Silver se puso en pie y, apoyándose con una mano en la pared, gritó:

—Te lo advierto, George, una palabra más en ese tono y me peleo contigo. ¿Que cómo? ¿Y yo qué sé? Eres tú quien me lo debería decir a mí, tú y los demás, que habéis conseguido que perdiéramos la goleta con vuestras intromisiones. ¡Así ardáis en el infierno! Pero no, no eres capaz. Tienes menos imaginación que una cucaracha. Aunque, eso sí, sabes hablar muy fino, y lo harás, George Merry, tenlo por seguro.

—Eso está bastante bien —dijo el viejo Morgan.

—¡Bastante bien! ¡Y tanto! —exclamó el cocinero del barco—. Vosotros perdisteis el barco, yo encontré el tesoro. ¿Cuál de nosotros vale más? Y ahora, ¡rayos y truenos!, dimito. Podéis elegir a quien os plazca para que sea vuestro capitán; yo ya estoy harto.

—¡Silver! —gritaron—. ¡Viva Barbacoa! ¡Barbacoa capitán!

—Conque esas tenemos, ¿eh? —gritó el cocinero—. George, me parece que tendrás que esperar a la siguiente vuelta, amigo mío; y suerte tienes de que no sea renco-

_____
* Cierto nudo marinero.

roso. La verdad es que nunca fue ése mi estilo. Y ahora, camaradas, ¿qué pasa con la marca negra? Ya no vale para nada, ¿no? Dick ha hecho algo de mal agüero y ha estropeado su Biblia, eso es todo.

—Pero se podrá seguir usando para jurar sobre ella, ¿verdad? —murmuró Dick, evidentemente preocupado por la maldición que había atraído sobre sí.

—¡Una Biblia con una página arrancada! —replicó Silver en tono burlón—. ¡Desde luego que no! No te obliga más que si juras sobre un cancionero.

—¿Ah no, eh? —exclamó Dick con una especie de alegría—. Bueno, supongo que merece la pena guardarla en cualquier caso.

—Toma, Jim, un recuerdo para ti —dijo Silver, y me entregó la nota.

Era un papel redondo, más o menos del tamaño de una corona *. Por una de las caras estaba en blanco, pues era la última hoja del libro. En la otra cara aparecían un par de versículos del Apocalipsis, y las siguientes palabras fueron las que me llamaron poderosamente la atención: «Fuera los perros y los asesinos».** El lado impreso había sido ennegrecido con un tizón, y el hollín empezaba a desprenderse y a mancharme los dedos. En la cara en blanco habían escrito, también con el tizón, la palabra «Destituido». Tengo ahora mismo ante los ojos este recuerdo, pero no queda ni rastro de escritura; sólo un garabato, como el que se puede hacer con la uña del pulgar.

Así acabaron las aventuras de aquella noche. Al rato, tras una ronda de aguardiente, todos nos echamos a dormir, y la venganza de Silver consistió en poner a George Merry de centinela y en amenazarle con matarlo si no cumplía fielmente con su deber.

---

* Antigua moneda inglesa que valía cinco chelines, es decir, la cuarta parte de una libra. Su tamaño era aproximadamente el de una moneda de tres centímetros de diámetro.
** Apocalipsis 22.15: «¡Fuera los perros, los hechiceros, los impuros, los asesinos, los idólatras y todo el que ame y practique la mentira!».

Pasó mucho rato hasta que pude conciliar el sueño, y Dios sabe que tenía bastantes cavilaciones entre acordarme del hombre al que había asesinado aquella misma tarde, pensar en mi peligrosísima situación y, sobre todo, reflexionar sobre la asombrosa jugada que Silver se proponía: por un lado, tener a los amotinados en un puño, y, por otro, intentar por todos los medios posibles e imposibles conseguir tregua y salvar su miserable vida. Durmió apaciblemente y roncó bien fuerte; pero, a pesar de su maldad, sentía compasión por él al imaginar los oscuros peligros que lo acechaban y la vergonzosa horca que lo aguardaba.

Capítulo 30

Palabra de honor

Me despertó —o mejor dicho, a todos nos despertó, porque pude ver que incluso el centinela, que se había caído contra la jamba de la puerta mientras dormía, se sobresaltaba y se incorporaba— una voz potente y clara procedente de la linde del bosque, que gritaba:

—¡Ah de la casa! ¡Que viene el doctor!

Y, efectivamente, era el doctor. Aunque oír aquello me alegró, mi regocijo quedó empañado por otro sentimiento. Recordé confusamente mi insubordinación y mi fuga; y al calibrar adónde me había conducido —la compañía en la que me encontraba y los peligros que me acechaban—, me dio vergüenza mirarle a la cara.

Seguramente el médico habría madrugado mucho, porque estaba amaneciendo; y cuando corrí hacia una tronera y miré hacia fuera, lo vi de pie, como Silver en aquella otra ocasión, rodeado de bruma hasta media pierna.

—¡Sois vos, doctor! ¡A los buenos días, señor! —exclamó Silver, completamente despierto y radiante de amabilidad en un instante—. Y bien que habréis madrugado. Como dice el refrán, al que madruga Dios le ayuda. George, espabílate, hijo, y ayuda al doctor Livesey a saltar la empalizada. Todo bien; me refiero a vuestros pacientes..., todo el mundo está bien y contento.

Siguió cotorreando en ese mismo tono, de pie, en lo alto de la loma, con la muleta bajo el codo y una mano apoyada en la cabaña..., igual a como era antes en tono de voz, gestos y expresiones.

—Y además tenemos una sorpresita para vos, señor —prosiguió—. Hay aquí un forasterillo, ¡ja, ja! Un nuevo inquilino, señor, vivito y coleando como pez en el agua. Ha dormido como un sobrecargo*, acostado a la vera de John; proa contra proa hemos pasado toda la noche.

Para entonces el doctor Livesey había saltado la empalizada y estaba bastante cerca del cocinero. Pude detectar cierto cambio en su voz cuando dijo:

—¿No será Jim?

—El mismo que viste y calza —repuso Silver.

El doctor se detuvo en seco, aunque no dijo ni palabra, y transcurrieron varios segundos antes de que se dispusiera a seguir andando.

—Vaya, vaya —dijo al fin—. Primero es la obligación, y después, la devoción, como dirías tú mismo, Silver. Vamos a ver a tus pacientes.

Inmediatamente, entró en la cabaña y, tras hacerme un escueto gesto con la cabeza, se dispuso a examinar a los enfermos. Aparentemente no estaba asustado, aunque de sobra sabría que su vida pendía de un hilo entre aquellos diablos traidores; pero anduvo trajinando con los pacientes como si estuviera haciendo una visita profesional de rutina a una apacible familia inglesa. Supongo que su actitud tuvo algún efecto sobre los hombres, porque lo trataron como si no hubiera ocurrido nada, como si fuera todavía el médico de a bordo, y ellos, los leales marineros del castillo de proa.

—Vas muy bien, amigo mío —le dijo al tipo que llevaba la cabeza vendada—. Y eso que casi te afeitan al cero, ¿eh? Debes de tener la cabeza más dura que una piedra. ¿Qué hay, George, cómo te encuentras? Menudo color tienes; es el hígado, que lo tienes muy revuelto, ¿sabes? ¿Te tomaste la medicina? Muchachos, ¿se tomó la medicina?

—Sí, sí, señor, claro que se la tomó —respondió Morgan.

---

* El que en los buques mercantes lleva a su cuidado el cargamento.

235

—Porque, fíjate bien, desde que soy el médico de los amotinados, o el médico de la cárcel, como prefiero llamarme —dijo el doctor Livesey en tono burlón—, llevo a mucha honra que no se me pierda ni un solo hombre para el rey Jorge, que Dios lo bendiga, y la horca.

Los bellacos intercambiaron miradas, pero se tragaron el comentario en silencio. Uno de ellos dijo:

—Señor, Dick no se encuentra bien.

—¿Ah, no? —se interesó el doctor—. A ver, acércate, Dick, y enséñame la lengua. ¡Ay, ya sería raro que se encontrara bien! Tiene una lengua para asustar a los franceses. Otro caso de fiebres.

—Ahí está —intervino Morgan—. Eso es lo que pasa por andar estropeando Biblias.

—Eso es lo que pasa, como dices, por ser unos burros redomados —repuso el doctor—, y por no tener sesera suficiente para distinguir el aire sano del veneno, y la tierra firme de una inmunda y apestosa ciénaga. Considero muy probable, aunque, por supuesto, no es más que una opinión, que a todos os costará Dios y ayuda sacaros esa malaria del cuerpo. ¿A quién se le ocurre acampar en un estercolero? ¡Silver, qué impropio de ti! En conjunto eres menos tonto que los demás. Pero me parece que no tienes ni la menor idea de las normas higiénicas más elementales.

Y después de haber distribuido medicamentos a todos, que se tomaron con cómica humildad, más como niños del hospicio que como amotinados y piratas con las manos manchadas de sangre, añadió:

—Pues muy bien, por hoy hemos terminado. Ahora, por favor, me gustaría tener un par de palabras con ese muchacho.

Hizo un gesto al desgaire señalándome con la cabeza.

George Merry estaba en la puerta, tosiendo y escupiendo algún medicamento que sabía mal, pero en cuanto oyó la primera palabra de la petición del doctor, se volvió y gritó, rojo de ira y con un juramento:

—¡No!

Silver golpeó la barrica con la palma de la mano y rugió:

—¡Si-len-cio!

Parecía verdaderamente un león. Luego prosiguió en su tono habitual:

—Doctor, estaba pensando en eso, sabiendo como sé que el chico os cae bien. Estamos todos humildemente agradecidos por vuestra amabilidad y, como veis, nos fiamos de vos y nos tomamos las medicinas como si fueran ponche. Y me parece a mí que he dado con una solución que nos conviene a todos. Hawkins, ¿me das tu palabra de honor de joven caballero, porque caballero eres aunque hayas nacido en pobre cuna, me das tu palabra de honor de que no vas a soltar amarras?

Inmediatamente le juré lo que me pedía.

—En ese caso, doctor —dijo Silver—, cruzad la empalizada y aguardad del otro lado, que yo bajaré al chico; seguro que podéis hablar a través de los troncos. Que tengáis un buen día, señor, y presentadle nuestros respetos al caballero y al capitán Smollett.

La salva de protestas, que sólo la mirada aviesa de Silver había logrado contener, estalló en cuanto el doctor salió de la casa. Acusaban abiertamente a Silver de jugar con dos barajas, de intentar firmar la paz por su cuenta, sacrificando los intereses de sus cómplices y víctimas; y, en una palabra, aquello era exactamente lo que estaba haciendo. Esta vez me pareció tan evidente que no se me ocurría cómo iba a poder calmar la ira de los otros. Pero valía el doble que ellos; y la victoria de la noche anterior le había dado una gran superioridad. Los llamó idiotas y necios con todas las palabras que podáis imaginar, dijo que era necesario que yo hablara con el doctor, les pasó el mapa por delante de las narices y les preguntó si podían permitirse el lujo de romper la tregua el mismísimo día que podían empezar a buscar el tesoro.

—¡No, por todos los rayos y truenos! —exclamó—. Ya romperemos la tregua cuando llegue el momento oportuno. Y hasta entonces hay que darle carrete al maldito médico, aunque tenga que lustrarle las botas con aguardiente.

Luego les ordenó que encendieran el fuego y echó a andar apoyado en la muleta, con una mano sobre mi hombro, dejándolos desconcertados y callados, más por su locuacidad que por convencimiento.

—Despacio, chico, despacio —me dijo—; si nos vieran darnos prisa se nos echarían encima en un abrir y cerrar de ojos.

Así que, pausadamente, echamos a andar por la arena hasta el punto en el que nos aguardaba el doctor, al otro lado de la empalizada; en cuanto llegamos a una distancia desde la que podíamos hablar, Silver se detuvo.

—Tened esto en cuenta también, doctor —dijo Silver—. El chico ya os contará que le salvé la vida y que, por ello, me destituyeron, creedme. Doctor, cuando un hombre se está ciñendo tanto al viento como yo y se está jugando a cara o cruz el último soplo de vida, como quien dice, tal vez no os parezca demasiado concederle una palabra de aliento, ¿verdad? Os ruego que tengáis en cuenta que ahora está en juego no sólo mi vida, sino también la del chico; os pido por caridad que habléis en mi favor, doctor, y que me deis ahora una brizna de esperanza para seguir por este camino.

Silver era otro hombre desde que había salido de allí y daba la espalda a sus compinches y a la cabaña; parecía como si se le hubiesen hundido las mejillas y la voz le temblaba; nunca nadie habló más en serio que él.

—Y bien, John, ¿no tienes miedo? —preguntó el doctor Livesey.

—Doctor, no soy ningún cobarde, eso sí que no, ni *esto* —y chasqueó los dedos—. Si lo fuera, no lo diría; pero no me queda más remedio que reconocer que pensar en la horca me pone los pelos de punta. Vos sois un hombre honrado a carta cabal. Nunca he visto mejor persona que vos. Y seguro que no olvidaréis las cosas buenas que he hecho, ni tampoco las malas, ya lo sé. Ahora me apartaré a un lado, aquí, si os parece, y os dejaré a solas con Jim. Y esto también me lo tendréis en cuenta, que bien lo vale, ¿no os parece?

Diciendo estas palabras, retrocedió un poco hasta situarse en un lugar donde ya no podía oírnos, se sentó en el tocón de un árbol y se puso a silbar; de vez en cuando se volvía para dominar con la vista, ora a mí y al doctor, ora a sus insumisos rufianes, que caminaban de acá para allá por el arenal, entre la hoguera, en la que estaban muy ocupados en volver a prender, y la casa, de la que sacaban carne de cerdo y pan para almorzar.

—Vaya, vaya, Jim, conque aquí estás —dijo el doctor, algo triste—. El que siembra vientos cosecha tempestades, muchacho. Bien sabe Dios que no tengo nada que reprocharte. Pero una cosa sí que te voy a decir, te guste o no te guste: mientras el capitán Smollett estaba bien, no te atreviste a escapar; y cuando fue herido y no podía evitarlo..., ¡voto al cielo, fue una cobardía por tu parte!

He de reconocer que al oír aquellas palabras me eché a llorar y le dije:

—Doctor, no sigáis reprendiéndome, que bastante me he arrepentido ya; mi vida no vale nada en cualquier caso, y ya estaría muerto de no haber sido por la intervención de Silver; y doctor, creedme, no temo morir, e incluso me atrevería a decir que me lo merezco, pero lo que me aterra es la tortura. Si se les ocurre torturarme...

—Jim —me interrumpió el doctor, y el tono de su voz había cambiado por completo—, Jim, eso no lo puedo consentir. Salta la empalizada y huyamos a la carrera.

—Doctor, he dado mi palabra de honor —le dije.

—¡Ya lo sé, ya lo sé! —exclamó el doctor—. Pero eso da igual ahora. Asumiré todas las responsabilidades y que recaigan sobre mí toda la culpa y la vergüenza, muchacho. Pero no puedo permitir que te quedes aquí. ¡Salta! De un salto estás fuera y echaremos a correr como gamos.

—No —repliqué—, sabéis perfectamente que tampoco vos haríais semejante cosa; ni vos, ni el caballero, ni el capitán; y yo tampoco lo haré. Silver se ha fiado de mí; yo le he dado mi palabra, y he de volver. Pero, doctor, no me habéis dejado terminar. Si llegan a torturarme, puede que confiese dónde está el barco; porque me hice con el barco, en parte por suerte y en parte corriendo cierto riesgo, y se encuentra en la bahía del Norte, en la playa meridional, casi a nivel de pleamar. A media marea seguramente estará a descubierto y casi en seco.

—¡El barco! —exclamó el doctor.

Rápidamente, le conté mis aventuras y me escuchó en silencio.

—Hay como una especie de sino en todo esto —comentó cuando hube acabado mi relato—. En cada episodio, eres tú el que nos salva la vida. ¿Y acaso piensas que vamos a permitir que pierdas la tuya? Mal pago te daríamos con ello, hijo mío. Descubriste la conspiración; encontraste a Ben Gunn, y ésa es la mayor hazaña que has hecho y que harás jamás, aunque vivas hasta los noventa años. Por Júpiter, y a propósito de Ben Gunn, es el mismísimo diablo en persona. ¡Silver! —gritó—. ¡Silver! Voy a darte un consejo —continuó cuando el cocinero se acercó—. Yo que tú no me afanaría demasiado en buscar ese tesoro.

—Señor, haré lo que pueda, que no es mucho —replicó Silver—. Pero, con vuestro permiso, sólo puedo salvar mi vida y la de este muchacho si doy con el tesoro, creedme.

—Pues bien, Silver, en ese caso, te voy a dar otra pista —repuso el doctor—: Ojo con la borrasca cuando des con él.

—Señor —dijo Silver—, de hombre a hombre, eso es mucho y muy poco. No acierto a comprender lo que pretendíais cuándo salisteis de la cabaña y me disteis el mapa. Y sin embargo, acepté vuestras condiciones con los ojos cerrados y sin una palabra de esperanza. Pero ahora esto es demasiado. Si no vais a explicarme claramente lo que os proponéis, decidlo y suelto el timón.

—No —dijo el doctor, pensativo—, no tengo derecho a decir más; no es mi secreto, de verdad, Silver; de otro modo te juro que te lo diría. Pero me arriesgaré contigo hasta donde pueda, e incluso un poco más; si no me equivoco, me costará un buen rapapolvo del capitán. En primer lugar, voy a darte una brizna de esperanza: Silver, si salimos vivos de este nido de víboras, haré todo lo que pueda por salvarte, excepto cometer perjurio.

A Silver se le iluminó el rostro de alegría y exclamó:

—Estoy seguro, señor, de que no podríais decir más, aunque fuerais mi propia madre.

—Ésa es mi primera concesión —añadió el doctor—. La segunda es un consejo: no te separes del chico y, cuando necesites ayuda, grita. Me voy en busca de esa ayuda, y eso te demostrará que mis palabras no son vanas. Adiós, Jim.

El doctor Livesey estrechó mis manos por entre la empalizada, saludó a Silver con un movimiento de cabeza y desapareció por el bosque a paso ligero.

Capítulo 31

En busca del tesoro: la señal de Flint

—Jim —dijo Silver cuando nos quedamos a solas—, yo te he salvado la vida a ti y tú me la has salvado a mí; no lo olvidaré jamás. Vi que el doctor te hacía señas de que te escaparas; lo vi con el rabillo del ojo. Y vi que decías que no, tan claro como si estuviera oyendo. Jim, eso es un tanto a tu favor. Ésta es la primera brizna de esperanza que he tenido desde que fracasó el ataque, y te la debo a ti. Ahora, Jim, vamos a salir en busca de ese tesoro, y además con una orden sellada, y eso no me gusta. Tú y yo no podemos separarnos, tenemos que ir como si dijéramos hombro con hombro, y salvaremos el pellejo a pesar de los pesares.

En aquel momento uno de los que estaban junto a la hoguera nos gritó que el desayuno estaba preparado y enseguida estábamos sentados en la arena comiendo galleta y carne frita. Habían encendido un fuego en el que se podía haber asado un buey, y ahora daba tanto calor que sólo se podían acercar a él de barlovento, y aun así con precaución. Con el mismo ánimo derrochador, habían preparado tres veces más cantidad de comida de la que podíamos consumir; uno de ellos, con una carcajada bobalicona, tiró las sobras al fuego, cuyas llamas se avivaron y crepitaron con tan insólito combustible. Jamás en la vida he visto a hombres menos preocupados por el día de mañana; vivir al día es la única expresión capaz de describir su forma de actuar; entre el despilfarro de comida y los centinelas que se quedaban dormidos, aunque fueran lo suficientemente atrevidos para lanzar con éxito una escaramuza, me daba cuenta de que no estaban preparados para nada que se pareciera a una campaña prolongada.

Ni siquiera Silver, que devoraba con Capitán Flint sobre el hombro, tuvo una sola palabra de reproche por su imprudencia, lo cual me sorprendió porque, en cambio, me pareció más astuto que nunca cuando dijo:

—Sí, compañeros, es una suerte que tengáis a Barbacoa, que piensa por vosotros con esta cabeza. Desde luego, tienen el barco. Dónde lo tienen, todavía no lo sé; pero cuando hayamos dado con el tesoro tendremos que movernos para encontrarlo. Y entonces, compañeros, digo yo que teniendo el barco habremos ganado la partida.

Y así siguió su perorata, con la boca llena de tocino caliente; de este modo recuperó la esperanza y la confianza de los hombres y creo yo también que, de paso, la suya propia.

—En cuanto al rehén —continuó—, ésta ha sido su última conversación, supongo yo, con sus seres queridos. Me ha dado alguna información, y le estoy muy agradecido, pero ahí se acaba la historia. Lo llevaré bien amarrado cuando salgamos en busca del tesoro, pues lo tendremos como oro en paño de momento, por si las cosas no salen a pedir de boca. En cuanto tengamos en nuestras manos el barco y el tesoro y nos hagamos a la mar tan felices y contentos, entonces ya convenceremos al señor Hawkins, ya lo veréis, y le daremos lo que le corresponde, faltaría más, por su buen comportamiento.

No era de extrañar que los hombres estuvieran de tan buen humor. Yo en cambio me encontraba terriblemente deprimido. Si el plan que acababa de mencionar daba resultado, Silver, que ya era traidor por partida doble, no dudaría en ponerlo en práctica. Todavía tenía un pie en cada campo y, sin duda alguna, preferiría riquezas y libertad con los piratas que simplemente librarse de la horca, que era lo máximo a lo que podía aspirar de nuestro lado.

E incluso si los acontecimientos lo obligaban a cumplir la palabra que le había dado al doctor Livesey, ¡cuántos peligros nos aguardaban todavía! ¡Qué atroz instante cuando las sospechas de sus secuaces se convirtieran en certeza y él y yo tuviéramos que luchar a muerte, él lisiado y yo tan joven, contra cinco fuertes y enfurecidos marineros!

Si a estas dos preocupaciones se añade el misterio en el que todavía estaba envuelto el comportamiento de mis amigos, su inexplicado abandono del fortín, su incomprensible entrega del mapa, o, todavía más difícil de entender, la última advertencia del doctor a Silver: «Ojo con la borrasca cuando des con él», no os será difícil imaginar las pocas ganas con que desayuné y la congoja con que emprendí camino, detrás de mis carceleros, en busca del tesoro.

Formábamos un curioso grupo para alguien que hubiese estado allí viéndonos; todos vestidos con ropas de marinero sucias, y todos armados hasta los dientes excepto yo. Silver llevaba dos mosquetes colgados en bandolera, uno por delante y otro por detrás, además de su gran machete al cinto y una pistola en cada bolsillo de su casaca de faldones cuadrados. Para completar tan extravagante aspecto, Capitán Flint iba posado sobre su hombro, soltando una retahíla de expresiones marineras sin sentido. A mí me habían pasado una soga por la cintura y caminaba sin rechistar detrás del cocinero, que sostenía el otro extremo del cabo, ora con la mano que tenía libre, ora entre sus fuertes dientes. Es decir que me llevaban exactamente igual que los titiriteros a un oso.

Los otros hombres transportaban diversas cargas: unos, picos y palas, herramientas que habían desembarcado de la *Hispaniola;* otros, carne de cerdo, pan y aguardiente para el almuerzo. Me di cuenta de que todas aquellas provisiones procedían de nuestras reservas y comprendí lo ciertas que habían sido las palabras de Silver la noche anterior. De no haber llegado a un trato con el doctor, él y sus amotinados, abandonados por el barco, se habrían visto abocados a subsistir a base de agua y de lo que hubieran podido cazar.

El agua no habría sido muy de su gusto y, por lo general, los marineros no son buenos cazadores; además de todo eso, estando tan escasos de víveres, no es probable que tuvieran tampoco mucha abundancia de pólvora.

Pues bien, así equipados nos pusimos todos en marcha, incluido el tipo de la cabeza rota, al que seguramente le habría convenido más quedarse a la sombra, y fuimos bajando en fila india hasta la costa, donde nos esperaban los dos botes. Hasta éstos tenían la huella de la ebria locura de los piratas: uno, en su bancada rota, y ambos, en el agua sin achicar y en las manchas de barro. Teníamos que llevarnos los dos botes con nosotros para mayor seguridad; así que los efectivos se repartieron entre los botes y proseguimos la expedición por mitad del fondeadero.

Según íbamos remando surgieron comentarios sobre el mapa. Por supuesto, la cruz roja era demasiado grande para servir de indicación precisa; y el contenido de la nota por el reverso, como veréis, era algo ambiguo. Como el lector tal vez recordará, decía lo siguiente:

Árbol grande, estribaciones del Catalejo, en demora una cuarta al N del NNE.
Isla del Esqueleto, ESE y una cuarta al E.
Diez pies.

Por consiguiente, la principal referencia era un árbol de gran tamaño. Pero, frente a nosotros, el fondeadero quedaba limitado por una meseta de unos doscientos o trescientos pies de altitud, que por el Norte se unía con la estribación meridional del cerro del Catalejo, y volvía a elevarse hacia el Sur hasta la áspera y abrupta prominencia llamada cerro de la Mesana. La superficie de la meseta estaba prácticamente cubierta de pinos de diversas alturas. De trecho en trecho, uno de una especie diferente se alzaba cuarenta o cincuenta pies por encima de los demás y había que decidir allí mismo y gracias a la ayuda de la brújula cuál de ellos sería el «árbol grande» al que se refería el capitán Flint.

Y sin embargo, aunque así estaban las cosas, cada hombre que iba en los botes había elegido un árbol antes de que estuviéramos a mitad de camino, y John el Largo era el único que se encogía de hombros y les decía que esperaran hasta que hubiéramos llegado.

Siguiendo las instrucciones de Silver, remábamos suavemente para que los hombres no se cansasen antes de tiempo; tras un trayecto bastante largo, atracamos en la desembocadura del segundo río, el que baja por un barranco frondoso del cerro del Catalejo. Desde allí torcimos por la izquierda y comenzamos a subir la cuesta hacia la meseta. En el primer tramo, el terreno pesado y cenagoso y la densa vegetación palustre demoró mucho nuestro avance. Pero, poco a poco, la cuesta se fue haciendo más empinada y el suelo más pedregoso bajo nuestros pies, y el bosque empezó a cambiar de aspecto y a crecer más ordenado y abierto. De hecho, nos acercábamos a una parte de la isla muy agradable. En lugar de hierba crecían por allí matorrales aromáticos y retamas en flor. Los fustes rojizos y la ancha sombra de los pinos rayaban a trechos los grupos de mirísticas* verdes, cuyo aroma se mezclaba con el de los primeros. Además, soplaba un aire fresco que nos aliviaba maravillosamente de los rigores de los rayos del sol.

Los hombres de la expedición se dispersaron por tierra, formando un abanico, gritando y saltando de acá para allá. Aproximadamente en el centro y a buena distancia por detrás de los demás seguíamos Silver y yo; yo, amarrado con la cuerda; él, surcando con la muleta la gravilla del suelo y resoplando. De hecho, de cuando en cuando tenía que echarle una mano para que no se cayera y rodara cuesta abajo.

Llevábamos caminando así cosa de media milla y nos acercábamos a lo alto de la meseta, cuando el hombre que iba más a la izquierda empezó a lanzar gritos como

---

* Plantas arbóreas cuyo fruto es la nuez moscada.

de terror. Emitía un chillido tras otro y sus compañeros echaron a correr hacia donde éste se encontraba.

—No puede haber dado con el tesoro —dijo el viejo Morgan cuando pasó a toda prisa por delante de nosotros procedente de la derecha— porque aquello es una loma despejada.

De hecho, lo que descubrimos cuando nosotros también llegamos a aquel lugar fue algo muy distinto. Al pie de un pino bastante grande, y medio oculto por una enredadera que en parte había levantado algunos de los huesos más pequeños, se veía un esqueleto humano cubierto con algunos harapos. Creo que todos los corazones se helaron durante un instante.

—Era un marinero —dijo George Merry, que, más atrevido que sus compañeros, se había acercado y examinaba los jirones de ropa—. Al menos, esto es paño de marinero del bueno.

—Sí, sí, por supuesto —dijo Silver—. No íbamos a encontrar aquí a un obispo, digo yo. Pero qué disposición más extraña la de esos huesos. No es natural.

En efecto, al mirarlo más detenidamente, era imposible imaginar que aquel cuerpo estuviera en una postura natural. Aparte de algún pequeño desorden (obra, tal vez, de las aves que se lo habían comido o del lento crecimiento de la enredadera que había ido envolviendo poco a poco sus restos), el esqueleto estaba perfectamente estirado, con los pies apuntando en una dirección, y los brazos extendidos por encima del cráneo, como un nadador cuando se tira de cabeza, apuntando en dirección completamente opuesta.

—Mi cabezota está maquinando algo —observó Silver—. Aquí está la brújula; aquel es el punto culminante de la isla del Esqueleto, el que despunta como un diente. Comprobad la posición siguiendo la línea de los huesos.

Eso hicieron. El esqueleto señalaba exactamente la dirección de la isla, y la brújula marcaba precisamente ESE y una cuarta al E.

—Ya me lo parecía —exclamó el cocinero—. Esto es una señal. Justo ahí delante tenemos la estrella polar y nuestro querido botín. Pero, ¡por todos los rayos y truenos!, se me hiela la sangre de pensar en Flint. Ésta es una de *sus* bromas, no cabe duda. Él estuvo aquí a solas con sus seis hombres y los mató a todos; y a éste lo arrastró hasta aquí y lo orientó con la brújula. ¡Mal rayo me parta! Los huesos son largos y los cabellos eran rubios. Sí, probablemente sería Allardyce. ¿Te acuerdas de Allardyce, Tom Morgan?

—Vaya si me acuerdo —contestó Morgan—; me debía dinero, y se llevó mi navaja cuando zarparon.

—Hablando de navajas, ¿por qué no buscamos la suya? —intervino otro—. Seguro que está por aquí cerca. Flint no era el tipo de hombre que le vacía los bolsillos a un marinero; y digo yo que los pájaros no se la habrán llevado.

—¡Por todos los demonios! Es cierto —exclamó Silver.

—Aquí no queda nada —dijo Merry, que seguía revolviendo por entre los huesos—, ni un ochavo de cobre ni una tabaquera. Esto no me parece nada normal.

—No, ¡caramba!, no lo es —reconoció Silver—, ni natural ni agradable, me parece a mí. ¡Rediez, camaradas! Si Flint estuviese vivo, buena nos esperaría aquí. Seis eran ellos y seis somos nosotros. Pero ahora ellos no son más que huesos.

—Muerto lo he visto con estos mismísimos ojos —dijo Morgan—. Billy me lo enseñó. Estaba en el suelo, con un penique en cada ojo[*].

—Muerto, sí, y bien muerto que está, y ahí abajo —dijo el tipo de la cabeza vendada—. Aunque si algún fantasma fuera capaz de echar a andar, sería el de Flint. ¡Pero, maldita sea, qué triste muerte la de Flint!

—Muy triste —dijo otro de ellos—. A ratos deliraba, a ratos pedía ron a gritos, a ratos cantaba aquello de «Quince hombres», su eterna canción, camaradas; y, a decir verdad, desde entonces no me gusta mucho oír-

---

[*] Se refiere a la costumbre de poner una moneda en cada ojo a los muertos.

la. Hacía un calor de justicia y la ventana estaba abierta, y lo oí entonar a voz en cuello aquel viejo estribillo, con la guadaña de la muerte planeando sobre su cabeza.

—Vamos, vamos —dijo Silver—, ya está bien de charla. Está muerto y no puede echar a andar, eso sí que lo sé; o al menos no lo hará de día, podéis estar seguros. Al gato mata la curiosidad. ¡Vamos a por los doblones!

Nos pusimos en marcha, pero, eso sí, a pesar del sol ardiente y la deslumbrante luz de aquel día, los piratas no volvieron a dispersarse ni a gritar por el bosque; caminaban hombro con hombro y hablaban en voz baja. El terror del bucanero muerto les había calado hasta la médula.

Capítulo 32

En busca del tesoro: la voz entre los árboles

En parte por el desánimo causado por este susto y en parte para que pudieran descansar Silver y los enfermos, el grupo se sentó en cuanto llegamos a lo alto de la cuesta.

La meseta estaba algo inclinada hacia occidente, por lo que, desde el lugar en el que nos habíamos detenido, se dominaba una amplia extensión de terreno a ambos lados. Frente a nosotros, por encima de las copas de los árboles, divisábamos el cabo de los Bosques festoneado de espuma. Por detrás no sólo avistábamos el fondeadero y la isla del Esqueleto, sino, más allá del banco de arena y de las tierras bajas orientales, un gran trozo de mar abierto por el Este. Justo por encima de nosotros se elevaba el cerro del Catalejo, salpicado en algunos lugares de pinos solitarios, y en otros, hendido de negros precipicios. No se oía sonido alguno, excepto el del lejano oleaje que ascendía de la costa circundante y el zumbido de los innumerables insectos del monte bajo. No se veía ni un alma ni una vela en el horizonte. Y la amplitud de aquel panorama aumentaba todavía más la sensación de soledad.

Cuando se sentó, Silver efectuó algunas mediciones con la brújula y luego dijo:

—Hay tres «árboles grandes» en línea recta con la isla del Esqueleto. Supongo que con «estribaciones del cerro del Catalejo» se refiere al punto más bajo que se ve allí. Ahora, dar con el botín es un juego de niños. Casi me apetece comer primero.

—Pues yo no me encuentro bien —gruñó Morgan—. Sólo con acordarme de Flint... no sé qué me ha pasado, me he puesto malo.

—Pues hijo, da gracias a tu buena estrella de que esté muerto —dijo Silver.

—Era un demonio asqueroso —exclamó un tercer pirata estremeciéndose—, y además tenía la cara toda amoratada.

—El ron acabó con él —añadió Merry—. Amoratado, sí; yo creo que estaba todo amoratado. Ésa es la palabra.

Desde que habían encontrado el esqueleto y se habían sumido en estos pensamientos, hablaban cada vez más bajo y ahora se expresaban casi en susurros, de modo que su conversación apenas quebraba el silencio del bosque. De repente, en medio de los árboles que teníamos delante de nosotros, una voz fuerte, aguda y temblorosa entonó el conocido estribillo:

Quince hombres sobre el baúl del muerto...
¡Yujujú, y una botella de ron!

Nunca he visto a nadie más espantado que aquellos piratas. El color huyó de sus rostros como por arte de magia; algunos se pusieron en pie de un brinco, otros se agarraron como lapas al que tenían al lado; Morgan se arrastraba por el suelo.

—Es Flint, ¡mal rayo...! —gritó Merry.

La canción cesó tan abruptamente como había comenzado. Se quebró, como quien dice, en el medio de una nota, como si alguien le hubiera tapado la boca con la mano al que cantaba. Como venía de lejos a través del aire soleado y transparente de las copas de los árboles, me pareció que tenía un tono ligero y dulce; por eso me extrañó tanto el efecto que les hizo a mis compañeros.

—Vamos, no puede ser —dijo Silver, pronunciando a duras penas estas palabras, con los labios resecos—. Poneos de pie y listos para virar. Esto es muy extraño y no consigo identificar la voz, pero será alguien que quiere gastarnos una broma..., alguien de carne y hueso, con toda seguridad.

Iba recuperando el valor según hablaba y, con él, algo de color en el rostro. Los otros empezaban a responder a sus palabras de ánimo y se les iba pasando el susto, cuando se volvió a oír la misma voz; esta vez no cantaba, sino que llamaba a lo lejos tenuemente y los barrancos del cerro del Catalejo devolvían cada vez más débil el eco de sus palabras.

—Darby McGraw —gemía la voz, pues a gemidos era a lo que más se parecía aquel sonido—. ¡Darby McGraw! ¡Darby McGraw! ¡Darby McGraw! —una y otra vez, y otra más.

Y luego, un poco más fuerte y con una blasfemia que me permito omitir:

—¡Trae a popa el ron, Darby!

Los bucaneros se quedaron como petrificados, con los ojos como platos. Mucho después de que la voz se hubiera desvanecido, todavía seguían con los ojos desorbitados, mirando aterrados hacia delante, en silencio.

—¡Eso lo explica todo! —jadeó uno—. ¡Vámonos!

—Fueron sus últimas palabras —murmuró Morgan—, sus últimas palabras a bordo.

Dick había sacado la Biblia y rezaba a todo rezar. El pobre de Dick había tenido una buena educación antes de que se hiciera a la mar y cayera en tan mala compañía.

Pero Silver seguía sin ceder. Podía oír que le castañeteaban los dientes, pero no se rendía.

—Nadie en esta isla oyó nunca hablar de Darby —musitó—. Nadie, excepto los aquí presentes.

Luego, hizo un gran esfuerzo y exclamó:

—Camaradas, yo he venido a buscar el botín y nadie, ni hombre ni diablo, me lo impedirá. Jamás me dio miedo de Flint cuando estaba vivo y, ¡por todos los demonios!, sabré enfrentarme a él ahora que está muerto. Hay setecientas mil libras a menos de un cuarto de milla de aquí; ¿acaso alguna vez un caballero de fortuna ha puesto popa a semejante dineral por culpa de un viejo marinero borracho con la cara amoratada, y encima muerto?

Pero no hubo indicio alguno de que sus secuaces recuperaran el valor; de hecho, más bien estaban cada vez más despavoridos por la irreverencia de sus palabras.

—¡Ya está bien, John! —dijo Merry—. No te metas con los fantasmas.

Los demás estaban demasiado asustados para poder contestar. Habrían salido corriendo como conejos de haberse atrevido a ello. Pero el miedo los mantenía apiñados y se quedaron junto a John, como si la osadía de éste pudiera servirles de algo. Él en cambio se había crecido, y dijo:

—¿Fantasmas? Puede ser. Pero una cosa no tengo nada clara: oímos el eco. Y nadie ha visto nunca que un fantasma tenga sombra. Así que me gustaría saber cómo puede tener eco. Eso tampoco es natural, digo yo.

El razonamiento a mí no me pareció muy convincente, pero nunca se sabe cómo va a reaccionar una persona supersticiosa; me sorprendió comprobar que George Merry se sintió muy aliviado y dijo:

—Claro, tienes razón. John, tienes la cabeza encima de los hombros, de eso no cabe duda alguna. ¡Media vuelta, compañeros! Esta tripulación va tras una pista falsa, me parece a mí. Y ahora que lo pienso, era la voz de Flint, os lo aseguro, pero no del todo clara, al fin y al cabo. Era más parecida a la voz de otro, se parecía más a...

—¡Por todos los diablos, a Ben Gunn! —rugió Silver.

—¡Sí, eso es! —exclamó Morgan, poniéndose de rodillas—. ¡Era Ben Gunn!

—Yo creo que eso no cambia nada, ¿no? —comentó Dick—. Tampoco Ben Gunn estará vivo, no más de lo que lo está Flint.

Pero los marineros más viejos acogieron esta observación con sorna y Merry exclamó:

—A nadie le asusta Ben Gunn; vivo o muerto, a nadie le asusta.

Era asombroso ver cómo habían recobrado el ánimo y cómo había vuelto el color a sus rostros. Al momento estaban charlando y de cuando en cuando aguzaban el oído; al poco rato, cuando se convencieron de que ya no se oía nada más, se echaron al hombro las herramientas y emprendieron camino, Merry por delante con la brújula de Silver para no desviarse de la dirección de la isla del Esqueleto. Había dicho la verdad: vivo o muerto, a nadie le asustaba Ben Gunn.

Dick era el único que, con la Biblia en la mano, seguía echando temerosos vistazos a su alrededor a medida que avanzaba. Pero nadie le secundó y Silver incluso se burló de él por las precauciones que tomaba.

—Ya te lo advertí —le dijo—; ya te advertí que habías echado a perder la Biblia. Si no sirve para jurar sobre ella, ¿cuánto crees que daría por ella un espíritu? Ni esto.

Y chasqueó sus dedazos deteniéndose un momento, apoyado en la muleta.

Pero Dick no se tranquilizó; de hecho, no tardé en darme cuenta de que el pobre chico se encontraba muy mal; acuciado por el calor, el agotamiento y el susto, la fiebre, según había vaticinado el doctor Livesey, le estaba subiendo muchísimo.

Daba gusto andar por aquel terreno despejado, en la cumbre; nuestro camino iba ligeramente cuesta abajo porque, como ya he dicho antes, la meseta se inclinaba hacia el Oeste. Los pinos, grandes y pequeños, crecían muy dispersos; entre los grupos de mirísticas y de azaleas incluso se veían grandes calveros que se tostaban bajo los fuertes rayos del sol. Dirigiéndonos como nos dirigíamos hacia el Noroeste a través de la isla, por una parte nos acercábamos a las estribaciones del cerro del Catalejo, y por otra, dominábamos la bahía occidental, en la que, días antes, me vi a merced de las olas dentro del coraclo.

Alcanzamos el primero de los grandes árboles que, por su posición, no era el que buscábamos. Lo mismo sucedió con el segundo. El tercero se elevaba hasta casi doscientos pies por encima de la espesura del sotobosque; era una especie gigante con un fuste rojizo del diámetro de una choza y que proyectaba a su alrededor una sombra tan ancha que en ella podría haber hecho maniobras toda una compañía. Se podía ver fácilmente desde el mar, tanto por el Este como por el Oeste, y podía haber servido como referencia en la carta de navegación.

Pero no fue su tamaño lo que impresionó a mis compañeros, sino el saber que en algún lugar bajo su amplia sombra estaban enterradas setecientas mil libras de oro. La idea del dinero, cuando se fueron acercando, disipó todos sus anteriores temores. Con los ojos encandilados y los pies cada vez más rápidos y ligeros, tenían el alma pendiente de aquella fortuna que significaba toda una vida de caprichos y placeres, la que les aguardaba a todos ellos.

Silver avanzaba dando saltos con su muleta y gruñía; las aletas de la nariz se le abrían y se estremecían; blasfemaba como un poseso cuando las moscas se posaban en su rostro acalorado y sudoroso; tiraba furiosamente de la cuerda por la que me llevaba atado y, de cuando en cuando, volvía los ojos hacia mí y me lanzaba una mirada asesina. Desde luego, no se molestaba ni lo más mínimo en ocultar sus pensamientos, que yo leía como si estuvieran escritos. Ante la inmediatez del oro, lo demás quedaba olvidado: su promesa y la advertencia del doctor eran agua pasada. No me cabía la menor duda de que esperaba desenterrar el tesoro, encontrar la *Hispaniola,* apoderarse de ella al amparo de la noche, degollar a todas las personas decentes que había en la isla y hacerse a la mar como lo había previsto inicialmente, cargado de crímenes y riquezas.

Agobiado como estaba por todos aquellos temores, me costaba trabajo mantener el paso ligero de aquellos buscadores del tesoro. Tropezaba de cuando en cuando y entonces Silver pegaba un tirón de la cuerda y me lanzaba miradas asesinas. Dick, que se había quedado atrás y ahora cerraba la expedición, iba murmurando para su coleto oraciones y maldiciones a medida que le subía la fiebre. Esto me hacía sentirme todavía más agobiado y, para colmo de males, me acosaba la idea de la tragedia que otrora tuviera lugar en aquella meseta, cuando el endemoniado bucanero de rostro amoratado, el que muriera en Savannah cantando y reclamando aguardiente a gritos, había asesinado allí con sus propias manos a seis de sus compinches. Me imaginé que en aquel sendero que ahora se veía tan apacible habrían retumbado los gritos; e incluso llegué a creer que los oía todavía.

Por fin llegamos a la linde del soto.

—¡Vamos, compañeros, todos a una! —gritó Merry. Y el que iba en cabeza echó a correr.

De repente, cuando aún no había recorrido ni diez yardas, vimos que se paraba en seco. Luego se oyó un grito apagado. Silver redobló el paso, surcando la tierra con la punta de su muleta como un poseso; y al cabo de un instante también nosotros nos detuvimos.

Ante nuestros ojos se veía un gran hoyo, no muy reciente, pues las paredes se habían derrumbado y en el fondo crecía la hierba. Se veían esparcidos el mango de un pico roto en dos pedazos y las tablas de varios cajones. En una de las tablas pude leer, grabada con un hierro candente, la palabra *Walrus,* el nombre del barco de Flint.

Todo estaba más claro que el agua. El escondite había sido descubierto y saqueado. ¡Las setecientas mil libras habían volado!

Capítulo 33

La caída de un cabecilla

Jamás en la vida se vio semejante zozobra. A cada uno de aquellos seis hombres parecía que lo había alcanzado un rayo. Pero en el caso de Silver, el efecto del mazazo se le pasó casi al instante. Cada fibra de su alma se había lanzado como un caballo de carreras en pos de aquel dinero y, en un segundo, se había quebrado en seco; pero conservó la cabeza, recuperó la sangre fría y cambió de plan antes de que los otros tuvieran tiempo de darse cuenta de su decepción.

—Jim —susurró—, coge esto y prepárate para una escaramuza.

Y me pasó una pistola de dos cañones.

Al mismo tiempo empezó a avanzar lentamente en dirección norte y, tras dar unos pasos, dejó el hoyo entre nosotros dos y ellos cinco. Luego me miró y me hizo un gesto con la cabeza, como para decir «estamos en un aprieto», cosa que confirmaban también mis pensamientos. Sus miradas eran ahora bastante amistosas, pero me sentía tan asqueado ante aquellos cambios constantes de actitud, que no me pude contener y murmuré:

—Conque habéis vuelto a cambiar de bando.

Pero él no tuvo tiempo de contestar. Los bucaneros, entre juramentos y gritos, se lanzaron al hoyo de un salto y empezaron a cavar con las manos, al tiempo que arrojaban a un lado las tablas. Morgan encontró una moneda de oro. La sostuvo en alto lanzándole una perfecta invectiva de insultos. Era una moneda de dos guineas, que estuvo circulando de mano en mano durante un cuarto de minuto.

—¡Dos guineas! —rugió Merry, agitándola ante el rostro de Silver—. Éstas son tus setecientas mil libras, ¿verdad? Menudo negociador tenemos, ¿eh? ¡Y dices que no has echado nada a perder, cabeza hueca, marinero de agua dulce!

—Cavad, muchachos —replicó Silver con heladora insolencia—. No me extrañaría que encontraseis unas cuantas trufas.

—¡Trufas! —repitió Merry con un aullido—. Compañeros, ¿habéis oído eso? Os lo estoy diciendo, este hombre lo sabía todo perfectamente. Miradle a la cara y veréis: lo lleva escrito en ella.

—Pero bueno, Merry, ¿otra vez aspirando a capitán? —observó Silver—. No cabe duda de que eres un muchacho obstinado.

Pero esta vez todos estaban plenamente a favor de Merry. Empezaron a salir del agujero, echando miradas furibundas a sus espaldas. Observé un detalle que aparentemente nos favorecía: todos salieron del lado opuesto al que se encontraba Silver.

Y allí estábamos, dos de un lado, cinco del otro, y el hoyo entre medias, pero ninguno recabó suficiente valor como para asestar el primer golpe. Silver no movía un dedo; los vigilaba, muy tieso sobre su muleta, y me parecía más impasible que nunca. No cabe duda de que era valiente. Al final, Merry debió de pensar que una alocución serviría de algo y dijo:

—Compañeros, ahí están esos dos solos; uno de ellos es el viejo tullido que nos trajo hasta aquí y nos metió a todos en este lío; el otro es el cachorro ése, al que tengo intención de arrancarle el corazón. Compañeros...

Estaba alzando el brazo y la voz y se disponía sencillamente a dirigir el ataque cuando... ¡plas!, ¡plas!, ¡plas!..., se oyeron tres disparos de mosquete procedentes del soto. Merry cayó de narices al hoyo. El hombre de la cabeza vendada giró sobre sus talones como una peonza, cayó de costado, todo lo largo que era, y quedó tendido, muerto, aunque agitado por un último espasmo; los otros tres dieron media vuelta y echaron a correr con todas sus fuerzas.

En un abrir y cerrar de ojos, John el Largo había descargado los dos cañones de su pistola sobre Merry, que se debatía al fondo del agujero y, mientras aquel hombre entornaba los ojos en el último instante de su agonía, todavía le dijo:

—George, ya he arreglado las cuentas contigo.

En el mismo instante, el doctor, Gray y Ben Gunn salieron de entre las mirísticas con los mosquetes todavía humeantes, y se acercaron a nosotros.

—¡Adelante! —gritó el doctor—. A toda vela, muchachos, hemos de alcanzarlos antes de que lleguen a los botes.

Y echamos a correr a toda velocidad, metiéndonos a veces en los matorrales hasta el pecho.

Os aseguro que Silver estaba ansioso por permanecer junto a nosotros. El esfuerzo que aquel hombre realizó, saltando sobre su muleta hasta que parecía que los músculos del pecho le iban a reventar, no lo había hecho jamás un hombre con sus dos piernas, eso piensa el doctor. A pesar de ello, ya se había quedado treinta yardas atrás y estaba a punto de ahogarse, cuando llegamos a lo alto de la loma.

—¡Doctor, mirad! ¡No hay prisa! —nos gritó.

Desde luego que no había prisa. Pudimos ver cómo los tres supervivientes seguían corriendo por una zona más despejada de la meseta, en la misma dirección que habían tomado al principio, derechos hacia el cerro de la Mesana. Nosotros ya estábamos entre ellos y los botes; con tal motivo, los cuatro nos sentamos a recobrar aliento, mientras John el Largo venía lentamente hacia nosotros enjugándose el sudor de la frente; al llegar dijo:

—Muchas gracias, doctor; creo que aparecisteis en el momento justo, para mí y para Hawkins. ¡Conque eras tú, Ben Gunn! —añadió—. Pues menudo pájaro estás hecho, desde luego.

—Soy Ben Gunn, soy yo —dijo el marinero abandonado, retorciéndose como una anguila de puros ner-

vios; y después de una larga pausa añadió—: Y vos...
¿cómo estáis, señor Silver? Muy bien, muchas gracias,
¿verdad?

—Ben, Ben... —murmuró Silver—, y pensar que me
la has jugado .

El doctor envió a Gray a buscar uno de los picos que
los amotinados habían dejado abandonado en su huida; y luego, mientras bajábamos tranquilamente por la
loma hacia el lugar donde se hallaban atracados los botes, nos contó, en pocas palabras, lo que había sucedido.
Era una historia que interesaba muchísimo a Silver; y
Ben Gunn, el marinero abandonado y medio bobo, era
el protagonista de la historia de principio a fin.

Ben, en sus largos y solitarios paseos por la isla, había encontrado el esqueleto (fue él quien lo desvalijó);
había encontrado el tesoro (el mango roto que había
en el hoyo era el de su pico); lo había transportado sobre sus espaldas, haciendo muchos viajes, desde el pie
del gran pino hasta una cueva situada en el cerro de los
dos picos, en el extremo nordoriental de la isla; y allí lo
había tenido almacenado a buen recaudo desde dos
meses antes de la llegada de la *Hispaniola*.

Cuando el doctor consiguió sonsacarle este secreto,
en la tarde del ataque, y cuando, a la mañana siguiente, vio que el barco ya no estaba en el fondeadero, se
presentó ante Silver, le entregó el mapa, que ya no servía de nada, y le dejó todas las provisiones, pues Ben
Gunn tenía una buena reserva de carne de cabra que él
mismo había puesto en salazón, es decir, que le dio todo
lo posible e imaginable con tal que pudieran trasladarse
sin riesgo alguno desde el fortín hasta el cerro de los
dos picos; allí estaban a salvo de la malaria y podían vigilar el dinero.

—En cuanto a ti, Jim —dijo—, fue contra mi voluntad, pero hice lo que consideraba mejor para los que
habían cumplido con su deber. ¿Y de quién era la culpa si tú no habías hecho lo propio?

Aquella mañana, sabiendo que yo iba a estar presente en el momento en que los amotinados sufrieran

la terrible decepción que les aguardaba, había corrido hasta la cueva y, tras encargar al caballero que cuidara del capitán, se había llevado a Gray y al marinero abandonado para atravesar la isla en diagonal en dirección al pino. Sin embargo, el doctor no tardó en darse cuenta de que les llevábamos ventaja; entonces envió por delante a Ben Gunn, que tenía alas en los pies, para que nos retuviera como pudiera él solo. A éste se le ocurrió jugar con la superstición de sus antiguos compañeros de tripulación; y tan bien lo consiguió que Gray y el doctor pudieron emboscarse antes de que llegaran los buscadores del tesoro.

—¡Ay! —dijo Silver—, menos mal que tenía conmigo a Hawkins. Doctor, de no haber sido por él, habríais permitido que hicieran picadillo de John el Largo sin importaros lo más mínimo.

—Desde luego —contestó el doctor Livesey rotundamente.

En éstas llegamos a las chalupas. El médico destruyó una con el pico y todos subimos a la otra y nos dispusimos a rodear por mar la bahía del Norte.

Era un trayecto de ocho o nueve millas. Silver, aunque estaba casi muerto de cansancio, empuñó un remo, como el resto de nosotros, y pronto nos deslizamos a toda velocidad sobre la lisa superficie del agua. Enseguida salimos del estrecho y doblamos la punta sudoriental de la isla detrás de la cual, cuatro días antes, habíamos varado la *Hispaniola*.

Cuando pasábamos por delante del cerro de los dos picos, divisé la boca negra de la cueva de Ben Gunn y una silueta junto a ella, apoyada en un mosquete. Era el caballero; lo saludamos con un pañuelo y le dimos tres hurras; Silver se nos unió con tanto entusiasmo como cualquiera de nosotros.

Tres millas más allá, justo dentro de la boca de la bahía del Norte, qué otra cosa nos aguardaba sino la *Hispaniola*, flotando sobre el agua. La última marea la había levantado; de haber soplado mucho viento o de haber habido mucha resaca, como en el fondeadero meridional, es posible que nunca hubiéramos dado con ella, o que la hubiéramos encontrado totalmente varada e irrecuperable. Pero el caso es que había pocos desperfectos, aparte de la pérdida de la vela mayor. Enseguida prepararon otra ancla y la dejaron caer a braza y media de profundidad. Entonces fuimos todos a la cueva del Ron, el punto más cercano a la guarida del tesoro de Ben Gunn; luego Gray, él solo, regresó con el bote a la *Hispaniola,* donde iba a pasar toda la noche de guardia.

Una suave pendiente conducía desde la playa hasta la entrada de la cueva. En lo alto nos aguardaba el caballero. Conmigo se mostró cordial y amable, sin mencionar para nada mi escapada, ni para bien ni para mal. Pero ante el cortés saludo de Silver, se le arreboló el rostro y dijo:

—John Silver, eres un redomado villano y un impostor..., un monstruoso impostor, señor mío. Me han dicho que no te debo llevar ante los tribunales, y no lo haré. Pero todos esos muertos cuelgan de tu cuello como piedras de molino.

—Os estoy muy agradecido, señor —replicó John el Largo con otra reverencia.

—¡Ya podéis estarlo! Estoy faltando gravemente a mi deber. Retírate.

Entonces todos entramos en la cueva. Era un lugar amplio, bien aireado, con un manantial y una charca de agua fresca rodeada de helechos. El suelo era de arena. Ante una gran hoguera estaba tumbado el capitán Smollett; y en el extremo más alejado, débilmente iluminado por el resplandor de las llamas, pude ver grandes montones de monedas y cuadriláteros de lingotes de oro. Aquel era el tesoro de Flint que habíamos venido a buscar desde tan lejos y que ya había costado la vida a diecisiete tripulantes de la *Hispaniola.* ¿Cuántas no habría costado para amasarlo? ¿Cuánta sangre y cuánto dolor, cuántas buenas naves hundidas en el fondo del mar, cuántos hombres valientes caminando por la tabla con los ojos vendados, cuántos cañonazos, cuánta vergüenza y mentiras y crueldad? Acaso ningún hombre sobre la faz de la tierra pueda decirlo. Y sin embargo había todavía tres en aquella isla, Silver, el viejo Morgan y Ben Gunn, que habían tenido parte en aquellos crímenes y que habían esperado en vano repartirse la recompensa.

—Entra, Jim —dijo el capitán—. No eres mal chico a tu estilo, Jim, pero creo que ni tú ni yo volveremos a hacernos a la mar. Eres a mi entender demasiado indisciplinado. ¿Eres tú, John Silver? ¿Qué te trae por aquí, buen hombre?

—He vuelto a mis obligaciones, señor —replicó Silver.

—¡Ah! —dijo el capitán, y luego guardó silencio.

Menuda cena me di por la noche junto a todos mis amigos; y qué banquete con la carne de cabra en salazón de Ben Gunn y otras exquisiteces y una botella de vino añejo de la *Hispaniola*. Estoy seguro de que nunca ha habido gente más contenta y más feliz. Y ahí estaba Silver, sentado casi fuera del haz de luz de la hoguera, pero comiendo con mucho apetito, dispuesto a levantarse en cuanto se necesitaba cualquier cosa, incluso riéndose por lo bajo con nosotros..., el mismo marinero afable, cortés y obsequioso del viaje de ida.

Capítulo 34

Y último

Al día siguiente nos pusimos manos a la obra de buena mañana, pues el transporte de aquella gran cantidad de oro a lo largo de casi una milla por tierra hasta la playa y, desde allí, tres millas en barco hasta la *Hispaniola,* era una tarea ingente para tan reducidos efectivos. Los tres tipos que aún andaban por la isla no nos causaron mayores problemas; sólo un centinela en las estribaciones del cerro era suficiente para protegernos de cualquier ataque inesperado y, además, supusimos que estarían más que hartos de pelear.

Por lo tanto, hicimos el trabajo a buen ritmo. Gray y Ben Gunn iban y venían con el bote mientras los demás, en su ausencia, apilaban el tesoro en la playa. Dos de los lingotes, atados a sendos extremos de una soga, eran una carga más que suficiente para un hombre adulto, obligándolo a caminar a paso lento. En cuanto a mí, como no era capaz de cargar con tanto peso, me quedé trajinando todo el día en la cueva, metiendo el oro acuñado en talegos de pan.

Era una extraña colección de monedas, parecida al muestrario que tenía Billy Bones en cuanto a diversidad, pero mucho más grande y variada; y nunca disfruté tanto como clasificando aquellas piezas. Las había inglesas, francesas, españolas, portuguesas, jorges, luises, doblones y dobles guineas, moedas y cequíes,* con las efigies

_____

* El jorge era una antigua moneda de oro de Hannover. El luis era una pieza francesa de oro que empezó a acuñarse durante el reinado de Luis XIII. La guinea designaba al principio la tela de algodón

de todos los reyes de Europa de los últimos cien años, extraños ejemplares orientales con marcas que parecían briznas de cuerda o trocitos de telaraña, monedas redondas y cuadradas, y perforadas en el centro como para llevarlas colgadas del cuello..., creo que casi todas las variedades de moneda que existen en el mundo se encontraban representadas en aquella colección; y en cuanto a su número, estoy seguro de que eran tantas como las hojas del otoño, de modo que me dolía la espalda de estar agachado, y los dedos, de contarlas.

Aquel trabajo prosiguió a lo largo de varios días; cada noche se almacenaba a bordo una fortuna, pero otra aguardaba para la mañana siguiente; y durante todo aquel tiempo no supimos nada de los tres amotinados supervivientes.

Al cabo, creo que fue la tercera noche, el doctor y yo íbamos paseando por la estribación del cerro que da a la costa arenosa de la isla cuando, de la espesa oscuridad que teníamos a los pies, el viento nos trajo un ruido, mezcla de quejido y canción. Sólo lo oímos un instante y luego volvió a reinar el silencio anterior.

—Que Dios los perdone —dijo el doctor—; son los amotinados.

—Borrachos como cubas, señor —dijo la voz de Silver a nuestras espaldas.

He de decir aquí que Silver gozaba de plena libertad y que, a pesar de los continuos desaires que le hacían, daba la impresión de que se consideraba un miembro más del grupo, privilegiado y cordial. Y de veras que resultaba sorprendente ver cómo soportaba aquellos desprecios y con qué incansable cortesía seguía intentando congraciarse con los demás. Sin embargo, creo recordar que nadie lo trataba mejor que a un perro, exceptuando

que servía a los traficantes ingleses en su comercio con los indígenas de África occidental. El término, por consiguiente, fue aplicado a la moneda de oro que representaba el valor de una pieza de tela. La moeda era una moneda de oro portuguesa. El cequí era una moneda de oro acuñada en Italia a partir del siglo XIII que circulaba en las plazas comerciales del norte de África y del Mediterráneo oriental.

tal vez a Ben Gunn, que todavía tenía mucho miedo a su antiguo contramaestre, o tal vez a mí mismo, que realmente tenía algo que agradecerle; aunque, en cuanto a eso, supongo que tenía suficientes razones para despreciarle más que cualquier otro, puesto que había sido testigo de su reciente traición, allá en la meseta. Por todos aquellos motivos, el doctor le respondió en muy mal tono:

—Borrachos o delirando.

—Tenéis razón, señor —repuso Silver—, y maldito lo que nos importa a vos y a mí.

—Supongo que no pretenderás que te considere como a un ser humano —replicó el doctor con un gesto de desagrado—. De modo que tal vez mis sentimientos te sorprendan, maese Silver. Pero si supiera con certeza que están delirando, como estoy moralmente seguro de que al menos alguno de ellos sufre de fiebres, saldría de aquí y, aun poniendo a riesgo mis viejos huesos, los ayudaría con mis conocimientos.

—Me perdonaréis que os diga, señor, que haríais muy mal —dijo Silver—, porque perderíais vuestra valiosa vida, podéis estar bien seguro de ello. Yo estoy totalmente de vuestra parte ahora, y no me gustaría ver nuestro equipo mermado, y menos perderos, sabiendo como sé lo que os debo. Pero esos de ahí abajo no son capaces de cumplir su palabra..., no, ni siquiera suponiendo que se lo propusieran; y, lo que es más, no se fiarían de la vuestra.

—No —dijo el doctor—, ya sabemos que tú sí que cumples tu palabra.

Esto fue más o menos lo último que supimos de aquellos tres piratas. En una ocasión oímos un disparo muy a lo lejos y supusimos que estaban cazando. Celebramos consejo y se decidió que los dejaríamos abandonados en la isla, para regocijo, he de añadir, de Ben Gunn, y con el firme apoyo de Gray. Les dejamos una buena cantidad de pólvora y balas, la mayor parte de la carne de cabra en salazón, algunos medicamentos y otras cosas necesarias: herramientas, ropa, una vela que nos sobraba, un par de brazas de soga y, por expreso deseo del doctor, un buen paquete de tabaco.

Aquello fue lo último que hicimos en la isla. Antes habíamos almacenado el tesoro en el barco y cargado suficiente agua y el resto de la carne de cabra, por si nos hacía falta. Por fin, una hermosa mañana, levamos ancla, que era todo lo que daban de sí nuestras fuerzas, y salimos de la bahía del Norte con la misma bandera que había izado el capitán en el fortín y bajo la cual habíamos luchado.

Seguramente los tres marineros nos observaban desde algún punto más cercano de lo que nos imaginábamos, como pronto se puso de manifiesto. Porque al pasar por la bocana tuvimos que aproximarnos mucho al cabo meridional, y allí los vimos a los tres, arrodillados en un banco de arena, con los brazos levantados, suplicantes. Creo que a todos nos conmovió dejarlos en aquellas míseras condiciones, pero no podíamos arriesgarnos a otro motín; y llevarlos a Inglaterra para que los condenaran a la horca habría sido un gesto todavía más cruel. El doctor los interpeló y les dijo a gritos dónde podían encontrar las provisiones que les había dejado. Pero ellos seguían llamándonos a cada uno por nuestro nombre y suplicándonos por Dios que nos apiadáramos de ellos y que no los condenáramos a morir en aquel lugar.

Al fin, viendo que el barco seguía su rumbo y quedaba ya fuera del alcance de sus voces, uno de ellos, no recuerdo cuál, se puso en pie de un brinco con un ronco grito, se llevó al hombro el mosquete y disparó una bala, que pasó silbando por encima de la cabeza de Silver y perforó la vela mayor.

Después de aquello, nos pusimos a cubierto detrás de la borda y, cuando volví a mirar hacia tierra, habían desaparecido del banco de arena y el propio banco casi se perdía de vista en la distancia, cada vez mayor. Así acabó por fin aquella aventura. Antes de mediodía pude comprobar con inenarrable alegría que la roca más alta de la isla del Tesoro se había sumido en la redondez azul del mar.

La tripulación era tan escasa que todos los que íbamos a bordo teníamos que echar una mano; sólo el capitán seguía tumbado en un colchón en la popa, desde donde daba las órdenes; porque aunque ya se había recuperado bastante, todavía tenía que hacer reposo. Pusimos rumbo al puerto más cercano de la América española, pues no podíamos arriesgarnos a emprender viaje a Inglaterra sin reforzar la tripulación. Y el caso es que, entre que tuvimos vientos de proa y un par de temporales, estábamos todos agotados antes de llegar a puerto.

Estaba anocheciendo cuando largamos el ancla en una hermosísima ensenada natural, e inmediatamente nos rodearon botes llenos de negros y de indios mexicanos y de mestizos que vendían frutas y verduras y se prestaban a sumergirse en el agua para ir a recoger las monedas que les arrojábamos. El ver tantos rostros sonrientes (especialmente los de los negros), el sabor de las frutas tropicales y el panorama de las luces que empezaban a brillar en la ciudad eran un contraste delicioso con nuestra siniestra y sangrienta estancia en la isla; el doctor y el caballero me llevaron con ellos a pasar parte de la noche en tierra firme. Allí se encontraron con el capitán de un buque de guerra inglés, se pusieron a charlar con él, subimos a su barco y, en resumen, lo pasamos tan bien que empezaba a amanecer cuando llegamos a la *Hispaniola*.

Ben Gunn estaba solo en cubierta y, en cuanto subimos a bordo, empezó con muchos circunloquios a hacernos una confesión. Silver se había largado. El marinero abandonado había hecho la vista gorda mientras el otro huía en un bote, pocas horas antes, y ahora nos aseguraba que lo había hecho por salvarnos la vida, que sin duda estaba en peligro mientras «el hombre con una sola pierna permaneciera a bordo». Pero eso no era todo. El cocinero no se había ido con las manos vacías. Había abierto un boquete en un mamparo sin que nadie lo viera y se había llevado uno de los sacos de monedas, por valor de trescientas o cuatrocientas guineas, para costearse sus siguientes aventuras.

Creo que todos nos sentimos muy aliviados al vernos libres de él a tan bajo coste.

En resumen, que contratamos a algunos marineros más, tuvimos una buena travesía de vuelta y la *Hispaniola* llegó al puerto de Bristol justo cuando el señor

Blandly estaba a punto de fletar el barco de rescate. Sólo cinco de los hombres que habían zarpado regresaban en la goleta. En cuanto al resto, «Belcebú y la bebida acabaron con su vida» inexorablemente; aunque hay que reconocer que no nos había ido tan mal como al barco de la canción aquélla:

Setenta y cinco marineros se hicieron a la mar...
Sólo uno de ellos vivo habría de tornar.

A todos nos tocó una buena parte del tesoro, y cada uno la utilizó para bien o para mal, según su forma de ser. El capitán Smollett ya se ha jubilado. Gray no sólo ahorró el dinero sino que, de repente, le entraron ganas de prosperar en la vida y cursó estudios; ahora es marinero y socio armador de una nave muy bien equipada; además, se ha casado y es padre de familia. En cuanto a Ben Gunn, le tocaron mil libras que se gastó o jugó en tres semanas, o, para ser más exactos, en diecinueve días, pues el vigésimo ya estaba mendigando. Luego le dieron una portería, como se temía cuando vivía en la isla; y allí vive y es gran amigo de los chicos del lugar, aunque a veces es blanco de sus burlas; además es un destacado cantante de la iglesia los domingos y fiestas de guardar.

De Silver nunca más se supo. Aquel formidable marinero con una sola pierna desapareció por fin completamente de mi vida. Pero me atrevería a decir que se reunió con su vieja negra y que seguramente disfruta de la vida con ella y con Capitán Flint. Eso cabe esperar, supongo, porque tiene muy pocas probabilidades de disfrutar en el otro mundo.

Que yo sepa, los lingotes de plata y las armas siguen enterrados donde Flint los dejó. Y, por lo que a mí respecta, allí seguirán. Ni atado a un carro de bueyes volvería yo a aquella maldita isla; en las peores pesadillas que padezco siempre oigo el oleaje batiendo contra sus costas o me despierto sobresaltado con el agudo grito de Capitán Flint perforándome el tímpano: «¡Doblones de a ocho! ¡Doblones de a ocho!».

Este libro se terminó de
imprimir en los talleres gráficos
de Mateu Cromo, S. A., Pinto, Madrid, España,
en el mes de diciembre de 2003